KARL BENNO VON MECHOW

Das Abenteuer

KARL BENNO VON MECHOW

Das Abenteuer

Ein Reiterroman
aus dem großen Krieg

LANGEN
MÜLLER
BIBLIOTHEK

Umschlaggestaltung: Christel Aumann, München
Satz: Filmsatz Schröter GmbH, München
Gesetzt aus: 10/12 Lino Walbaum auf Linotron 202
Druck: Jos. C. Huber, Diessen
Binden: R. Oldenbourg, München
Printed in Germany
ISBN: 3-7844-2095-8

Dem Andenken meines Vaters
Hans von Mechow

Vorwort

Wenn ein Verlag sich entschließt, ein Buch, das bei ihm vor 55 Jahren erschienen ist, *wieder* herauszubringen, nicht als historisierendes Reprint, sondern als richtige Neuauflage, dann ist dies schon ein gewisses Wagnis – jedenfalls dann, wenn dies Buch nicht von einem der ganz großen Autorennamen getragen wird, die bis heute große Namen geblieben sind.
Karl Benno von Mechow war zu seiner Zeit durchaus bekannt. Er hat auch heute noch seinen Platz im Großen Brockhaus, aber mehr auch nicht, obwohl er das nicht nur seiner Bücher wegen verdiente, sondern vielleicht mehr noch wegen der Leistung während des Dritten Reiches von 1934 an eine Zeitschrift herausgegeben zu haben, die das »Innere Reich« hieß, ein Titel, der zugleich verschleierte und enthüllte, eine Zeitschrift also, die in Wahrheit so etwas wie Zuflucht einer literarischen inneren Emigration war.
Wenn ein Buch aber, das nach einem halben Jahrhundert wieder erscheinen soll, ein Kriegsbuch ist, dann ist das Wagnis noch größer – und desto mehr anzuerkennen – in einem Land, in dem nach der Katastrophe von 1945 der Krieg als Möglichkeit, der Krieg als Phänomen im Denken der Menschen weitgehend verdrängt wird, obwohl es ihn auf der Welt wie eh und je gibt und obwohl die Verhinderung ungewiß bleibt. Unter Kriegsbuch wird hier nicht die militärhistorische Darstellung oder biographisch geprägte Sicht des Krieges, irgendei-

nes Krieges verstanden, sondern ein Buch, das den Krieg als menschliches Erlebnis in Einzel- und Gruppenschicksalen sichtbar und deutlich macht.
Solch ein Buch nach einem Krieg zu schreiben, ist sozusagen eine natürliche Reaktion auf das, was hinter einem liegt. Daß es literarischen, ja dichterischen Rang hat, ist selten. Zu den wenigen nach dem Ersten Weltkrieg erschienenen Werken, denen man einen solchen Rang zusprechen kann, gehört dies Buch vom Reiten im Kriege. »Vom Reiten wollen wir erzählen«, beginnt es.
Was bis heute Bestand behalten hat, sind Bücher, die zwei Extreme darstellen. Auf der einen Seite Remarques »Im Westen nichts Neues« und Renns »Krieg«, in denen Krieg nur furchtbar, nur Zerstörung, nur Unterdrückung des Menschlichen, Leiden und Tod ist und auf der Seite Ernst Jüngers »In Stahlgewittern« und »Der Kampf als inneres Erlebnis« worin der Krieg aus einer Art heroischem Nihilismus heraus in kühler, fast unbeteiligter Präzision als eine Art elementares gefährliches Spiel oder als Jagd beschrieben wird, wo man sich zu bewähren hat.
Das »Abenteuer« steht fast genau in der Mitte zwischen diesen Extremen. Es zeigt Anteilnahme und ist sehr menschlich, es vermittelt nicht nur die schrecklichen Seiten, sondern alle Facetten, durch die der Mensch den Krieg und was in ihm geschieht, erlebt. »Sie wissen nichts. Sie wissen noch nicht, daß Krieg immer anders ist, als die Menschen denken«, heißt es einmal und an anderer Stelle: »Essen und Schlafen – zwischendurch tat man, was einem aufgetragen wurde.« So ist es wirklich. Das Abenteuer des Reitens im Kriege wird mit einem Satz beschrieben: »Weiß der Teufel, wohin wir

reiten. Wir reiten, und das ist genug.« In Verhaltenheit und Formgefühl seines Schreibens verflicht Mechow Menschen, Pferde, Landschaften und Krieg. Er tut dies ohne jede Länge, ohne Überspitzung, immer lebendig und sehr anschaulich, ob es nun um Handeln oder inneres Erleben geht.

Ich habe dieses Buch als junger Kavallerieoffizier der Reichswehr teilweise fast mit angehaltenem Atem gelesen, als Reiter ein Buch über Reiten, und alles, was Reiten angeht, stimmt. Das war, bevor ich den Krieg kannte. Jetzt nach fünfzig Jahren habe ich es, durch den Wunsch des Verlages nach einem Vorwort veranlaßt, wieder gelesen. Man liest beim zweiten Mal nach so langer Zeit ein Buch anders; man liest es ganz anders, wenn es ein Kriegsbuch ist und wenn man den Krieg kennt, wie ich ihn kenne, durch fünfeinhalb Jahre hindurch und zum größten Teil an der Front in Polen, Frankreich und Rußland. Es hat mich fasziniert, daß alles in diesem Buch, was den Krieg und den Menschen im Krieg angeht, stimmt, auch heute noch. Man sage nicht, das könne nicht sein bei all der hochentwickelten Technik, die diese Welt verändert hat und die es in den beiden Weltkriegen noch gar nicht oder erst in Anfängen gegeben hat, das könne nicht sein bei all der modernen, so viel wirksameren Kriesmenagerie, bis hin zu den nuklearen Waffen.

Sicher, das Gesicht des Zweiten Weltkrieges war anders als das des Ersten, und das des Dritten würde wieder ganz anders sein. Aber die Natur und die Landschaft im Kriege, der Mensch im Kriege, sein Denken und Fühlen, sein Überlebenwollen in Gefahr und Angst, in Hunger, Durst, Dreck, Sonne, Regen, Hitze und Kälte –

auch in Vergnügen und Spaß, die es auch im Kriege gibt, wenn die Situation gerade nicht existenzbedrohend ist – das und vieles andere hat sich nie unterschieden und würde es auch heute nicht tun.
Das Besondere aber in diesem Buch ist das Reiten. Es ist eine der schönsten Erzählungen vom Reiten, die es gibt. Nicht um Reiten als Kunst oder als Sport geht es hier, sondern um das Reiten als Bewegung, als Raumüberwindung. Reiten meint immer zwei lebendige Wesen, einen Menschen und ein Pferd, die eine Einheit bilden müssen – sonst ist es kein Reiten. Das gilt beim Reiten in Gefahr, im Kriege noch viel mehr. »Mensch«, sagt der kriegserfahrene Gefreite Makrot, »dein Pferd ist alles, du allein bist Dreck. Mensch, paß auf dein Pferd auf.«
Als diese Einheit zerbricht und der Kriegsfreiwillige Moser, die Hauptfigur des Buches, daran stirbt, heißt es: »Die Einheit des zweimal Lebendigen, die Voraussetzung jedes Reitens im Leben, war dahin.«
Die Handlung spielt dort, wo der Krieg am nächsten und am härtesten ist, auf der untersten Ebene der soldatischen Hierarchie und der militärischen Organisation, dort also, wo auch die vorderste Linie des Kämpfens ihren Platz hat. Um fünf Menschen geht es – neben vielen anderen – vor allem: zwei Offiziere und drei Kriegsfreiwillige im Mannschaftsdienstgrad. Es gab damals viele Kriegsfreiwillige, Freiwillige für ihr Vaterland. Mechow schildert keine erfundenen oder gar konstruierten Figuren, sondern Menschen, die er damals erlebt hatte. Auch das Regiment, die 1. Schwadron, hat es gegeben. Freilich war es nicht das »Ulanenregiment Nr. 30«, so wie auch die Personennamen nicht stimmen, sondern das Königsulanenregiment (1. Hanno-

versches) Nr. 13. Der Chef des Regiments war der Kaiser als König von Preußen selbst. Dies war eine politische Versöhnungsgeste gewesen, als dem nach der Annexion Hannovers nach 1866 neu aufgestellten Regiment die Tradition der alten hannoverschen Cambridge-Dragoner und dieser Name gegeben wurde.

Die drei Kriegsfreiwilligen im Vordergrund des Geschehens, Miehl, Schacht und Moser hat es wirklich gegeben; in dem letzteren sieht Mechow wohl sich selbst. Sie sind völlig verschieden voneinander, auch in ihrer sozialen Herkunft. In ihrer Verschiedenheit spiegeln sie dreimal das subjektive Erleben des Krieges anders, wie es dem einfachen Soldaten ohne Rang und – außer bei den berittenen Truppen für sein eigenes Pferd – ohne Verantwortung geschah. Wieder ganz anders die zwei Offiziere Gerien, genannt Lux und Plön. Sie haben sowohl Rang wie Verantwortung für ihr Tun, ihre Entschlüsse und für die ihnen unterstellten Soldaten, sie sind sehr verschieden voneinander und doch in ihrer geformten Grundhaltung gleich. Sie sind gute Offiziere, gut nicht nur in beruflicher Hinsicht, Offiziere, wie sie sich Soldaten wünschen, wie sie sie immer haben sollten. Daß dies nicht immer der Fall ist und auch wegen der Unzulänglichkeit der menschlichen Natur nicht sein kann, zeigt das Buch an manch anderem Offizier, der am Rande erscheint.

Aber diese beiden, Lux und Plön, sind wirkliche Führer. »Plön, Freund eines jeden Mannes, Freund eines jeden Pferdes«, heißt es einmal, und »Plön weiß immer, wo es langgeht.« Als er fort ist, weil er eine andere Verwendung bekommt, ist Plön im Bewußtsein seiner Soldaten immer noch da. Dieser Graf Plön, der sich gegenüber bestimmten Menschen »dümmlich« gibt und von diesen dann ein »Witzblatt-Leutnant« genannt wird, ist in Wirklichkeit das Gegenteil, ist unerhört lebensklug und findet den Erfolg. Er war mein Schwager Günther Graf von der Schulenburg-Wolfsburg, den ich kennenlernte, als Mechows Buch erschien. Er starb, Reiter fast bis zuletzt, kurz vor seinem 94. Geburtstag im Jahre 1985. Er war wirklich so, wie ihn Mechow mit sparsamen eindrucksvollen Strichen vor uns hinstellt. Wie er damals war, mit seinem Gespür, seiner Lebensklugheit, seiner Menschenkenntnis, so ist er geblieben und so hat er auch immer wieder Erfolg gehabt wie damals.

Aber nicht oder wenigstens nicht nur wegen dieser persönlichen Beziehung habe ich es unternommen, dieses Vorwort zu schreiben sondern vor allem, weil dies Buch von der Reiterei handelt und weil es zugleich ein Abschied ist, Abschied von der Kavallerie als schlachtentscheidende Waffe, die sie über zweitausend Jahre lang war. Ich war selbst als junger Soldat noch richtiger Kavallerist, unterschied mich in nichts von Mechows Reiter, so ist es also auch ein Abschied für mich. Ich bin noch mit der Lanze ausgebildet worden, die im deutschen Heer erst 1927 abgeschafft wurde, als ihre Zeit schon längst vorbei war. Die Lanze bildete von der Steinzeit an bis zur Einführung der Feuerwaffen die Hauptwaffe nicht nur der Reiterei, sondern auch des Fußvolks. Sie blieb es für den Nahkampf bei der Kavallerie bis zum ersten Weltkrieg, und die Lanze war, wenn man mit ihr umzugehen wußte, allen anderen Waffen überlegen.

Um zu zeigen, warum dies Buch ein Abschied ist, was

Mechow als er es schrieb, ganz deutlich sah, aber auch um den großen historischen Hintergrund des Geschehens sichtbar zu machen, sei der Rahmen geschildert, in dem sich das Abenteuer bewegt. Es handelt von der großen deutschen Sommeroffensive von Juli bis September des Jahres 1915 in Russisch-Polen, wie es damals hieß, die vom Oberbefehlshaber Ost, Generalfeldmarschall von Hindenburg, geführt wurde. Im Osten waren zwar im Winter 1914/15 die Operationen zum Stehen gekommen, aber anders als im Westen noch nicht völlig zum Stellungskrieg erstarrt. Raumgreifende Bewegung war noch möglich und damit auch der Einsatz großer operativer Kavallerieverbände. Wie gering deren Kampfkraft gegen Mehrladegewehr und Maschinengewehr und auch dadurch geworden war, daß immer häufiger zu Fuß gekämpft werden mußte, was halbe Kampfstärke bedeutete, hatte man noch nicht voll erfaßt. Am Ende der Offensive wußte man es. Große Reiterkämpfe wie noch 1870/71 waren nicht mehr möglich, wie sich zwischen den Kriegen allmählich herausgestellt hatte. Es blieben aber noch genug große und wichtige Aufgaben für die Reiterei, vor allem die Aufklärung sowie Umfassung und Verfolgung unter Ausnutzung der der Infanterie um das doppelte überlegenen Marschgeschwindigkeit und auch die Abdekkung und Sicherung weiter Räume.

Diese Aufgaben sind es auch, die den Reitern im »Abenteuer« gestellt werden. Zuerst im kleineren taktischen Rahmen südlich von Warschau zwischen Weichsel und Pilica und dann als große Operation in der Umfassungsschlacht von Wilna, wo ein ganzes Kavalleriekorps mit vier, zeitweise fünf Kavalleriedivisionen den

Sieg einleiten und ihn dann vollenden soll. Das gelingt letzten Endes nicht, weil die Gesamtoperation abgebrochen werden muß, da die Grenze des Möglichen erreicht wird und weil der Gegner neue Kräfte von außerhalb herbeiführen kann. Das offizielle Werk über den Ersten Weltkrieg sagt darüber*: »Eine besondere und ihrer Eigenart entsprechende Aufgabe war der Kavallerie zugefallen, die in weitausholender Bewegung und mehrfachen Hin- und Hermärschen der Infanterie voraus Hunderte von Kilometern durchmessen und dabei die an Zahl kaum unterlegenen russischen Kavallerie überall zurückgedrückt hatte. Stärkeren Widerstand zu brechen oder für längere Zeit das Vordringen russischer Infanterie-Divisionen zu verhindern, mußte ihre Kraft übersteigen. Sie hat aber auch darin geleistet, was bei damaliger Bewaffnung und Ausrüstung zu leisten war. ›Unsere Kavallerie muß sich die Tatkraft, den Mut und den unbegrenzten Betätigungsdrang der deutschen Kavallerie zum Vorbild nehmen‹, hieß es in einer Weisung des Oberkommandos der russischen Nordwestfront aus jener Zeit.« Als Ganzes hatte die Offensive zwischen Rokitnosümpfen und Ostsee großen Raumgewinn gebracht und war ein Erfolg, wenn auch kein entscheidender wie geplant. Die Kräfte waren zu ungleich.

»Die Reiter, nachdem sie immer nur geritten waren, stiegen von den Pferden, in die Löcher hinein.« Es war der Abschied von der Kavallerie, wie sie durch Jahrhunderte gewesen war. Es war nicht der Abschied von der Kavallerie als Gedanke und Haltung.

---

* Reichsarchiv »Der Weltkrieg«, Achter Band, Berlin 1932

Zunächst gab es auch danach noch modernisierte Reiterei in begrenzter Stärke mit Pferden bis in den Zweiten Weltkrieg hinein für die Aufklärung und für Bewegungseinsatz in besonderem wegearmen Gelände. Und nur zwei Jahre nach der Wilna-Schlacht trat erstmalig auf, was dann im Lauf von etwa zwanzig Jahren die neue Kavallerie werden sollte, die Panzerwaffe. Sie ist die heutige Form der größeren Geschwindigkeit und entscheidenden Waffenwirkung für das moderne Gefecht der verbundenen Waffen, organisatorisch getrennt in Panzer, Panzergrenadiere und Panzeraufklärer, von denen die letzteren wohl am ausgeprägtesten die Nachfolger der Reiter-Kavallerie sind.
»Das Leben ging weiter, wir wissen es. Das Reiten aber endete.« Das ist der letzte Satz des Buches, das wiedergelesen zu werden verdient.

Graf Kielmansegg Dezember 1985

Erstes Buch

1

Vom Reiten wollen wir erzählen ...
Da reiten sie also zu dreißig durch das russische Polen. Mancher würde es nicht Reiten nennen: Sie sitzen auf ihren Pferden, das ist alles. Sie sitzen und lassen die Ohren hängen.
Sie sehen aus wie die Schweine, wenn sie auch funkelnagelneue Sachen tragen. Die Karabiner auf ihrem Rücken haben helles, neues Holz an den Kolben, die Biesen ihrer Ulanka sind unterm Staub noch ganz weiß, und die Rindslederstiefel stehen gelb und steif bis zum Knie herauf. Und der Mantel hinten am Sattel ist gerollt wie beim Manöver und der Futtersack auch, und das Kandarenzeug ist echtes neues Leder und schneidet der Zügelhand hart in die Finger. Alles Holz, alles Leder an ihnen ist neu und gelb, und ihre Gesichter sind jung und dumm, sind müde und rot von der Hitze und erstaunt über das Leben.
Sie ziehen schweigend unter der Sonne dahin, den Hügel hinauf, den Hügel hinab, durch schattenlosen, glühenden Sand. Sie sitzen muffelnd auf ihren Tieren und lassen die Zügel hängen. Staub liegt auf ihrem Rücken, und Staub umrändert ihre Augen. Wie Fragezeichen hängen sie auf ihren Pferden, keiner möchte es reiten nennen ...
Vor Tagen kamen sie, der Ersatz für das Ulanenregi-

ment 30, mit dem Transportzug aus der Heimat in Skiernewice an. Bis dorhin war alles nach Plan und Vorschrift verlaufen: Nichts hatte gefehlt, man kannte sein Ziel, man wußte es ganz genau: die Kavalleriedivision lag südlich dieser kleinen Stadt, seit Monaten in fester Stellung im sandigen Polen, an einem Fluß, der die Rawka hieß. Ihr gegenüber die Russen. Feinde zwar, doch verträglich, schießend gewiß zuweilen mit kleinen und großen Dingern, doch harmlos das Ganze, eine gute Stellung, nichts gegen den Krieg im Westen. Der Gefreite Makrot, der als einziger von ihnen schon draußen gewesen, er wußte zu erzählen, nämlich dies: »Eine gute Stellung! Die Stellung wird gehalten, Jong!« Mit diesem Jong schloß er allemal eine nachdrückliche Feststellung, und all die jungen Kerls hörten es mit Glauben und Vertrauen.

Der Ersatz war in Skiernewice – wie klang doch der Name! – angekommen, hatte sich aus dem Bahnwagen geladen, mitten in der Nacht. Das war eine böse Pille gewesen für die kriegsungewohnten Kinder. Sechs Pferde satteln in rüttelnder Enge und Dunkelheit, das hatte manchen Tanz gegeben. Kriegsfreiwilliger Schacht hatte den Sattel nicht auf sein Pferd hinauf bekommen, und Miehl, auf der langen Bahnreise stets mit dem Munde voran und hervorragender Kenner aller durchfahrenen Atlasseiten, dieser oberkluge Miehl hatte das Weinen angefangen, weil es ihm nicht gelungen war, seinem Gaul das Gebiß ins Maul zu legen. Merkwürdig, daß alle Freiwilligen Pferde hatten, die sich schlecht aufzäumen ließen! – Mit dem Kandarenzeug in der Hand, den Rappen am bloßen Halfter haltend, hatte Miehl dann auf der Laderampe gestanden, und beim Kommando Aufsitzen war er tatsächlich so zu Pferde gestiegen!

»Miese Stellung, Jong«, hatte daraufhin der Gefreite Makrot aus dem zweiten Gliede her verlauten lassen. Er hatte dann des Oberlehrers Rappen mit der Lanze unterm Schwanz gekitzelt, der war vorgeprellt aus dem Gliede, und Ulan Miehl hatte plötzlich vor der Front gehalten und den Zugführer abgegeben – ein gottsjämmerliches Bild!

Leutnant Bäsch, als er das sah, hatte gebrüllt mit seiner kleinen Stimme, gebrüllt wie siebzig. Bäsch, dieser glattgeleckte Transportführer und Schreibstubenhengst, der garnisonverwendungsfähig da auf seinem riesigen Braunen hockte und den Ersatz zum Regiment bringen wollte, um auch einmal an der Luft gewesen zu sein.

Sonst war aber wirklich der Weg eben gegangen und schnurgeradeaus bis hierhin, und jetzt sollte wohl der Marsch beginnen, diese ein, zwei Reisetage nach Süden, um das Regiment in seinen Quartieren zu treffen; in seinen Dörfern, die ja seit Monaten bekannt waren, so klar und bestimmt, wie man von daheim aus Hildesheim kannte und Lüneburg und Braunschweig. Da gab es keinen Zweifel.

Wohl gab es dennoch Zweifel? Beim Transportführer auf der Laderampe fand sich jemand ein, irgendein Offizier. Es gab bei denen dort einen langen Tratsch, ein ewig tuschelndes Gerede. Endlose Zeit hielt währenddem der kleine Trupp auf seinen Pferden. Der Morgen kam, der erste russische Morgen stieg herauf, man begann etwas von der neuen Welt zu sehen. Sie erschien sehr gewöhnlich, mit öden Holzschuppen, mit einer riesigen Laderampe, mit hundert mal hundert leeren Waggons. Die neue Welt war ein Bahnhof, weiter nichts.

Die Teufelspferde hatten den Übermut einer dreitägigen Bahnfahrt in ihren steifen Beinen und waren nicht ruhigzuhalten. Sie rieben sich das Hinterteil aneinander und keilten, daß die Fetzen flogen. Klatsch-bum ging es, gegen einen Pferdebauch, gegen einen Knochen, auch gegen einen Soldatenfuß.

Die Herren vorne munkelten immer noch; was die sich hier frühmorgens zu erzählen hatten! Bäsch saß auf seinem Braunen, stemmte die kurzen Beine in den Bügeln weit vor, saß wie in einem Klubsessel und sprach von hoch oben herab. Jetzt fing des Freiwilligen Moser Pferd das Steigen an. Es wippelte auf dem Fleck auf und ab, vorne hoch ein bißchen, hinten hoch ein bißchen, ganz wie ein Schaukelpferd. Dem kindischen Jüngling wurde es bang, er wollte das Seine tun und als ein Mann erscheinen, und er tat natürlich das Grundverkehrte: Er riß das Pferd ins Maul, und nun stieg es in die Höhe, in eine mit Mensch und Waffen bepackte gefährliche Höhe. Wie ein Fabelungeheuer türmte es sich da über der Abteilung auf und schlug mit den Vorderbeinen in der Luft.

Da hieb Makrot von hinten mit der Lanze zu, dem Reiter eins auf den Hut, daß der Tschapka tief über die Nase fuhr – und dann kam alles wieder in Ordnung...

Sie saßen zu Pferde und warteten. »Sollen wohl Junge kriegen«, murrten sie. »Alter Feldsoldat kennt sich aus«, stellte Makrot fest. »Abgesessen!« kommandierte er halblaut. Einige hielten das für ein wirkliches Kommando, warfen die Lanzen, Spitzen hoch, über den

Pferdehals und schwangen schon das rechte Bein über Mantel und Futtersack.

»Anreiten!« befahl da eben der Führer, und sie ritten los. Sie ritten in den Morgen hinein, in einen goldenen, sonnenblitzenden Morgen. Erst durch ein Städtchen mit niedrigen Häusern und einem riesigen Marktplatz schnell und genußlos hindurch. Schade, man hätte gern etwas von Rußland gesehen, Läden, Teestuben, Weiber, schöne Judenfrauen – man hatte allerhand gehört! Hinaus ins offene Land, in ein unendlich weites Land ohne Inhalt, ohne rechte Felder, ohne überhaupt einen Wald.

Sand, Hügel, Dünen – das war eigentlich alles. Und darüber eine Julisonne von gewaltiger Größe und eine giftig glühende Hitze, solch wahre Backofenhitze, die Schweiß oder Moderluft ausbrütete und ein gräßliches Fliegengewimmel, man wußte nicht woraus; denn überall war nur leerer, toter Sand. Nicht schön die Welt, nicht leicht das Reiten – aber nun ja, ein, zwei Tage! ...

Drei Tage, vier Tage, den fünften schon ritten sie auf ihren Pferden. Sie ritten nicht mehr recht, sie saßen auf ihren Pferden, man konnte es schon fahren nennen.

Sie machten lange Gesichter und leckten sich mit der Zunge den staubigen Mundrand wund. Sie stöhnten einander zu und japsten nach Luft.

Wasser gab es selten oder nie. In Tümpeln und Pfützen stand etwas da, was man den Pferden vorhielt. Es selber zu trinken, war man noch nicht weit genug im Felde. Aber man wischte es sich schon übers Gesicht und über den brennenden Mund. Man hatte noch etwas zu beißen, einige Kompetenzen, Reste von Leckereien, den Bahnfahrenden dazumal aus Liebe und mit schmelzender Stimme verabreicht. Man war verwöhnt worden unterwegs, und dem Kriegsfreiwilligen Moser hatte darüber das warme Suppenessen nicht eingehen wollen. Das war überhaupt so einer, ein verwöhnter Junge, ein Kind. Er war dann auch der erste, der die Jauche heimlich aus der Hand einschlürfte.

Der fünfte Tag des Auf und Ab über Dünen, durch Mulden, auf tiefen, tiefen Sandgeleisen, die Wege sein sollten. Kein Baum, kein Wald, keine rechten Äcker, rein gar nichts, ein lebloser Raum. Doch, manchmal ein Dorf, aber welch lächerliches Gewuschel, diese Strohhütten! Daß dort Menschen wohnen! Und jedesmal, wenn sie durch solche Elendsstätte reiten, nehmen sie das Kinn an die Binde, die Zügelfaust starr vor den Leib und die Lanze nach Vorschrift auf Lende, die Spitze neben dem rechten Pferdeohr.

Sie denken dann an Dörfer, an Bauernhöfe, groß wie Burgen, aus gelbem Stein für Jahrhunderte erbaut, mit steilen Ziegeldächern und mit einer verschnörkelten Schrift auf dem Türbalken: »Heinrich Noltemeyer und Ehefrau Luise, geborene Garbe, Anno 1831–33«. Das oder anderes steht dort geschrieben.

Ja Deutschland, Deutschland! denken sie, und sie erzählen sich etwas von Weizenfeldern und von Rübenernte im schweren Lehm und von riesigen Schlachtfesten und kühlem Bier am Abend und von etwas, das einmal Leben war. – Dann werden sie schnell wieder still und fallen zusammen.

Sie wissen nicht, was sie sollen: Es ist der fünfte Tag, und sie reiten immer noch, sie reiten und reiten, ohne etwas vom Regiment zu sehen, ohne Sinn und Ziel. Nirgends treffen sie einen Menschen, die Dörfer schei-

nen verlassen, selten spickt um eine Ecke eine alte, häßliche Frau. Die lebt auch nur wie so die Fliegen hier leben. Die Welt ist tot.
Sie grübeln und dösen – sie wissen nichts, sie wissen noch nicht, daß Krieg ist und daß Krieg immer anders ist als Menschen denken.
Daß nie etwas glatt geht, im Krieg wie im Leben, immer alles uneben und verzwickt. Und daß sie keine Privatleute sind, die sich feierabends eine Zigarre anstecken und große Bogen spucken, nein, sondern Nummern, kleine, stummdumme Zahlen, mit denen man umgeht und rechnet, irgendwo, an einer sehr hohen Stelle, die keiner sieht.
Auch mit dem Leutnant wird gerechnet und auf diese geringschätzige Weise umgesprungen, wenn er auch noch so tut, als sei er Hindenburg oder gar der liebe Gott; wenn er da mit stummem Dünkel auf seinem kolossalen Braunen sitzt und sich keines Worts an seine Leute vergibt. Ja, auch mit dem wird getanzt und umgesprungen!
Sie grübeln und dösen und wissen nichts, gar nichts, als daß es heiß ist und scheußlich, und daß der Körper des Menschen ein Ding, über das sie keine Gewalt mehr haben. Sie muffeln gedrückt dahin, bergan, bergab, ersticken schier im Staub, den die Hufe aus der Erde schlagen, die keine Erde mehr ist, und hängen auf ihren Pferden. Keiner möchte es Reiten nennen ...
Wirklich, der Kommandant ritt stolz und stumm vorneweg und sprach zu niemand ein Wort. Er war der Führer, und was er wußte, das wußte er, keinen anderen ging es an. Prächtig ruhte er im Sattel seines riesigen Leo, dieses faulen Garnisonpferdes, das aus weiß Gott

welchen Gründen August 14 im Stall stehengeblieben war. Wohl war es zum Totschießen zu schade. Nein, dieser Leo, dieses stumpfe, dicke Tier! Sein Hals war immer noch der eines Hengstes. Die hochgezogenen Sporen seines Reiters saßen ihm im Bauch verkeilt, aber er zuckte nicht mit den Ohren, sondern tapste, behäbig schwitzend, durch den tiefen Sand.

Wirklich, der Kommandant war ein rechter Führer. Er hielt die Karte auf der Satteltasche ausgebreitet und die Nase tief daraufgesenkt. Oft mußte er halten bleiben, wenn sich nämlich die Sandgeleise, die den Weg vorstellen wollten, in alle Winde verloren, wenn es in dieser elenden Gegend hinten genau so aussah wie vorne, rechts wie links, oben wie unten.

Der Teufel mochte da den Generalstäbler machen, man kannte sich nicht mehr aus. Wirklich, der Kommandant hatte es schwer.

Mit unvergnügtem Mannesblick sieht er in die Karte, wortlos reitet er dahin; plötzlich, ohne ein Zeichen, hält er an und studiert mit verdoppelter Sorgenfalte die Karte. Ohne Kommando hält er an und steht er da. Und – bums – steht auch die Abteilung hinter ihm, die Gäule prellen aufeinander auf, und daran merken es dann auch die Reiter, daß es wieder einen Halt gegeben hat. Keinen Halt aus Absicht und Überlegung, keine Rast ihrer Müdigkeit zuliebe, nein, – einen Halt aus Verlegenheit und Nichtskönnen!

Man zögert erst, dann steigt man ab, zieht den Sattelgurt nach, pinkelt ein wenig in den Sand und klopft einander den Staub vom Rücken. Ein paar bleiben oben und drücken ihre Pferde. – Ein gottverfluchtes Reiten, – der Gefreite Makrot schimpft nicht mehr, er zeigt gehässige Verachtung und bietet sich an, das Kommando zu übernehmen, wenn Bäschs Weisheit am letzten Ende ist. Lange wird das nicht mehr dauern, Makrot weiß es...

Am späten Mittag dieses fünften Sonnenhimmels in Polen stießen sie auf deutliche Spuren eines Heereszuges, der vor ihnen hergewandert war. Unzählige Pferdehufe hatten die Sandgeleise eingeebnet, frischer Mist lag herum – ein, zwei Tage alt, Makrot wußte es – und die Dörfer, durch die sie ritten, waren jüngst verlassene Quartiere.

Der Führer zeigte auf einmal große Frische des Denkens und Handelns, und seine Nase trug er wieder hoch, viel zu hoch. Er besann sich sogar auf etwas, hielt an und ließ die Abteilung an sich vorüberziehen. »Nehmen Sie die Zügel kürzer!« maulte er mit seiner fetten Stimme. »Halten Sie Ihr Pferd besser zusammen!« Bei jedem Zweiten machte er das Maul auf, und die Rekruten bemühten sich gewohnheitsmäßig, ihre Pferde zu versammeln. Bloß Makrots Gaul lief weiter dahin, als habe er einen Ladestock im Halse. »Unsinn«, erklärte er dem kleinen Moser, der neben ihm ritt, »Unsinn, laß du deinem Renner den Hals lang, sonst ist er bald hin. Draußen reiten wir so, Jong.«

Der Kommandant wollte dann wieder an die Tête gelangen. Er erinnerte sich wohl an Parade und festlichen Schneid in Friedenstagen und versuchte es mit einem kleinen Galopp. Leo indessen, vielleicht aus Mißverständnis der reiterlichen Hilfen, zog einen stechenden Trab vor. Erst ein ärgerliches Zügelreißen versetzte ihn in einen hastigen Galopp, der einer kleinen Panik gleichkam. So schaukelte Bäsch, an der

Abteilung entlang, nach vorne. Der Hintere flog ihm einen Meter aus dem Sattel – zwei Kommißbrote hätte man dazwischenlegen können –, und seine kleine Pistole, diese einzige, süße Mauserpistole im hellgelben Futteral, klatschte ihm wie besessen in den Rücken... Seltsam, wie dieses Bild erfrischte! So viel kannten sie alle schon von der Reiterei, um hierüber zu lachen.

Die leichte Panik war überstanden, und Leo ging wieder an der Tête, mit blöder Gelassenheit stampfte er durch den Sand, und der Kommandant, da er über das Pferd gesiegt, sah feldherrlich in die Gegend, die immer die gleiche blieb.

Sie belebte sich zwar mehr und mehr, doch nicht mit Menschen – nie sahen sie einen Menschen in dieser Wüste –, wohl aber mit dem, was Menschen am Wege zurückgelassen hatten. Bald war das nicht mehr nur allgemeines, ganz und gar heimatloses Zeug, nein, bald waren es sinnvolle Einzelheiten, die präzise Gewißheit gaben: Da lag ein Stück Schild, vom Bagagewagen gefallen, mit der Aufschrift ihrer Kavalleriedivision, und dort dann ein vergessener Hafersack mit der Nummer der Artillerieabteilung, die reitend, das wußten die Rekruten aus dem Unterricht, die Division begleitete. Hier war also doch einige Ordnung, das Chaos war noch nicht vollkommen und allgemein, wenn es auch mit den zwei Reisetagen nach Süden nicht gestimmt hatte. »Makrot, was meinst du?«

Makrot verzog nicht sein Gesicht, er meinte scheinbar gar nichts. Aber er wußte wohl etwas, allerhand, man sah es ihm deutlich an. Er mochte nicht reden zur Zeit, er hatte einen ernsten Verdruß, er kochte vor Haß und Verachtung gegen den Führer, der das Reiten im Felde so wenig verstand. Was war ihm das für ein stümperhaftes Gejuckel, dies endlose Traben mit den untrainierten Pferden, in einer Hast dazu, die die Letzten hinten schon galoppieren ließ, um den Anschluß zu behalten! Die Zunge hing den Gäulen aus dem Hals; was war ihm das für ein unverständiges Wirtschaften mit der Kraft von Menschen und Tieren, mit einem Gut, das im Leben allenthalben zu verlieren, unendlich schwer aber wieder zu gewinnen war!

Er wurde mit sich einig: Der Schreibstubenhengst war verrückt geworden, ihn hatte der Ehrgeiz gepackt, er wollte wohl das Kreuz 1. Klasse verdienen und vergaß darüber, für genügende Nachtruhe und Fressen zu sorgen. Makrot wünschte ihm alles Böse.

Und sein Wunsch fand Gehör, es gab eine köstliche, Erquickung spendende Unterbrechung, die von Grund auf Wandlung schaffte: Bäsch fiel vom Pferde, fiel, Schritt reitend, von seinem faulen Leo, der in seinem Leben noch nie einen Sprung vom Wege getan hatte. Bäsch fiel und lag im Sand!

Wie war das möglich gewesen! Die Vordersten wußten es: Bäsch hatte sich wieder in seine Karte vertieft, es war wieder einmal sehr schlimm mit den Wegen geworden, und er wußte wohl nicht mehr, wohin er reiten sollte. Leo war sachte dahingeschlichen, und auf einmal war der Leutnant auf der linken Seite hinuntergerutscht, hatte sich ein wenig noch an Leos Hals festgehalten, war dann mit einem dumpfen Plautz in den Sand gefallen; lag nun da und strampelte mit den kurzen Beinen.

Die Vordersten hielten und schauten hinunter, die Folgenden rückten auf und drängten vor. Bald stand die Abteilung im Klumpen vor dem Wunder und staunte.

Einer mußte Leo halten, bis der Führer wieder oben saß. Er sah käsig und dumm aus und sagte kein Wort. Seltsam dieser Fall, er erquickte die Stimmung wie eine lange Rast mit Wasser und Kompetenzen. Die Jungen wurden ganz heiter und fingen das lang vergessene Plaudern an. Sie sangen sogar, sie sangen das erste Lied auf russischem Boden. ». . . denn dieser Feldzug, der ist kein Schnellzug«, sangen sie. Damit hatten sie eine erste feldtüchtige Erkenntnis gewonnen. Damit versetzten sie ferner ihrem Führer einen kleinen Stoß. Denn mit Bäschs bisher auf Gewohnheit und Erziehung schläfrig ruhender Autorität war es jetzt aus. Er ritt vorneweg, aber nicht mehr als Führer; er wagte nicht mehr, anzutraben, er wagte nicht, halten zu bleiben, er wagte schier gar nichts mehr. Er drehte sich im Sattel um und flüsterte den Têtenreitern etwas zu, und dann eilte im Triumph der Ruf nach hinten: »Der Gefreite Makrot! – Makrot zum Herrn Leutnant kommen!!«
Und Makrot trabte langsam an der Abteilung herauf . . .
Und dann erfuhren sie es endlich: Liebe Leute, es ist Krieg. Und Krieg ist etwas Neues, ist eine verrückte Sache, ein tolles, widersinniges Durcheinander, eine Lebensform fern aller Vernunft. Zwar ist es im Leben allerwärts so, daß es – erstens – anders kommt, – zweitens – als du meinst. Aber im Kriege ist das die Regel. Ihr dachtet an die Rawka, an zwei Tagemärsche südlich Skiernewice, an gewisse, auf der Karte zu findende Quartiere, an Ortsnamen mit – schibski und – slaw und so, an Namen, die ihr euch schon mit Anstrengung auszusprechen bemühtet, an Namen so feststehend wie von daheim aus Lüneburg und Hildesheim und Barsinghausen!

Ihr dachtet! Man soll nicht denken, der Mensch muß reiten. – Hört also zu: Vorbei ist der Stellungskrieg, vorbei das gefährlich-gemütliche Wühlen und Aufeinanderpassen in Erdlöchern, auf geographisch begreifbarer Fläche! Vorbei dieser ganze, dem Leben daheim irgendwie verwandte, wenn auch um einen Schritt todesnähere Betrieb mit Lauscherposten und Drahtverhau, mit Schulreiten im Quartier und Pferdeappell, mit regelmäßigem Postempfang und nach Listen geordneten Urlaubsfahrten! Vorbei ist das alles, abgerissen der Nabelstrang, der uns an die Heimat band, durch den schon das schwere Venenblut unserer Gewohnheit zu uns herausdrang und uns den Kopf beschwerte. Vorbei. Denn in der Nacht, als wir Neuen in Skiernewice unlustig auf der Laderampe hielten und an die zwei Tagemärsche dachten, die uns bevorstanden, und an Rußland, an die Teejüdinnen und allerhand anderes – in dieser Nacht ist hier herum das *Handeln* in Bewegung gekommen.

Irgendwo im Norden hat man den Russen aus den Gräben gejagt, und der Vormarsch begann. Die Reiter kamen aus den Löchern auf ihre Pferde, die Pferde kamen wieder auf ihre Beine, das Regiment marschiert, die Division marschiert, die Armee marschiert, die ganze Front im Osten marschiert, vorwärts!

Wohin? – Wie weit? – Keiner weiß es.

Was geht es einen an! Man marschiert, setzt Bein vor Bein, man kommt vorwärts, und hinter einem reißt der Nabelstrang mit seinem dicken Blut der Beziehung, die bürgerliche Welt versinkt, aufsteigt ein neues Leben: halsdörrend, dickluftig, schweinemäßig natürlich – Makrot weiß es von 14 her, aus dem Westen –, aber etwas Neues, ein Kuriosum in dieser Welt, etwas aus nicht allen Tagen!

So lagen die Dinge, und das also hatte sich hinter dem Unfug ihres fünftägigen Reitens bisher verborgen. Makrot wußte es, hatte es immer gewußt; er wurde jetzt laut. »Bedeutend mehr Krieg, Jong«, sagte er, und alle hörten es mit Glauben und sprachen das ihrige dazu.

Sie wurden vollends heiter und ausgelassen gar, als sie bei einem Busch am Wegrande eine Feldmütze liegen sahen, solch ein urbekanntes graues Käppchen, verschweißt durch und durch, aber mit immer noch weißem Streifen um den schirmlosen Rand. »Unser Regiment«, jubelten sie laut, einer pikte das Ding mit der Lanze auf und gab es zur Betrachtung durch die Reihe. Ein Schildchen war eingenäht, ein kleines, bedrucktes Stück Leinen, ein Etikett mit Namen und sämtlichen Details: »Schorse Wessel von der Ersten!« riefen ein paar, »Wessel aus Fallingbostel!« Welch ein Stück Heimat mitten in der Wüste!

Kriegsfreiwilliger Schacht ließ die Mütze bei sich verschwinden. Er wollte zur 1. Schwadron, und er fand, es könnte nichts schaden, wenn man einen alten Krieger durch die Zurückgabe seiner verlorenen Mütze für sich gewänne. Freiwillige waren ja Außenseiter, waren Fremdkörper und grün; hatten es schwer bei den anderen, brauchten Freund und Stütze ...

Diese kleine Feldmütze des Ulanen Georg Wessel also war das zweite Wunder auf ihrem heißen Wege gewesen, auf ihrem ziellosen Reiten hinter dem Regiment her, das sich in den grauesten Osten hinein verflüchtigt hatte, dem sie, unsicher geführt, nachtrabten, das sie Gott weiß wann und wo je erreichen werden.

Das erste Wunder war der Fall des Leutnants gewesen, sein tiefer Sturz von Leo herab in den Sand, vom Feldherrnturm unerhörten Dünkels hinab in eingestandene Hilflosigkeit.

Und das dritte Wunder wurde eine große, grüne Wiese mit einem schläfrig fließenden Bach, die Makrot abseits vom Wege erkundet hatte und zu erreichen wußte. Sie konnten mit den Pferden, die schon begeistert die Ohren spitzten, bis ans Wasser heran nicht kommen; beim ersten Versuch staken die Tiere bis über die Knie im schwarzen Morast. Welch ein Land, dies russische Polen: Sand, Sand, nichts als Sand, und von Wasser nicht ein Tautropfen – und plötzlich dann Wasser zuviel, ein schwerer, schwarzer Sumpf!

Sie stiegen ab; die links geritten, die gerade Nummern waren, hielten die Pferde und nahmen ihnen die Zaumzeuge vom Kopf, – die Ungeraden liefen durch das Gras und füllten am Bach ihre Segeltucheimer, liefen ohne Säumen zurück und hielten den Pferden die triefenden Beutel vor das Maul. Die Tiere soffen mit Inbrunst das Wasser in ihren Bauch; groß ist ein Pferdeleib, und im Nu waren die Beutel geleert. Die Pferde aber scharrten und guckten nach mehr. Die Ungeraden liefen zurück zum Bach, noch einen zweiten Eimer zu füllen. Da lag doch der Freiwillige Moser auf dem Bauch, schöpfte mit den Händen das Wasser und hielt es sich unter den Mund! Der Freßbeutel lag leer neben ihm, sein Gaul unterdessen sah und hörte die anderen saufen und brachte sich vor Enttäuschung schier um!

Moser bekam einen Tritt hintendrauf und flog zu seinem Pferde zurück. Dort erfuhr er noch anderes:

Makrot stand da und redete, Makrot orakelte schlimme, feldtüchtige Weisheit:
»Mensch«, sagte er, »was weißt du vom Pferde! Dein Pferd ist alles, du allein bist ein Dreck. Auf Patrouille, wenn die Kosaken hinter dir sind, dann wirst du es sehen. Mensch, paß du auf dein Pferd!«
Moser mußte laufen, noch oft; erst für sein eigenes Pferd, dann wieder für Makrots hohen Wüstengaul, der sein Leibgewölbe wie einen Ballon mit Wasser füllte und nie genug bekam.
Makrots großes Pferd hieß Servus, von ihm so benannt: »Servus, alter Bursche! – wir beide, Jong.« Keiner in der Garnison hatte es verstanden, warum Makrot sich dies dürre Tier, hoch wie ein Haus, flach wie ein Pappdekkel, mit einem Kamelhöcker als Widerrist, mit langen Spinnebeinen, ausgewählt und vom Wachtmeister erbeten hatte. Alle hatten gelacht, bloß Makrot nicht.
Servus soff fürchterlich, soff am längsten von allen, und der Kriegsfreiwillige Moser trabte immer noch mit dem Freßbeutel durch die Wiese, während die anderen schon wieder aufgeschirrt hatten. Er hatte seit vorhin keinen Tropfen Wasser mehr geschluckt und den damaligen schon längst wieder ausgeschwitzt...
Weiter ging es, in den Nachmittag hinein, auf manchen neuen Spuren vom Regiment, endlich auch durch Stätten alter Kämpfe, uralter gar, aus dem vorigen Jahr, da hier herum schon einmal Krieg gewesen war. In den Trichtern war Gras gewachsen, und die Gräben waren zusammengefallen. Da war eine kleine Anhöhe mit zerschossenem Gehöft, von einer Unmenge Draht umgeben. Der Boden war zerstochert, voller Wunden. Löcher waren es, kleine Scharten in der Erde – Schrap-

nells mit Aufschlag! erklärte Makrot – und größere Kuhlen und endlich ganz große niederträchtige Gruben mit schwarzem Schatten im Grunde. Makrot erklärte sie. Leute, Menschen, grüne und freiwillige Herrschaften, was stellt euch das vor? Nichts? Wenig? Ein sanfter Kitzel, eine anregende Spannung, den Heimbürgerritt bis heute zu etwas Neuem, ganz Ungekanntem vergrößernd, verschönernd?

Recht so, wartet auf die Zeit! Wartet nur auf die Zeit, alles werdet ihr erfahren! Ihr kanntet das Leben noch nicht, ihr werdet das Leben jetzt kennenlernen, wo es am dichtesten, am allerschönsten ist, da nämlich, wo es etwas Seltenes ist und ein rarer Gewinn, ein Geschenk, und immer ganz neu. Niemals alt und verbraucht und darum so schön. Glaubt ihr's?

Je nun, die Jungen hören es und schauen gierig in die Welt, die ihnen dieses erzählt. Da öffnet sich hinter jenem kleinen Schauplatz – wie ungekannt, ohne strategische Bedeutung ist er wohl gewesen! wie vergaß man ihn schon längst! – eine Mulde. Sie birgt ein Wäldchen von Kreuzen, gezimmert aus rohem Holz, einmal schmückende Birke, einmal dürre Latten und Späne. Kreuze mit einem Querholz wie daheim, Kreuze mit zwei Querhölzern, ein wenig schief.

Sie schauen sich fest und schweigen. Nur Miehl spricht es aus, daß dies ein Friedhof sei, und will sich noch länger hören lassen.

Friedhof! höhnt man ihn an. »Was du aber auch weißt! Dachten, es wäre ein Kohlacker.« Man spricht hierzulande nicht über das, was selber spricht. Miehl soll das lernen, aber er versteht es nicht.

Reden wollen sie nicht, aber das Singen fangen sie an,

das Singen paßt ihnen in diese Welt. Sie singen etwas, das traurig ist und schön, vom stolzen Reiter und vom kleinen Fink fallera und zuletzt wieder vom Feldzug, der niemals ein Schnellzug werden will. Und da Bäsch das Singen nicht liebt, und da sie wiederum Bäsch nicht lieben, singen sie endlich: »Und unser Rittmeister an der Spitze, der reitet kühn voran.« Der Gesang steigt schmetternd hinaus in die einsame, fiebrig glühende Wüste.

2

Im Anfang paßt der Mensch auf die Zeit, die ihm schwer mitspielt, und berechnet sich ihre Dauer. Am Ende aber vergißt er das über allen Kleinigkeiten, die der laufende Leidenstag ihm auf den Weg wirft, und läßt sich willfährig beschäftigen. Und eines Morgens weiß er es dann kaum mehr, wie lange die Schweinerei eigentlich schon dauert.

Irgendwann also ritt der kleine Ersatztrupp für Ulanen 30 aus glutheißer Sonnenbrut und brandigem Sande heraus gegen Abend in einen Gutshof ein, der auch nichts anderes mehr war als leere und verdreckte Gebäude. Stöhnend sahen sie diesem Quartier entgegen; wurschtig gegen Gott und die Welt trommelten sie ihren Gäulen die steifledernen Waden gegen die hohlen Bäuche.

Lange ging dies Leben nicht mehr fort, das war klar. Die Tiere waren am Umfallen, und die Reiter, so schien es ihnen, bestanden schon nur noch aus Gesäß. – Keiner von den Jungen war da, der nicht wund war und beim

Traben greuliche Schmerzen litt. Im Schrittreiten ging es einzurichten, man setzte sich so, daß die wunden Stellen einmal sich nicht rieben, man drückte damit aber das Pferd. Auch das war einem vorderhand gleich. Dem Kriegsfreiwilligen Schacht, reicher Leute Sohn, erging es am schlimmsten. Er trug eine Extrahose aus Wildleder, die am Knie viel zu eng und am Gesäß viel zu weit war und mächtige Falten warf. Ja, es fehlten hier die kleinen Mädchen, um formschön geschwungene Breeches zu bewundern; hier gab es statt der Mädels nur Hitze und bittere Not.

Mosers rundes und niedliches Garnisonpferdchen, einst sein ganzer Stolz, war von Grund auf verändert. Moser erkannte es kaum wieder, wenn er beim Satteln von hinten herantrat und die scharf gefurchten Hinterbacken sah, aus denen die Qual der Tage alles Fett weggeschmolzen hatte. Und noch etwas anderes hatte er an seinem Pferde gefunden, etwas ganz Schreckliches, das er aber gerissen vor jedem verbarg. Er machte es des Abends so, daß er mit seinem Tier in die allerdunkelste Ecke kam, und wie alle grünen Esel hatte er mit seiner törichten Pfiffigkeit ein unglückseliges Glück.
Bäsch ritt also mit seinem müden Trupp auf den Gutshof hinauf; sie saßen ab und zogen ihre Pferde in die große Scheune, die ausgeräumt war, natürlich; bis auf den letzten Strohhalm, und nichts war als eine leere, vermistete Halle.
Beim Eintreten schraken die Vordersten zusammen, denn in dem öden Schuppen war doch noch Leben, war ein gar seltsam unerwartetes Lebendigsein! Die zwei Paar Pferdeohren, die dort über die Planke guckten,

gehörten weiß Gott keinen struppigen Panjepferdchen, nein, sie gehörten zwei großen Reiterpferden mit langen, schlanken Hälsen.
Das eine hatte eine geschorene Mähne, war mager, aber edel wie Stahl: »Wanderer!« schrie es Makrot heraus, »Wanderer! Der Graf ist da!«
Was Wanderer? Was Graf hier in der Wüste, in der Nicht-mehr-Welt! Makrot, dich hat die Sonne gestochen?
Nein, Makrot war durchaus bei Sinnen, und er hatte wieder einmal recht gehabt. Aus kümmerlichen Strohresten, aus einem Gesumme von tausend Fliegen schälte sich ein schlafduseliger deutscher Reiter, und von irgendeinem Speicher herab nahte in Reithosen und überraschend weißem Hemd, mit Heu behangen, die lange Gestalt des Grafen Plön, Oberleutnant bei der 1. Schwadron, eine bekannte Nummer.
Beide Hände in den Taschen seiner Hose, schob er nachlässig heran; elegant sah er aus, trug er einen blauen Überrock? Nein, eine große Hornbrille trug er statt des Monokels, und dennoch sah er nicht wie ein Gelehrter aus.
Gemächlich schob er heran, mitten durch die erstaunten Leute, klapste Mosers Pferd auf die Nase, damit es ihn durchließ, warf einen einzigen Blick über Pferde und Reiter und zog den Mund nach einer Seite in die Breite.
»Rein in das Haus, liebe Kinder!« sagte er, »macht es euch gemütlich!«
Während die Reiter ihre Pferde in die Scheune zogen, ließ er sich von Bäsch kameradschaftlich begrüßen und zog mit diesem in eine entfernte Ecke des großen Hofes.

Dort standen die beiden und sprachen miteinander, Plön wie ein Flegel, die Hände in den Taschen, – Bäsch klein und dick vor ihm, ein Mops und ein Windhund!
Die absattelnden Reiter in der Scheune hörten auf einmal ein lautes Schreien, ein schneidend grelles Reden in den höchsten Tönen, dies allen bekannte, hochberühmte, ganz und gar zornlose, in Jahren erst erlernbare militärische Schreien, das man einen Anschiß nennt oder, milder, eine Zigarre!
Was war es? – Ein Wunder war es, ein köstliches Erleben: Plön schrie, und Bäsch bekam seine Zigarre! Bekam seine redlich verdiente dicke und lange Zigarre, mit Bauchband gar, wegen ganz und gar irrsinnigen und aller Feldklugheit widersprechenden Reitens, wegen Schreibstubendummheit und ziviler Eitelkeit, wegen sinnloser Vergeudung von Pferdelunge und Reitergesäß.
Und stumm stand er da und rauchte diese Zigarre. Er nahm sie hin als seinen Lohn, stand stramm wie ein Unteroffizier und legte die Finger an die Hosennaht.
Die Jungen sahen es aus den Scheunentüren mit grinsender Wonne, und dann ließen sie sich von Plöns Burschen Ostermann alles erzählen, alles, was los war und mit ihnen umging. Oh, das war viel und füllte den ganzen Abend dieses Quartiers und handelte von gewaltigen Märschen seit dem Aufbruch von der Rawka, von großartigen Patrouillen mit Plön und Leutnant Türkheim, der dabei gefallen war, mit Bauchschuß vom Pferde; und andere waren auch tot geblieben, und zwei von den Russen gefangen. Von riesigen Fernpatrouillen unter dem Offizier, von Tagen und Nächten allein im Busch, mit Kosakenattacken und Lanzenste-

chen vom Pferde, – eine tolle Sache über die andere. Menschen, hört zu! Menschen, hütet eure Lanze, sie ist jetzt außer der Kraft eures Pferdes euer einziger Schutz. Von selbst seid ihr nichts! – Und von Gefangenen ist die Rede und von gefangen werden und von russischen Rollsalven und einem überbunten Zauber, von einem ganz neuen Leben, von Butter und Speck in noch nie heimgesuchten Quartieren. Eine gänzlich veränderte Stellung, bedeutend mehr Krieg, Jong ...

Die Marschtage hatten jetzt ein ganz neues Gesicht. Die Kolonne ritt geschlossen dahin, es gab viele und lange Schrittreprisen und kein Nachjuckeln mehr; es wurde auch öfters abgestiegen und zu Fuß gelaufen. Die Trabintervalle waren kurz und gemessen.

Der Graf ritt auf Wanderer an der Spitze und schaukelte sich in einem gedrungenen Tempo, das den Pferden eine mächtige Atemreserve in der Lunge beließ. Weich trabte er dahin mit ein wenig vorgeneigtem Kopf, schlapp und windig konnte es aussehen, war aber voll Draht und Energie. Im Schritt blieb er oft halten und ließ die Abteilung an sich vorüberziehen, sah sich mit schräg geneigtem Kopf und einseitig verzogenem Munde alles an, alles!

Dann holte er im Schritt – Wanderer konnte ausschreiten! – wieder auf, rückte unhörbar neben den Reitern an der Abteilung herauf und sprach mit diesem und jenem: »Wann haben denn Sie Ihre letzte Hausaufgabe gemacht?« fragte er Moser. Er näselte ein wenig aus dem schiefgezogenen Mundwinkel, er sprach aus einem Abgrund von Gleichgültigkeit herauf, die Antwort schien ihn nirgends zu interessieren; sein Fragen war allgemein und ein Witz, mehr nicht. Es sollte Beziehungen herstellen und stellte sie her: Alle spitzten die Ohren nach dem, was der Graf sagte, sie konnten manchmal lachen, und sie fühlten sich erwärmt und geborgen. Der dort, der verstand sie und verstand seinen Kram, er führte den Trupp gleichsam mit geschlossenen Augen; Wanderer lief an langen Zügeln dahin und fand seinen Weg wohl allein. Das Pferd schien klüger als der Reiter. Miehl wenigstens kam im stillen zu dieser Ansicht. »Eine rechte Karikatur aus dem ›Simplicissimus‹«, schloß er bei sich. Auch manch anderer Junge hatte eine schwankende Meinung über den Grafen, und Moser zum Beispiel war recht gekränkt.

Ja, der Graf! Makrot geriet ins Schwärmen: der beste Patrouillenoffizier des Regiments, der Division, der brachte alle zurück, die er mitnahm, und holte jeden heraus, der festhing! Selten, daß er einen Mann verlor, und wenn einmal, dann immer ohne seine Schuld. Trotzdem war er dann drei Tage hinterher Gift und Galle!

Und zu beißen fand man mit ihm immer etwas, die reinsten Freßpatrouillen ritt er, der Kerl, man kam vollgestopft stets zur Schwadron zurück, und die anderen platzten vor Neid: »...einen Ballonkopf habt ihr euch angefressen unterdessen!« sagten die anderen dann.

Nicht alle hörten diesmal Makrot mit Vertrauen zu, bloß daß der Graf ein Vieh war und tolle Geschichten kannte, das wollten sie ganz gern glauben. Was er da eben mit dem Miehl anstellte!

»Herr Oberlehrer« nannte er ihn! »Herr Oberlehrer, wenn Sie den Hintern so weit hinten herausdrücken, passiert Ihnen sonst noch etwas, das möchte die Frau Gemahlin nicht erleben.« Haha, wie er das sagte, ganz langsam, Wort für Wort lispelte er aus dem rechten Mundwinkel!

Und wo war denn Bäsch? Unsichtbar war er, zerplatzt, nicht mehr vorhanden. Man wußte nichts von ihm. Wohl war er mit dem Bagagewagen bei Nacht abgerollt, heimwärts gegen Westen, zurück an die Urlaubslisten und die kleine Kasernenschikane seiner Blechschmiede? An seine Verwendung zwischen Tinte und Papier, – ab mit Schaden! Der Graf hat uns geholt, Bäsch, geh du zum Teufel!

Der Graf hatte sie geholt, und alles wurde anders. Aus der Wüste wuchsen Bäume, Wiesen breiteten sich aus mit langsam fließenden Bächen, Felder standen da mit Roggen und Hafer, Wälder grünten auf, die Welt wurde lebendig. Die Dörfer waren bewohnt und hatten noch nicht viel vom Kriege gesehen; die Leute kamen aus den Häusern, standen verlegen herum und grinsten auf die lärmenden Zurufe: »Hallo, Matka, altes Mädchen!« Das verstanden sie nicht.

»Kosaki niema?« rief Makrot spracherfahren vom Pferde. Da schüttelten sie alle die Köpfe und beteuerten es mit Mund und weit, weit wegweisenden Armen, daß sie Kosaken längst nicht mehr gesehen. Das war so ihre Art und zugleich die ihnen ungefährlichste Auskunft: immer so tun, als habe man bis eben furchtzitternd auf dem Ofen geschlafen und vom Leben rein gar nichts gesehen. Mein Name ist Hase, ich weiß von nichts; darauf verstanden sich diese Panjes. »Falsches Gesindel!« wußte Makrot. »Mußt ihnen nichts glauben auf Patrouille! Niema, sagen sie, und dann holen sie die

Kosaken aus dem Walde und lachen dazu, wenn die dich mit der Lanze in den Hintern stechen.«

Alles war von Grund auf verändert, die Landschaft und die Menschen, alles. Manchmal trafen sie jetzt Reiter, manchmal auch eine Wagenkolonne, bekamen »Empfang« und dunkle Mitteilungen obendrein für ihre wißbegierigen Ohren. Die Division? Ja, dort in der Gegend, im Gefecht. Wo, wußte man nicht; wie weit, wußte man nicht.

Plön ritt voran und schien es zu wissen, das war vollauf genug. Sie folgten ihm und hatten keinen Zweifel. Die Pferde waren etwas heiterer geworden und wuchsen sich langsam, nachdem sie den ersten Mißbrauch ihrer Kräfte überwunden, in die Gewöhnung hinein. Und den Reitern ging es ähnlich, sie sprachen wieder miteinander, sprachen auch gern mit dem Grafen, wenn er neben ihnen ritt, und wollten von ihm etwas erfahren: »Wann kommen wir denn zum Regiment, Herr Graf?«

»Dienstag«, sagte Plön. Haha, wann war das? Was war heute? Keiner wußte es, alle mußten lachen.

»Wie lange wird der Krieg noch dauern, Herr Graf?«

»Bis Frieden ist.« Diese Antwort hätte Miehl sich selbst geben können, aber er ließ sich auch weiter den Mund nicht stopfen, sondern redete, klug wie ein Buch: Dieser Vormarsch, das war klar, ging gegen Warschau, Warschau wurde eingenommen, und dann die Festungen am Narew und Bug, und dann marschierte man gegen Petersburg, und dann gab es Frieden mit Rußland und Sieg, Frieden und Schluß und Triumph und ein ewiges Glück. Und dann – und dann – und dann, man hörte ihm zu, aber man schüttelte ungläubig den

Kopf; Makrot sprach einen schmutzigen Fluch, und Plön guckte sich den Dozenten mit schiefem Munde an. Es wurde still in der schrittreitenden Abteilung, eine runde rote Abendsonne kroch eben in den fernen Wald, man sah ein blauschimmerndes Land vor sich liegen, nicht Ebene, nicht Berge, nein, das gewohnte Auf und Ab der sanft bewegten Erde.
Dämpfe hoben sich aus den Wiesen, und dazu plötzlich ein seltsam neuer Laut, ein mehrtaktiges Rumpeln und Knurren aus weiter, weiter Ferne, aufsteigend aus dem unendlichen Wald. Ein fremder Laut, nicht von Bäumen und Tieren, doch aber entwachsen der Landschaft, engverbunden mit dieser Natur. Ein Wort war es, ein Satz der Wälder, verwandt dem Gewitter, lange nachhallend in der weiten, leeren Welt.
Seltsame Musik des russischen Abends! – Die Pferde spitzten die Ohren, stockten im Schreiten und schauten, trotz gleichmäßig anstehender Zügel, alle mit ein wenig gebogenen Hälsen nach rechts.
Da kam er noch einmal, der Laut, und klang jetzt wie ein stockender Trommelwirbel.
»Rollsalve«, sagte Makrot, »die Russen. – – Jetzt die Unsrigen!« Wirklich, ein zweites Getön war aufgestiegen, kürzer, schärfer, ein vielfaches Plautzen.
Dann blieb es ganz still, keine neue Überraschung bot sich dem Ohr, lautlos schlief die Landschaft in den Abend hinein.
Plön indessen schien der Abend nicht zu gefallen. Er ließ absitzen, Leute und Pferde vom Wege fort in die Büsche ziehen und ritt den Weg allein weiter geradeaus. Man sah Wanderer fern auf eine Anhöhe klimmen, man stand herum und wartete.

Moser hatte Kognak im Blut, ihn machte der Abend betrunken. Großartig fand er diese Stimmung, zum Platzen aufgeregt war er. Er konnte nicht ruhig bleiben, ließ seinen Rappen stehen, wo er stand und lief auf den Weg zurück, den Weg etwas voran; er wollte nichts versäumen, sondern alles, alles sehen.
Bald sah er etwas, ein weißes Wölkchen vorn über dem Hügel, ein mildes Wölkchen, aus dem Abendhimmel zur Erde sich neigend, ein zarter Gruß. Schneeweiß stand es da, ruhig und fest, löste sich nur langsam auf und zerwehte als ein dünner Hauch, war nicht mehr da. Ein zweites steht da, auf einmal da, ein dumpfer Knall weht herüber. Woher? Von diesem Wölkchen gar? Er tut dem Ohr keine Gewalt, sondern kommt weich daher und gefällig, der Landschaft entstiegen. – Es paßt alles zueinander, es ist die Musik zum Bilde und erregt die Nerven zum Singen. Das Abenteuer steigt herauf, nimmt den Menschen in die Mitte. Gesegnet sei das Abenteuer! –
Das Abenteuer stieg herauf, weiß und weich wie Watte, ein Bild voll Stimmung und Musik, ein Stück süßes Leben, andächtig zu genießen aus sicherem Polsterstuhl, lockend und geruhsam, friedlich und allgemein!
Das Abenteuer reißt den Wattebausch vom Antlitz und zeigt eine grinsende Fresse. Es nimmt den Dämpfer ab und bellt dem Menschen einen krachenden Huster in die Ohren: die Schrapnells, sie stehen nicht mehr fern über dem Hügel, sondern vor dem Wege, über der Abteilung. Sie sind nicht mehr weiße Wolkenbällchen, sondern grelle Blitze und schwarzer Rauch, sie spucken mit hohlem Plautz einen eisernen Dreck herunter und jagen ihn zwischen Bäume und Pferde. Es prasselt wie

Hagel in den Blättern, Äste fallen zu Boden, an den Stämmen spritzen helle Stellen auf. Das Abenteuer ist nah, ist da, es sperrt den Rachen auf, speit Eisen und Feuer, sieht aus wie der Tod.

In Karriere fegte der Graf heran und trieb die Abteilung tiefer in den Wald. Einer blieb liegen und schrie, sein Pferd lief irrsinnig davon, auch Mosers Gaul war verschwunden. Er selbst steckte, er wußte nicht wie, zwischen Menschen und Pferden tief drinnen im Busch und kannte sich überhaupt nicht mehr aus.

Wo sind wir? Was sind wir? Ist dies die alte Welt? Das sichere, Schritt vor Schritt setzende Leben, behütet, bedacht und eingeordnet seit wir denken mit unserem Gehirn, mit unserem klugen Spatzenhirn, das hier einen Dreck gilt!

Ist das noch die Abendsonne? Nein, sie ist es nicht mehr, das dort ist ein rotes Totenlicht über einem gespenstischen Land, über dem dritten Land zwischen Leben und Tod, über dem Lande des Nicht-Hier, Nicht-Dort, dessen Herrscher heißt Angst!

Das war es. Alle schauten verändert aus und hantierten hastig und verlegen an ihren Pferden und sahen einander nicht an.

Der Graf spazierte zwischen ihnen herum, trieb die Außenstehenden noch weiter in den Busch und guckte sich den Verwundeten an, der gar nicht mehr schrie, sondern nur blaß und dumm schaute. »Parole Heimat«, sagte Plön aus schiefem Mundwinkel, »grüßen Sie die kleinen Mädchen auf der Georgstraße!«

Haha, wie wohl das tat, wie leicht ihnen wurde. Jawohl, schon wieder ein wenig Ordnung in den Dingen: Heinrich Freese aus Limmer, der so schrie, er ist nicht tot, er

wird nicht sterben, er kommt in die Heimat und wird es gut haben!
Auch die Schrapnells platzten nicht mehr hier, sondern anderswo, seitwärts und hinten; die Russen streuten ein wenig herum.
Um ein Geringes lüftete der fremde Schleier sich über der Gegend, halb sah sie schon wieder aus wie eine Landschaft dieser Erde. Und das üble Gefühl überm Magen ließ nach.
»Wo ist Ihr Pferd?« fragte der Graf den kleinen Moser.
Der wußte das nicht! Der nahm Haltung ein und guckte mit runden Augen des Entsetzens dem Grafen ins Gesicht!
»Wo hast du deinen Kinderwagen, Obersekunda?« rief Plön jetzt mit abscheulicher Stimme.
»Ich halt ihn ja!« schrie aus dem Busch Rohrmann, der Rekrut, »hier ist der Rappe, Moser sollte was, Moser sollte unsere Lanzen suchen, vorne am Weg!«
Moser war gerettet, und seine Seelenangst kam zur Ruhe. Plön kniff das eine Auge zu und schaute sich den Burschen an, der Mund zog sich ihm bis zum Ohr; ihm konnte man nichts vormachen: »Da haben Sie Schwein gehabt, Kindergarten-Aspirant«, sagte er in seiner langsamen Art zu sprechen.
»Ostermann, mein Pferd!« sagte er dann, schwang sich auf Wanderer, übergab Makrot das Kommando und ritt mit Ostermann davon. Den Oberkörper tief auf den Pferdehals gebogen, tauchte er in die Büsche hinein.
»Stellt Verbindung her, Jong«, sagte Makrot, und dann übte er sein Kommando aus. Er stellte die Abteilung, soweit es das dichte Gebüsch erlaubte, zurecht, fauchte mächtig hin und her und schickte sogar einen Posten

hinaus auf den Weg. Dann tapste er im Dickicht herum, fand wirklich Wasser und ließ die Pferde tränken. Hübsch langsam, nicht alle zugleich, nur immer bloß zwei durften den Pferden das Zaumzeug aus dem Maul nehmen, damit die Abteilung nicht wehrlos war, wenn es unerwartet Neues gab. Makrot verstand sich auf das Leben und paßte auf...

Der Abend war schon mehr Nacht als Tag, und es war totenstill geblieben. Sie hatten gedöst, ein wenig geschlafen. Dann war Plön auf einmal wieder unter ihnen, und sie ritten los. Sie ritten durch den Wald, dann in starkem Trab über ein ganz freies Feld. Da duckten sie sich tief auf ihre Pferde, sie dachten an Freese, der vorhin so schrie, der jetzt mit zwei Ulanen im Holz geblieben war. Aber es stieß ihnen nichts zu, es blieb still, wie es war. Aus der Wiese plärrten die Frösche, und irgendwo bellte ein Hund. Es wurde ganz dunkel.

Wieder ritten sie durch einen Wald und traten dann auf eine offene Weite hinaus. Die Pferde stockten und schritten gespannt, auch den jungen Reitern schien es nicht geheuer. Sie rissen die Augen auf und glotzten ins Dunkel. Es ragte da vor ihnen eine Masse aus der Erde, sie rührte sich nicht, aber sie lebte. Das war kein polnischer Wald, – das war auch kein polnisches Dorf, das war etwas schweigend Lebendiges! Es rührte sich nicht und war doch nicht tot. Sein Atem schlug ihnen bänglich entgegen.

Gegen den matten Himmel spießte ein Wald von Lanzen, Pferde standen da in zahllosen Gliedern, hoben und senkten die Köpfe, schüttelten die Kandare im Maul. Menschen standen zwischen den Pferden, neben

den Lanzen. Schatten waren es, sie rührten sich nicht und schwiegen.
Die Ersatzleute hielten und saßen ab. Einer zählte sie ab, ein anderer wies sie flüsternd zurecht. Ihre Einheit zersprang, die Gemeinschaft heißer Reisetage endete. Die Jungen, sie gliederten sich ein in die stumm stehenden Reihen. Sie sagten einander nicht Lebewohl. Sie tauchten still unter, sie gingen ein als ein Tropfen frischen Blutes in den waffenschweren Körper des Feldregiments. Denn hier, fast unsichtbar im Dunkeln, hielt stumm und ohne Bewegung ihr Regiment. Es hatte ihnen kein Vivat entgegengerufen.
Man machte kein Theater aus ihrem Kommen. Man rückte sein Pferd nach rechts oder nach links, man wischte ihm einen Schlag gegen die Flanke, man sagte: Hier zieh herein! Und der Junge zog ein in diese Lücke, und da stand er dann, im Dunkeln, zwischen fremden Schatten der Nacht, und glaubte zu träumen. Und war in die große Vielheit aufgegangen.
Sie warteten mit den Schatten, sie saßen mit ihnen auf. Sie brachen ab zu zweien und ritten ins Dunkel hinein. Da ritt ihnen einer zur Seite, sie kannten nicht sein Gesicht. Sie kannten auch nicht seine Stimme, weil der Nebenmann nicht sprach, weil die Schatten nicht sprachen. Miehl bekam auf keine seiner Fragen eine Antwort. Nur um Makrot war ein geringes Gesumm. Ja, mit Makrot war es etwas anderes.
Eisen schlug gegen Eisen, das Lederzeug rieb sich mit leisem Geräusch. Wenn die Lanze gegen das Kochgeschirr stieß, gab es einen blechernen Klang. Zuweilen auch schnaubte ein Pferd, gedämpft und feldgewohnt. Das waren die Laute des nächtlichen Weges, die

Marschmusik der deutschen Reiter in Polen, das Gemunkel des großen Abenteuers ...

3

Der Tag ist Arbeit, die Nacht ist zum Schlafen da. So ist es allgemein, so ist es daheim in der Alltäglichkeit, in der alten Ordnung der Dinge. Zum Schlafen ist die Nacht, zum Schlafen, vielleicht noch zum Trinken und Feste feiern. Ruhen muß der Mensch, Freude muß er haben, nachdem er gearbeitet hat in der schweren Luft der Ordnung und Einteilung.

Der Tag ist Gefecht, die Nacht ist Reiten. So ist es hier draußen, in dieser ungekannten Dimension des Lebens. So ist es.

Das Regiment marschierte immer noch pferdeschnaubend, eisenschlagend im Finstern. Keiner wußte die Stunde, als plötzlich gehalten wurde, angesichts einiger Strohdächer, die als Umrisse schief vor hellen Nachtwolken standen. Die müden Jungen taumelten zur Erde, vertraten sich die krummen Beine, rieben sich die geschundene Sitzpartie. Schlafen jetzt, dort ins Quartier! Das schien ihnen das Rechte.

Nein, das schien ihnen nichts zu werden: Sie standen lange Zeit und warteten ab. Einige legten sich auf die Erde, wickelten die Trensenzügel sich um den Fuß und schliefen ein wenig voraus. Die Pferde standen wo sie standen, unbeweglich mit tiefhängendem Kopf.

Dann kamen Rufe von vorne, leise, doch scharf, mit Kommandomacht: »Die Schützen! – Schützen heraus!«

Das also war die Nacht!

Die Schützen! Die ungeraden Nummern! – Wer rechts geritten, war ungerade, war Schütze; er mußte hinaus. – Wer links geritten war, war gerade; er blieb mit zwei Pferden zurück.

Die Ungeraden tapsten an ihren Pferden herum, steckten sich aus den Satteltaschen dies und jenes zu, packten es sich ans Koppel. Dann verschwanden sie stumm und breitbeinig nach vorne; das schräge Querholz des Karabiners auf dem Rücken tauchten sie unter in der Nacht.

Sie waren fort, und da standen nun die, die das Schicksal hatte gerade Nummer sein lassen, in vereinsamter Marschkolonne, und jeder hielt zwei Pferde und zwei Lanzen.

Auch Moser war gerade und hatte noch einen fremden Gaul am Zügel, von dem er nicht einmal wußte, ob er ein Fuchs war oder ein ganz schwarzer Rappe; von dessen Reiter er kaum wußte, ob er ein Mensch war oder der Spuk eines Kindertraums.

Mit zwei Pferden und zwei Lanzen rückten sie zu Fuß einige Schritte vor, hielten wieder an; rückten noch einmal vor, wurden mit leisem Befehl um eine dunkle Ecke gewiesen, zwischen Zäune hinein, standen vor einer Wand, zogen einer hinter dem anderen durch ein Loch in dieser Wand; ertappten sich aus Stroh und dunklem Muff eine Holzfläche, Löcher daran und Haken und Ringe, banden ihre Pferde dort fest, sattelten ab, warfen sich in etwas Weiches – und schliefen.

Schliefen? Nein, wollten schlafen. Aber einer lief herum und maulte drohend mit halblauter Stimme.

»He, ihr Herren!« sagte er, »wollt ihr wohl eure Pferde tränken? Nun, meine Herren vom Ersatz, wollt ihr

vielleicht Heu suchen und euren Pferden vorlegen? – Kommt einmal her, ihr Herren, und zeigt euch!«
Eine Taschenlampe blitzte auf mit einem schwachen, uralten Rest von Licht. Das Licht fuhr den müde dastehenden Jungen ins Gesicht, tastete an ihren Gliedern herum: »So seht ihr also aus! – – Und eure Namen?«
Die Namen wurden, während einer die sterbende Taschenlampe hielt, in einem fettigen Taschenbuch notiert. Dann tat der Berittführer, als habe man ihm kostbare Zeit gestohlen: Los, los, die Herrschaften, an die Arbeit! Jetzt gibt es zu tun. –
Die Neuen krochen im Dunkeln herum und suchten nach Wasser und Heu. Das trübe, uralte Licht tastete unterdessen die Pferde ab und tauchte ganz zwischen ihnen unter: der Berittführer besah sich den Kram. Auf einmal hörte man ihn laut schreien: Was war ihm denn das, wem gehörte der Rappe mit den zwei weißen Hinterfüßen und der geschorenen Mähne? Welchem Ungeheuer gehört der Gaul? – –
»Mensch, kommen Sie her! Mensch, sind Sie ein Mensch? Mensch! Mensch! Mensch!«
Der Freiwillige Moser stand schlotternd da und durfte sich beim letzten roten Glühen der Taschenlampe den Widerrist seines Rappen besehen, diese gräßliche Druckwunde dort im mageren Fleisch, die bis an den Knochen ging und hoch aufgeschwollen war an den Rändern.
»Ich kann nichts dafür«, sagte er. »Das Pferd war so dick, als wir ausrückten, auf dem Marsch wurde es dann so schnell mager, daß der Sattel nicht mehr paßte. Er lag auf und drückte.«
Der Berittführer war fassungslos: »Mensch, freiwilliger

Mensch, sind Sie zum Reden herausgekommen? Wären Sie daheim geblieben, wären Sie nur! – Reden Sie nicht, laufen Sie, holen Sie Wasser und legen Sie Kompressen auf!«

Moser holte Wasser, nahm eines seiner vier Taschentücher, der Unteroffizier wusch die Wunde, leuchtete und redete schlimme, fürchterliche Weisheit: »Mensch, wie wird es Ihnen morgen ergehen. Freiwilliger Kriegsmensch, der Chef schlägt Sie tot, wenn er dies hier sieht!«

... Müde ist Moser, müde, müde, müde. Er holt Wasser, spült, kühlt, steht bei seinem Pferde und wartet. Es ist eine Qual ...

Dann ist es in der Scheune still geworden, auch der Berittführer liegt im Stroh; man mag es wagen, ein wenig zu schlafen. Man fällt gleich hinter den Pferden hin auf die harte Tenne, die Schulter lehnt an einen Pflugkarren, und gegen den Fuß stoßen die Pferde an. Trotzdem schläft man auf der Stelle ein, schläft tief und ist aller Not entrückt.

Wie lange war das? Keiner weiß es, als ein lauter Lärm durch den Raum geht. Eine Stimme ruft noch einmal das gleiche Wort. Der Unteroffizier ist schon wieder auf den Beinen und wiederholt das Wort. »Empfang!« ruft er, und »hoch ihr Herren vom Ersatz!«

Die Neuen standen auf und suchten den Empfang. Sie liefen endlos in der Nacht umher, bis sie das Gehöft fanden, wo Hafer und Brot und Kompetenzen ausgegeben wurden. Dann keuchten sie schwerbeladen heran, Miehl schleppte den Hafersack auf dem Rücken, auch Moser trug einen; Schacht brachte die Brote, und ein alter Mann in Kochgeschirr und Zeitungspapier die

mannigfachen Kompetenzen, Wurst, Marmelade und Butter, eine stattliche Menge.
Beim Schein der immer noch lebenden Taschenlampe wurde der Empfang verteilt; die alten Leute stiegen aus dem Stroh, nahmen hin und aßen, sie legten eine regelrechte Mahlzeit zwischen ihren Schlaf. Auch die Jungen bekamen ihr Teil, er schien ihnen klein nach dem vielen, das sie eben herangeschleppt hatten. Sie aßen nichts, sondern legten sich gleich wieder hin, um zu schlafen. Die Taschenlampe erlosch, man hörte noch Kauen und Schmatzen im Dunkeln. Dann war es wieder still.
Man schläft, schläft. Wie lange? Zwei Minuten, zwei Stunden? Keiner weiß es. Moser wird wach, weil es plötzlich wieder so laut ist in der Scheune. Was Teufel ist passiert! Es leuchtet eine kleine Kerze, sie steht zwischen Pferden und Stroh auf einem Sattel festgeklebt, und um ihr flackerndes Licht sitzen, liegen ein paar Männer. Sie essen und reden.
Nein, es sind keine Geister, es sind auch nicht die Alten von vorhin, es sind die Schützen; sie kamen eben zurück, faßten ihren Empfang und erzählten jetzt dem Berittführer Moos von ihrem Leben in dieser Nacht.
Nichts war gewesen, ein kleines Theater, ein Mätzchenspiel wie oft und immer. – Gelaufen eine Weile, dagestanden, dagelegen ein bißchen, – einmal geschossen in die stille Nacht, weil sich etwas rührte – Maier war's gewesen, der Landwehr-Maier. Wohl hatte er sich getäuscht, einen wehenden Busch beschossen! Sie lachen darüber.
»Nein«, sagte Maier, »es war etwas gewesen, ich hab's wiehern gehört.« Er läßt sich seinen Glauben nicht

nehmen, zieht seinen Karabiner durch und guckt durchs Rohr in die Kerze.
Weiter also: einmal geschossen, Maier hat geschossen, – später dann von den Dragonern abgelöst, eingerückt ins Quartier, da sind wir. Das war alles. Sie erzählen es noch einmal, in anderer Tonart, und schmatzen dazu ihr Brot mit fingerdickem Schmalzersatz.
Dann aber redet Moos, der Berittführer: Fünf Menschen vom Ersatz bekamen wir in den Beritt, einen Rekruten und vier Freiwillige; Mutwillige, kleine Herrchen aus Zucker und Seide! Einer heißt Miehl, er stellte sich vor, er scheint uns ein Oberlehrer.
Steißtrommler! entschieden sie verächtlich.
Einer ein Reicher, ein Mann mit Geld! Er hat eine Wildlederhose und einen eigenen Tschapka, leicht wie ein Zylinderhut, – reich? Will uns hier nichts bedeuten. Einer ein »von Soundso«. – »Von« sind wir alle, von der *Mutter*! Haha. –
Und einer dann noch, ein Kind, ein Tropf scheint das zu sein. Sein Pferd hat er gedrückt, jetzt schon, ehe er im Felde war. Schaut euch das an, Herrschaften, ein Loch im Widerrist, groß für meine Faust! – Blitz und Bohnenstroh, der wird es erleben! Der Wachtmeister wird ihm die Haut abziehen, Lux wird ihn treffen! Die Englein wird er hören, heute! –
... Heute? Dem kleinen Moser wird es übel, als er das hört. *Jetzt* ist es schon *heute*, nicht mehr *gestern*? Die Nacht ist hin, die süße, trostreiche Oase im Leiden ist schon abgetan und erledigt. Wie schnell das ging, mit welch mißgünstiger Eile die bewußtlose Zeit vorüberlief! Kaum ist es zu glauben, schwer ist es zu tragen ...
Die Schützen hatten sich satt gegessen und keinen

Grund zur Unterhaltung mehr. Einer nach dem anderen verstummte, kippte hintenüber und schlief ein. Einige suchten im Stroh sich einen besseren Platz, schubsten die jungen Leute beiseite, traten ihnen auf die Beine und waren recht grob.

Der Freiwillige Schacht muckte auf: »Na!« fragte er, »was ist das! Lassen Sie mich gefälligst in Ruhe!« Er träumte wohl, er hätte einen weißen Kragen um und eine bunte Krawatte und führe zweiter Klasse Eisenbahn! Er kam gerade an den Rechten: »Lassen Sie mich in Ruhe!« höhnte der Gefreite Klingspor. »Hier ist kein Sie, hier ist Krieg. Liegt der Hammel die lange Nacht im weichen Stroh, und der graue Feldsoldat, der von Posten kommt, soll seine alten Knochen auf die Tenne legen!«

Schacht spürte es an einer sehr unfeinen Behandlung, an einer Anzahl geld- und bildungsverachtender Tritte gegen sein Bein, daß er nicht zweiter Klasse fuhr, daß er keinen Dandyanzug trug, daß hier etwas anderes war, dem vielleicht auch mit Geld nicht beizukommen war. Er erwachte aus seinem zivilen Traum, überdachte in Eile die Chancen und war dann gleich zur Nachgiebigkeit bereit.

Er war ganz für Geschäfte, er stammte aus einem handelstüchtigen Haus, er wußte das Leben nach Vor- und Nachteilen zu ordnen:

»Zigarette gefällig?« fragte er aufstehend, während Klingspor sich in die verlassene Strohkuhle fallen ließ.

Aber es wurde diesmal nichts aus dem Geschäft, er bekam einen Fluch zu hören und eine unanständige Einladung und die Frage, ob er sie vielleicht alle im Stroh zu Asche verbrennen wolle. Ein wenig herabgedrückt, suchte Schacht sich auf der Tenne einen harten Platz für eine kurze Restzeit, eine halbe Mütze voll Schlaf...

Seltsam, wie schnell dies neue Leben wieder in alltägliche Ordnung zurückfiel! Heute, nach einer wirren Nacht zwischen Spuk und schicksalverkündenden Geistergesprächen, war es weiter nichts als Kaserne und Stalldienst. Es war Pferde putzen, Zaumzeug putzen, Stiefel putzen, immerfort putzen, weiter nichts. Danach Pferdeappell und Vorstellung des neuen Ersatzes vor dem Chef, vor Rittmeister Freiherrn von Gerien, genannt Lukas, kurz Lux.

Das war ein ledernes Tun, ein übles, gequältes Machen: Den Pferden sollen wir den Staub und die Schinnen aus dem Haar bürsten und wissen nicht wie! Das ist uns der reine kasernentolle Stalldienst.

Zum Teufel, war es denn nicht Vormarsch und Bewegung? Schossen denn hier keine Russen mehr?

Ja und nein. Es hatte einen Aufenthalt gegeben – man hörte es beim Stabe erzählen –, die Russen hatten sich vor Warschau festgesetzt, vorne gruben sich die Dragoner tiefer und tiefer ein, die reitende Abteilung der Artillerie war in Stellung gefahren, und man hörte sie in großer Ferne manchmal knallen. Teufel, schon wieder Halt, schon wieder das Ende des abenteuerlichen Wanderns im luftleeren Raum, schon wieder Verbindung mit der Heimat durch den Nabelstrang mit dickem Blut? –

Lux stand mit dem Wachtmeister und den Offizieren auf einer Wiese, und die Ersatzleute führten sich und ihre Pferde im Kreis um ihn herum. Leicht geneigt stand er da, staubgrau, mit uralter, weicher Mütze, nicht anders als alle, aber schmal und fein, aus gutem, biegbarem Stahl.

Er sah nicht viel hin, er sprach und lachte mit Plön und hielt die Hände in den Taschen vergraben. Nein, er schaute gewiß nicht genau hin, er sah eher nach dem Wetter als nach den Pferden. Die Rekruten atmeten hoffnungsvoll durch Mund und Nase, sie zogen im Kreise rundherum, ungezählte Male, es war wie ein Zirkus: sie das dressierte Wunder, Lux das Publikum, der Wachtmeister mit seinem Kommando aber der Dresseur.

Die Herren standen und lachten, Plön machte wohl Witze. Plön trug statt der Hornbrille sein Monokel. Die Herren lachten oft und laut, Plön machte wohl gute Witze. Der Dienst war behaglich, selbst der Wachtmeister schmunzelte.

»Halt!« rief Lux, plötzlich sehr ernst. Er verließ die Mitte, er hatte ein Ziel, er ging schnurgerade auf einen Punkt zu, und alle verdrehten die Hälse, zu sehen, was es da gab. Sie hörten ein Schreien, ein helles, brüllendes Sprechen von durchdringender Schärfe. »Wachtmeister!« schrie es.

Der Wachtmeister lief mit großen Sprüngen hinzu, und das Schreien ging weiter. Dann kam auch Plön heran, wiegte sich mit langsamen Schritten über die Wiese, die Feldmütze trug er weit hinten im Genick.

Moser, jetzt beginnt dein Gericht! – Der Wachtmeister untersuchte die Wunde des Rappen, Lux stand daneben und tobte in die Welt: Wachtmeister, was für eine Sache! Wachtmeister, was für ein Kroppzeug! Wachtmeister, immer auf den Wachtmeister! Moser war ja eigentlich der Mittelpunkt dieses Gerichts und erwartete die endgültige Vernichtung. Aber es ging ihm leidlich, er wurde nicht vernichtet, er wurde noch nicht einmal direkt angeschrien. Der Wachtmeister nahm den ganzen Segen in Empfang, und Plön sagte ein Wort, ein schlaues, gemessenes Wort aus schiefem Mundwinkel heraus, betreffend wohl Bäsch und sein wahnwitziges Reiten mit ungeübten Pferden und jungen Windhunden.

Und plötzlich war alles vorbei, der Fall, dieses abscheuliche Beispiel war festgelegt und schreiend bekanntgemacht; damit war es genug. Lux war schon wieder ruhig und lachte mit Plön über Miehls breitbeiniges Marschieren. Sie ließen das dressierte Wunder im Trabe kreisen, und dann war dies Schauspiel zu Ende. Die Ersatzleute zogen ihre Pferde in die Quartiere.

Den Moser hielt der Wachtmeister zurück: »Schweinehund«, sagte er. »Ab zur Bagage!« Er wies verächtlich mit dem Arm.

Und Moser zog, statt in seine Scheune, zur Bagage hinunter; der Rappe kam zu den Karrenpferden, der Rappe sollte jetzt einmal die Feldküche ziehen. Ziehen konnte er, bloß einen Sattel konnte er nicht mehr tragen. Und Moser kam in eine neue Umgebung, er schälte Kartoffeln für die Küche und putzte den Bagagekutschern die Stiefel. Er war vorläufig abgestürzt und erledigt, dieser Moser.

Es war ein friedliches Quartier ohne Frieden. Es wurde den ganzen Tag geputzt, immer wieder geputzt. Jetzt kamen die Waffen an die Reihe. Schacht konnte, wenn er durchschaute, durch seinen Karabiner die Sonne nicht mehr sehen, weil Rost und Staub langer Tage im

Lauf saßen. Sein Wischstrick war verschwunden – auch manches andere von seinen Sachen war fort –, er stand vor grauenvoller Arbeit und wußte nicht, was tun. Da fiel ihm die Mütze ein, die kleine, auf dem Wege gefundene Feldmütze von Georg Wessel, 1. Eskadron. »Wo ist Wessel? Wer ist Georg Wessel?« fragte er wichtig. »Ich habe nämlich seine Mütze gefunden.«
Wessel? – Erledigt, keine Verbindung mehr, es sei denn: Feldpost in den Himmel. – Wessel war abgeschossen, vor drei Tagen zusammen mit Leutnant Türkheim auf Patrouille, tot, bedeutend mehr heldentot. – Bedeutend mehr? Ja, alles war hier immer bedeutend mehr! Bedeutend mehr Kohldampf, bedeutend mehr Zunder, bedeutend mehr Krieg.
»Mal feststellen«, sagte Berittführer Moos, paßte sich die Mütze auf und behielt sie von da ab auf dem Kopf.
Schacht hatte kein Glück gehabt, keine Beziehungen gewonnen, und Beziehungen waren so wichtig, waren alles, im Handelsleben wie im Abenteuer!
Keiner da, der ihm half, als er fragte. Klingspor kannte ihn schon. »Der da«, sagte er, »der da hat Zigaretten zu verschenken. Na, gib jetzt eine her, ›Sie‹!«
Natürlich, sehr gerne, riesig gerne verteilte Schacht seine Zigaretten, als könne er sie gar nicht schnell genug loswerden. Dafür erhielt er dann auch von Klingspor den Rat:
»Geh hinter die Scheune und jag einen durch!«
Schacht ging hinter die Scheune und schoß eine Kugel durch den Lauf, der Lauf war nun wohl sauber, aber der Schuß hatte den Wachtmeister aus der Nähe herbeigezogen. Der gab jetzt dem Schacht, keiner konnte es sehen hinter der Scheune, mit der schweren Hand eins

auf die Feldmütze: »Schießen im Quartier? Ich will dir, Schweinehund.« Dann ging der Wachtmeister weiter.
»Der Wachtmeister hat mich auf den Kopf geschlagen!« erzählte Schacht den alten Leuten in der Scheune. »Ich werde mich beschweren, das ist unerhört.«
Haha, Hammels haben zähes Fleisch und müssen mürbe werden, erklärte man ihm lachend. Zur Probe machten sie sich allerhand Spaß mit Schacht, bis dieser wütend und frech wurde. Da warfen sie ihn ins Stroh und deckten ihn ordentlich zu. Geld hatte er vorhin einem geboten, der ihm seinen Karabiner reinigte, das hatte sie beleidigt. »Geh du mit deinem Geld, hier ist Geld ein Dreck! Kauf dir mit deinem Geld eine Fahrkarte und fahr in die Heimat! Haha, Geld!«
So erlebte auch Schacht sein Teil, wurde eingeweiht in die Absonderlichkeiten dieser Lebensphäre, wurde ein wenig geschliffen und angehalten, ein anderer zu werden.
Moser putzte Stiefel bei der Bagage, und auch aus Miehl wurde, für Augenblicke zuweilen, ein Soldat. Zwar noch Rekrut, noch immer kein Reiter, aber doch eine stillfunktionierende Nummer in der großen Zahl. Für Augenblicke! Er sprach nur noch wenig, er redete nicht mehr soviel über das Allgemeine des Lebens und dieses Feldzuges, über das Wunder Strategie und über das große Problem des Krieges, über Sieg und Triumph (denn triumphieren wollte Miehl). Man bat ihn ja auch nicht um seine Vorträge, man lebte lächerlich einfach dahin, man lebte ein tägliches, vorbedachtloses Leben voll nackter Bedürfnisse: Hunger

und Schlaf, – voll simpler Gewohnheiten: Essen und Schlafen; – zwischendrin tat man, was zu tun einem aufgetragen wurde.

Auch Miehl lebte sich etwas hinein; seine Sprache nahm zwischen die geistgebildete Disziplin geordneter Sätze die Worte des sinnlichen Alltags auf, die zwar der Schönheit entbehren, aber lange Perioden überflüssig machen, weil sie mit zwei, drei Silben das Letzte im Zustand und Stimmung benennen. Auch Miehl sprach von Empfang und von allerhand Unrat und gebrauchte alle halbe Stunde einmal die ihm sprachlich monströs scheinende Phrase »bedeutend mehr«.

Dünn war das Leben und sehr vereinfacht, so am äußersten Rande der Ordnung, schwankend zwischen Mords-Langerweile und Angst.

Eben überwog noch die Langeweile, denn der Tag war Dienst und kleinliche Arbeit, war Stalldienst und kasernenmäßiges Wienern, und die Nacht war Postenschieben ohne Feind, ein kleines Mätzchenspiel aus Pedanterie und Schikane. – Was Teufel sollte werden, warum wollte es nicht weitergehen! Warum das Festwachsen in diesem Dorf, von dem man bereits den Namen wußte: Wongrodno!

Schlimmes Zeichen, dieses Einwachsen und wieder Wurzelnschlagen in der Erde der Gewohnheit und der sicheren Tatsachen, gewärmt vom dicken Blut der Gewöhnlichkeit! –

Keine Angst, keine Sorge! Das Leben geht weiter. Dieser Zustand ist, wie jeder Zustand, nicht von Dauer; er ist ein kurzes Lufthholen, eine kleine Handvoll vom Schicksal gebotener Gelegenheiten. Darunter zum Beispiel die, ein bienenübervölkertes Dorf Wongrodno von

seinem Überfluß an Honig zu befreien und den Magen mit Übersüße zu verkleistern. Darunter ferner die zur Eingliederung des jungen Ersatzes, die sich wirklich restlos vollzieht: Der Ersatz ist gar nicht mehr vorhanden mit seinen kleinen, grünen Einzelheiten. Er ist untergegangen in der grauen Allgemeinheit eines kollektiven Schicksals, er ist nicht mehr da.
Da ist statt dessen der Gefreite Klingspor, da ist Rittmeister Gerien und aus ihnen zusammengesetzt die sehr flotte, sehr lahme, gefräßige, höchst schneidige, tief schlafduselige, sich selbst nie empfindende Einheit der Schwadron.
Keine Angst, kein Zustand um Menschen dauert, das Leben sorgt für Bewegung, zumal an seinem glasdünnen Rande, im unwirklichen Zwischenland zwischen Wollen und Geschicktwerden, zwischen Fressen und Sterben, wo über jedem Walde das Schicksal wohnt.

4

Keine Angst! – Sie ritten wieder, seit Tagen, kreuz und quer durch die Wälder zwischen Piliza und Weichsel, gegen die Sonne an, von der Sonne weg, – die große lebendige Einheit aus Menschen und Pferden, der lange, graue Wurm mit Lux und Plön an der Spitze.
Lux ritt seinen Vollblüter Quinze, er hatte ihn einst einem französischen Rittmeister abgejagt. Nervenzukkend vom Tschapka bis zur Sporenferse ritt er, zu den blitzenden Eisen seines Quinze.
Plön neben ihm, ebenfalls vollkommene Einheit mit seinem Pferde, verkörperte jedoch eine lässige Ruhe.

Die beiden verstanden sich prächtig, sie waren wie Feuer und Wasser, trieben sich an, löschten sich aus und verschmolzen zu einer Gesamtheit von Schneid und Gewandtheit, zu kühl-verständiger Hitze.
Sie sind die Führer, sie sind Führer, – es ist gut, hinter Führern zu reiten!
Einmal hielten sie lange in einer tiefen Mulde. Dort kam wieder der Ruf nach den Schützen, Schützen nach vorne!
Wen das Schicksal hatte ungerade Nummer sein lassen, der packte sich seine Kompetenzen an den Leib, der nahm den Spaten vom Pferde und stampfte krummbeinig unter dem Schrägkreuz des Karabiners davon.
Nicht jeden hatte das Schicksal ungerade oder gerade sein lassen, mancher tat seinen freien Willen dazu. Berittführer Moos zum Beispiel ritt meistens gerade, er mochte das Schießen nicht. Und auch Schacht hatte gegen zwei Zigaretten mit seinem Nachbarn den Platz in der Marschkolonne vertauscht, war nun gerade Nummer und blieb bei den Handpferden zurück.
Das war also freier Wille, ein eigenmächtiges Zugreifen in das rollende Rad. Oder doch wiederum Schicksal? *Niemand weiß es.* –
Die Schützen verschwanden von den Pferden: Leb wohl, altes Lieschen, ich möchte dich wiedersehen mit all meinen Sachen in der Packtasche, spätestens heute abend! Gib dem Lieschen zu saufen, Wilhelm, gib ihm langsam zu saufen, es braucht viel!
Fertig. Die Schützen sammeln sich, Lux führt sie selbst. Plön bleibt bei den Pferden. Die Schützen stampfen los in sehr schlechter Ordnung, sie sind keine Infanterie und stolpern im Sand mit ihren langen Sporenstiefeln.

Sie laufen wie eine Herde Schafe dahin, sie schwitzen, sie keuchen und fluchen. Auch Lux schimpft, während er mit langen Sätzen einen Abhang hinaufeilt. Auch er hat einen Karabiner auf dem Rücken, sieht aus wie alle. Im Dickicht müssen sie ausschwärmen, durch verteufeltes Strauchzeug winden sie sich durch, dann treten sie ins Freie und sehen eine weite, abfallende Fläche vor sich liegen. Und sie hören es summen, – ach was, summen, – sie hören es mit einem zornig beißenden Pfiff an ihrem Ohr vorbeigehen, ducken sich, traben vor und werfen sich hin.

Es pfeift zornig und infam über ihren Köpfen, es knallt wie ein Peitschenschlag in ihrem Ohr, es wird immer lauter damit, immer stärker, immer toller. Trotzdem springen sie auf, weil sie nichts sehen können, weil Lux aufgesprungen ist, und rennen weiter.

Das Rennen ist jetzt leicht, kein Verdruß mehr, keine Müdigkeit, etwas anderes ist da, der Teufel mag es beim Namen nennen.

Langeweile ist es nicht mehr, kurzweilig ist der Augenblick und hochinteressant, ein wenig zu sehr!

Wieder liegen sie auf dem Bauch, und es geht mit heißem Pfeifen um ihre Köpfe, – ach was, pfeifen, heimatliche Vorstellung: Kugelpfeifen! Haha. – Nein, es faucht wie hundert giftige Katzen, und es klatscht und patscht ihnen um den Kopf wie das Peitschenknallen eines wildgewordenen Bierkutschers, daß das Ohr platzen will und nur noch braust und keinen verständigen Laut mehr bis zum Gehirn kommen läßt. Woher nur dies Peitschenknallen? Ein akustisches Phänomen, denkt Miehl, – einerlei die Ursache, wichtig nur die Wirkung.

Runter also den Kopf auf die Erde! Vorgespickt nach vorne! Irgendwo muß doch etwas zu sehen sein.
Man möchte nicht bloß liegen, man möchte sich wehren und lebendig sein und ebenfalls schießen!
Aber man sieht nichts. Verdammtes Gelände, dreimal verfluchtes Kartoffelkraut, über das wir nicht sehen können.
Dort um Lux herum kriechen sie vor, das eben sieht man. Einer nach dem anderen kommt in Bewegung, schiebt sich wurmgleich voran, Kopf, Hintern und Hakken tief auf die Erde geduckt. Mühelos geht es, ganz anders als beim Felddienst, gewissermaßen von selbst.
Mit Plautz und Brü mischen Schrapnells sich ein – mit Krach und Hui Granaten. Natürlich, gehört ja dazu, ganz in der Ordnung!
Sie durchqueren als langsam kriechende Würmer das Kartoffelkraut und liegen plötzlich im Freien, können endlich mit ihren Augen in die Ferne sehen. Jeder zeigt es dem Nächsten mit dem Arm und brüllt es ihm zu: Halblinks Dorfrand! – Halblinks – Dorfrand!
Jawohl. – Sie liegen flach und schießen, sind lebendig und tragen das Ihre bei zur Verstärkung des Konzerts, zur Verlängerung ihres Lebens. Die kurzen Karabiner werfen Flammen aus der Mündung und hauen einen mächtigen Rückschlag in die Schulter.
Halblinks Dorfrand – Schützen!
Was Schützen? Man sieht nichts von Menschen! Man sieht nur manchmal einen kleinen Blitz, vom Tageslicht unterdrückt, nicht mehr als das sekundenschnelle Aufleuchten der Sonne auf blankem Metall.
Einerlei. Aufgescharrt mit den Händen ein wenig Erde vor der Nase, aufgelegt den Karabiner auf diesen klei-

nen Wall, Visier gestellt, hingehalten in die Richtung, Finger krumm und – plautz.
So ist es. Spaten los, tiefer wühlen, liegend, kein Körperfetzchen hoch, scharren und wühlen. Will gekonnt sein!
Wieder dann Finger krumm – plautz, zuck, die nächste Patrone in den Lauf...
Lux kommt, kriecht die Schützenkette entlang, zeigt und schreit: ruhiges, sparsames Schützenfeuer – Müssen abwarten, der Anschluß links ist abgerissen, die Dragoner kamen nicht mit. Die Dragoner natürlich, die! Und wir sind allein!
Sind allein auf weiter Flur! Miese Stellung, Jong. – Ha, Makrot ist da! Makrot, alter Feldsoldat – plautz –, Servus Makrot, Jong, Jong, Jong. – Finger krumm, laden, Finger krumm...
Sonniger Sommerfrieden über bäuerlicher Landschaft, wo bist du geblieben? Weites, welliges Land, wo sind deine Pflüge und Erntewagen? – Sonne, wo deine Wärme, Erde, wo deine Frucht? Geliebte Sonne, wo ist dein freundliches Licht, die Freude unseres behüteten Lebens?
Grell und kalt steht dein runder Ball am Himmel! Augenbeißend flimmert dein tückisches Leuchten über dem Visier! Du Totenlicht über fahler, krachender Landschaft unseres Schicksals!...

Die Handpferde hielten, sie schliefen, soffen, fraßen und schliefen in einer grasigen Mulde. Und die Reiter, die geraden Nummern, taten es ihnen gleich. Sie hatten die Zaumzeuge abgenommen, die Sattelgurte gelockert und ließen den Tieren ein Stückchen Freiheit.

Die Pferde bekamen die Nasen gar nicht mehr von der Erde hoch, die Lanzen standen paarweise im Boden, es lag ein behagliches Schweigen über dem Platz und das Glück einer gelinden Bummelei. Ein gleichgültiger, dickfelliger Friede des auf kurze Zeit unbeteiligten Seins.

Manchmal spitzten die Pferde die Ohren, hielten mitten im Kauen inne und schauten in die Luft, standen regungslos da, als sei ihnen Vergessenes eingefallen. Dann horchten auch die Reiter auf und sprachen: Vorne geht es los!

Zuweilen zog etwas trillernd durch die hohen Lüfte, klatschte in den Blättern und sang einen schwankenden Ton. Lerchen waren das nicht, Querschläger waren es, verirrte Kugeln; sie machten sich nichts draus. Hier war Behagen und vorläufige Ordnung, hier war Pause. Das Schicksal hatte sie gerade Nummer sein lassen.

Der Freiwillige Schacht lachte sich ins Fäustchen: man mußte dem Schicksal unter die Arme greifen, von selbst ist nichts, im Anfang war die Tat! Jawohl, genau wie im Handelsleben zwischen Kontorbock und Telephon.

Vorne schien schlechtes Wetter zu werden, die Rollsalven überstürzten sich und verschwammen zu einem einzigen Geknatter; auch die Artillerie bekam das Maul nicht mehr zu.

Ein Reiter fegte von hinten heran und suchte Plön, fand Plön im Grase liegend, beide Hände in den Taschen, in den Himmel schauend. Er sprach mit Plön, der Wachtmeister wurde gerufen, der Wachtmeister ging herum und teilte Leute ab zur Patrouille mit Oberleutnant Plön, gute Leute, die besten. Aber auch Moser war dabei.

Moser war wieder von der Bagage auferstanden, sein Rappe trug einen neuen Sattel mit einem Vorderzwiesel, hoch wie ein Kamelhöcker. Der konnte den Widerrist nicht mehr drücken, nie mehr. Und Moser wurde mit den anderen für die Patrouille bestimmt, wurde mit verächtlicher Handbewegung abgeteilt. Moser freute sich; eigentlich sollte er sich nicht freuen – wollte der Wachtmeister.

Es war ein stattlicher Trupp, an die zwanzig Reiter, einige von den Handpferden der anderen Schwadron, erlesene Leute alles, außer Moser. Im Trabe verschwanden sie, nicht dem Ballern entgegen, sondern nach links; in einer sanften Schlucht zwischen grünen Hügeln tauchten sie unter.

Das Kommando über die Handpferde erhielt Leutnant Griesbart, ein schmales Bürschlein, glatt und rosig, eitel wie ein kleines Mädchen. Die neuen Achselstücke hingen ihm ganz groß und schief auf den abfallenden Schultern. Er schritt wichtig auf und ab.

Die Handpferde der abgezogenen Patrouillenreiter wurden auf die Zurückgebliebenen aufgeteilt. Es bekam manche gerade Nummer jetzt drei Pferde zu halten und zu hüten, das eigene und zwei Handpferde. Auch Schacht hatte drei Pferde und war jetzt weniger zufrieden: viel Aufpassen, viel Arbeit!

Leutnant Griesbart, der Schmucke, ging umher und fühlte sich. Er hatte vor lauter Selbstgefühl keine Zeit, nach dem Wetter zu sehen. Und das Wetter wurde immer schlechter, manche nannten es geradezu mulmig. Das Geballere ging und ging, die Querschläger sangen schon im Chor, und – plautz – stand am Himmel ein Schrapnell und riß den Rachen auf, einen Rachen

voll Dreck und Eisen. Gleich stand noch eins daneben, und dann hieb eine Granate in den zweiten Zug.
»An die Pferde!« kommandierte der kleine Herr mit Kinderstimme. Jawohl, an den Pferden waren schon alle, aber längst noch nicht oben! Die Tiere fuhren wild durcheinander, die tausend Zügel verhedderten sich zu einem Knäuel wie Eiernudeln in der Suppe, und im zweiten Zug wälzte ein dunkler Klumpen sich auf dem Boden. Lanzen wurden reihenweise umgerannt, die Gurte saßen lose, die Sättel rutschten und hingen den Pferden vom Bauch, wurden mit Wut in die Höhe gestoßen. Die Pferde stiegen und keilten aus und bekamen die Lanzen um die Ohren geschlagen. Es war ein höllischer Wahnsinn.
Und vorne ritten sie schon los! Himmel, dreimal verfluchtes Schicksal, das uns hatte gerade Nummer sein lassen!
Schacht konnte seinen Bock nicht besteigen, das Tier lief ihm immer davon; seinen linken Fuß im Bügel, hoppelte er mit dem rechten nebenher; in der auf den Sattel gestützten Zügelfaust hielt er gleichzeitig die Trensen der zwei Handpferde, und die hatten auch ihr selbständiges, zu Tode erschrecktes eigenes Leben. Sie drehten sich vorne und hinten herum und machten aus Schacht und seinem Mühen ein Karussell voll Blödsinn und entsetzlicher Verwirrung.
Endlich ward dem Schacht durch Menschenhilfe geholfen; einer, es war wohl der brave Rohrmann, gab ihm einen Stoß in den Hintern, und Schacht flog in den Sattel, saß, saß wirklich oben und sauste mit seinen Handpferden ab, ein Bündel loser Zügel und Verzweiflung. Mit dem rechten Fuß suchte er nach dem rechten

Bügel, aber er fand ihn nicht, fand ihn den ganzen Abend nicht, hielt den linken um so fester und trabte immerzu deutsch. Seine Lanzen, alle drei, standen da, ein anderer griff nach ihnen und verschwand – halt, meine Lanzen! schrie Schacht –, aber eine zweite Granate fiel dort in die Wiese, wo sie eben gehalten hatten, zwei, drei kamen hinterher, kleine, schnelle Dinger aus Feldkanonen, – da gab es weiter nichts zu wollen.

Die Pferde hasteten dahin, die Reiter duckten sich tief auf den Hals; die Feldküchen rasselten im Galopp in den Wald, ihre Schornsteine fackelten angstbebend in der Luft herum, und die Küchenfritzen auf der Protze hielten sich mit Händen und Füßen fest.

Sie brausten ab, – auf einmal lag der Wisenplatz leer, reingefegt vom leichten Windstoß, den das schlechte Wetter von vorne für einen Augenblick über den Hügel geworfen hatte.

Für einen so kurzen Augenblick, denn jetzt war es wieder still; man hätte auf der Wiese Zigarren rauchend promenieren dürfen. Fern vom Walde her kam das Knattern des Gefechts, und die Schrapnellwolken standen ganz weit rechts. Verklungen war der Zauber...

Halblinks am Dorfrand – Schützen!

Die ungeraden Nummern lagen noch, wo sie gelegen hatten. Die Sonne stand jetzt hinter ihrem Rücken und rollte langsam in einen Wald. Sie lagen da, wo sie am Mittag hingefallen waren.

Lange Schatten flogen in die Gegend hinaus, über der Wiese stieg Dampf auf. Sie lagen da und schossen in die Richtung des Dorfrandes. Die Erdhäufchen vor ihrer Nase waren höher geworden, – die Kuhle, in der ihr

Körper lag, ein wenig tiefer; die Karabiner waren heiß und die blauen Gurte um ihren Hals leer von Patronen. Sie schossen sparsam – immer mußten sie sparsam sein, nie schöpften sie aus dem vollen –, sparsam, müde und gleichgültig. Manche schossen gar nicht mehr, lagen still in ihrer Kuhle, eingegossen in die braune Erde, den Kopf im Dreck, den Kopf auf dem Arm, schliefen, für kurz oder für immer. Schliefen weiß Gott im großen Lärm des Lebens.

Lux kroch herum und weckte. – »Seht den Lukas!« schimpfte er, »seht diesen Brökel, schläft er sich hier aus! Aufwachen, Mann, – Augen auf, Mann – noch ein paar kleine Zeiten, dann geht's los.«

Ja, noch ein paar kleine Zeiten, manchem waren sie eine Ewigkeit, und dann ging es los: ein neuartiges Geprassel flammte zwischen ihnen auf, sekundenklar eingeteilt im Takt, sauber und regelmäßig wie die Technik, nicht mehr lebendige Menschenwillkür. Im rechten Flügel lag ein Maschinengewehr, auch im linken Flügel lag ein Maschinengewehr, und beide besäumten jetzt den Dorfrand. Die in der Mitte lagen und etwas vorgeschoben und tiefer als die Flügel, die hörten die Garbe durch die Luft streichen und über den Acker fegen. Ganz dick wurde die Luft von Eisen.

Prächtige Leute, die Jäger der Division mit ihren Maschinengewehren! Unter ihrem Schutze arbeiten sich auch die Dragoner vor und gewinnen endlich wieder Anschluß. Klar und geschlossen ist die Linie, sie erhebt sich zum Sprung, läuft, fällt, läuft und fällt, und mit ein paarmal Springen ist es in kurzer Zeit getan. Die krallige Pranke greift vor, läßt nach, greift wieder vor, und endlich greift sie zu und in den Dorfrand hinein.

Aufregung gibt es, Hin- und Herlaufen zwischen brennenden Häusern, stehendes Schießen um Ecken, viel Geschrei und Durcheinander im flackernd erhellten Abenddunkel. Dann tritt Ruhe ein, tiefe, müde Ruhe.
Erreicht? – Ja, das Dorf.
Was sonst? – Unbekannt.
Ein kleiner Fortschritt, unfindbar wohl auf der Karte der Kriegsschauplätze, die mit sehr großen Maßstäben rechnet. Und doch mit so viel Schinderei erkauft!
Quatsch. Erkauft ist die Ruhe des Abends und das Sprungbrett für einen neuen Lebenstag. – Die Russen sind fort, spurlos verschwunden. Hier lagen sie fest, den ganzen Tag; das hier: der bewußte Dorfrand halblinks, ein feindlicher Begriff, todesdrohend gefährlich einen langen Tag, abenteuerlich fremd! Und da ist er nun, simpel sieht er aus: Kuhlen, kleine Schützenlöcher, der erste Anfang eines Grabens – morgen wäre es eine feste Stellung gewesen!
Was gibt es noch? Ein paar Tote, braun, schweigend, mit rundem Kindergesicht und blondem Bart; Gewehre, Kompetenzentaschen aus Leder mit allerhand Kram gefüllt, mit steinhartem Brotzwieback, ein Goldbuch mit unleserlichen Schriftzeichen und einem Bilde des Zaren. Ein paar Gefangene sind da, blond, freundlich, mit kleinen Bärten.
Das also steckte hinter der Kulisse unseres heutigen Gefechtstages, der jetzt in Nacht untergeht. Die Gebäude brennen aus und erlöschen, ein wenig Glut und Glimmen hält sich noch in den Trümmern. Die Windmühle, vorhin ein brausender Flammendom, ist längst zusammengestürzt. Ein paar Frauen irren durch die Trümmer und weinen laut auf, wenn man sie nur

anruft, recken die Hände hoch und schreien. Den ganzen Tag saßen sie mitten im Knallen und Sterben, das will ihnen nun kein Ende nehmen, sie können es sich nicht denken, daß jetzt Ruhe ist, daß man ihnen nichts Schlechtes will.

Man will ihnen auch nichts Gutes, man legt sich hin und schläft. Man ist jetzt Fußsoldat. Glücklich der Fußsoldat, denn er kann schlafen, wenn es zu Ende ist; er kennt nichts von Reitersorge, nicht Freßbeutel, geschundenen Pferderücken und warme Sehnen. Er kennt nur sich, er haut sich hin und schläft.

Lux zieht mit einer Schar auf Feldwache, weit östlich vor das Dorf, stellt Posten in die Nacht, kehrt wieder zurück und besieht sich die Unterkunft. Es ist wenig Platz, denn gerade die Scheunen sind verbrannt. In den paar Wohnungen quetschen sich die Menschen zusammen, die Schützen zwischen Kindern und Greisen, und schlafen. Zu zwanzig und dreißig liegen sie in einer Stube kreuz und quer ineinander. In einem Hause haben ein paar Dragoner es sich herrlich bequem gemacht, ein Sergeant dabei hat grimmige Macht geübt und jeden hinausgeschmissen, der Einlaß wollte. Sie haben viel Platz, sitzen gar auf Bänken vor Tischen, und einer liegt in einem Bett.

Wie ein Satan stört Lux ihren Frieden, läuft hin und her, teilt ein und schreit, und schließlich liegen sie alle leidlich unter Dach und schlafen.

Lux holt sich den Gefreiten Osterloh, den Dolmetscher, und geht zu den Gefangenen. Mit denen treibt er die halbe Nacht taktischen Unterricht, und von den Resultaten leitet er sich dann eine höhere Strategie ab. Er fragt und fragt und vergleicht auf der Karte, macht sich

Notizen. Die Russen sprechen, der Gefreite Osterloh übersetzt, so gut er kann, und Lux sucht, findet und notiert. Die Russen reden, sehen sich an, reden und schweigen endlich. Einer schläft ein, zwei schlafen, alle schlafen sie, auch Osterloh nickt auf seiner Bank und schnarcht durch den bärtigen Mund.
Lux aber bleibt sitzen, er sitzt bei seiner Kerze, denkt nach und notiert. Endlich steht er auf, haut Osterloh eins auf die Schulter, lacht und geht hinaus. Er läuft durch das Dorf und sieht nach dem Rechten, befiehlt es armefuchtelnd einigen immer noch herumjammernden Weibern, von der Stelle weg zu verschwinden, zu schlafen.
Dann läuft er weiter, stößt auf die verlassene Stellung, hockt sich in ein Russenloch; er zieht die Knie hoch, legt sich den Mantel über den Leib und schaut in die Sterne. Ein Kerl, dieser Lux, ein Aas – er braucht niemals Schlaf! Er ist immer wach, immer im Leben – er wohnt nirgends anders als hier draußen, im Abenteuer.
Meint ihr? – Irrtum! Auch woanders wohnt er, will er, wird er wohnen, wenn dieser Feldzug vorüber, – wenn – dieser – Feldzug – vorüber – ist!
Glaubt ihr's nicht? Haltet ihr ihn für heimatlos? Irrtum, wir in der ersten Schwadron wissen es: Irgendwo in Deutschland, versteckt zwischen märkischen Seen, liegt sein Besitz, sein kleines Familiengut, lauter Roggen und Kartoffeln zwischen Kiefern und Heide, arm, aber gesund. Das ist sein Eigen, aber er hat es lange nicht gesehen, ein Leben liegt zwischen ihm und dem Gut, ein buntes und freches Reiterdasein mit übrigens nicht mehr Leichtsinn und Unordnung als alle diese kleinen Leutnantsleben des Friedens in Meseritz und Gumbin-

nen, bloß heißer gelebt, mit einer um einige Grade stärkeren Leidenschaft und zu vollem Einsatz bereitem Wagemut, entbürgerlicht ganz und gar.
Da war er, – auf der anderen Seite war die kleine Kavalleriegarnison, gramvoll duselnder Trott der Gewöhnlichkeit, und dazwischen der süße, kleine, flüchtige Erdenhimmel des Vergnügens, mit Rennplatz, Frauen, Spieltisch. Galoppierendes Glück, galoppierendes Unglück, Schulden und Schuld – ein sachter Durchbruch durch die grell bemalten Schranken der Moral, eine noterzwungene Entgleisung aus Leichtsinn, leichter als manch innere Schuld. Aber gerade sie bricht das Genick, gerade sie zieht das galoppierende Unglück herbei. Schlichter Abschied und gähnende Leere, auf ansteigender Treppe der Lebenskraft plötzlich ein Tritt in die Luft, keine Arbeit mehr, kein Rang, keine Geltung, gar nichts mehr.
Todesleer geht die Luft der Heimatlosigkeit, des Gemiedenwerdens, des entwurzelten Seins; man hält sie nicht aus, streicht hinaus aus dem Vaterland in die Welt und schüttelt alle Erde von den Schuhen. Man zigeunert in Nordamerika als Farmarbeiter und Trapper, man zigeunert in Südafrika als der gleiche; saust um die runde Welt, schießt und reitet, läßt sich die Haut zu Leder gerben, den Körper zu biegsamem Draht ziehen durch die heiße Sonne der Außergewöhnlichkeit. Man gewinnt die Gewalt über das Leben, gewiß, aber sie freut einen nicht viel. Man verliert den letzten Rest von Fett und Ruhe, wird ein Bündel aus Nerven und Sehnen, umgeben von einer zu Leder gegerbten Haut, man beginnt zu altern.
Man fühlt eine aufgebrochene Wunde von Jahr zu Jahr

heftiger schmerzen, man sehnt sich, man sucht wieder nach Erde, nach märkischen Wäldern, nach plärrenden Fröschen, nach Roggen und Kartoffeln, nach heimatlichen Menschen mit alltäglichen Gesichtern und geruhsamer Vertraulichkeit.
Man verhöhnt sich darüber, aber der Schmerz hört nicht auf, man altert weiter und hat graue Haare an den Schläfen; man fährt nach Deutschland, aber man fährt nicht nach Hause, man ist immer noch nichts, man findet die Wurzeln nicht wieder.
Da fällt der Krieg vom Himmel, steigt aus der Hölle herauf: der graue Gerien, ehemals Oberleutnant, meldet sich freiwillig zum Dienst und tritt als Rekrut ins Glied, reitet mit Lanze und Karabiner zwischen dem Ulan Klingebiel und dem Gefreiten Beese als Kriegsfreiwilliger Gerien. Aber nach zwei Wochen in Frankreich, nach einer mit sagenhaftem Schneid gerittenen Patrouille, die eine ganze Kürassierschwadron gefangen einbrachte – Glück war auch dabei, sagte Gerien –, hat er wieder seinen alten Rang, und nach kurzer Zeit ist er als Rittmeister der Führer der ersten Schwadron.
Der Kreislauf hat sich geschlossen, das Leben geht wieder bergan, und irgendwo winken schon die Scheunendächer von Lugau in der Mark, vorläufig noch so fern wie das Ende dieses Krieges. Deshalb schaut man nicht zu viel nach ihnen hin, sondern tut das, was zu tun einem der Augenblick befiehlt; man reitet, man führt seine Leute, deren Lieben und Hassen man kennt wie das eigene. Man steckt bis über die Ohren in der Gegenwart, man liebt die Gegenwart, so scheußlich sie ist. Man hat überdies Stoff für die heißgeglühten Nerven: ein wenig Ehrgeiz, man sucht Führer zu sein, die Lage

im Großen zu erfassen, nicht bloß Leithammel zu sein von unbekannten Schäfers Gnaden.

Das ist Lux.

Er lebt mit Herz und Hirn im Abenteuer, ist ein wilder Krieger, – so scheint es. Die Schwadron aber weiß mehr von Lux, wenn auch nicht alles. Bloß die alten Unteroffiziere, die wissen auch etwas vom galoppierenden Unglück damals und von den Scheunendächern des märkischen Gutes Lugau ...

Die Sterne ließen eine mächtige Kälte auf die Erde herab. So heiß wie die Tage, so kalt waren diese Nächte im russischen Osten.

Lux rappelte sich nach einer Stunde kurzen Hindämmerns aus seinem Schützenloch heraus und wanderte ins Dunkel. Er sah wiederum nach den Brandstellen und ging dann hinaus, die Posten zu besuchen.

Die kalte Sternennacht lag totenstill über Wäldern und Feldern zwischen Weichsel und Piliza. In tiefstem Frieden lag diese Nacht, man hörte keinen Schuß, keinen feindlichen Laut. Nur Hunde bellten, Hunde bellten von überall herauf aus den Mulden und Weiten, aus einem Dutzend weit verstreuter Dörfer, namenloser Dörfer im unbekannten Raum.

Kalte Sterne und Hundegebell, leiser Wind voll Holzrauch und Herbstmoder in den Bäumen, aufschreckendes, jähes Rascheln und unbestimmbares Bewegen im Dunkeln – das ist uns die Sommernacht im russischen Polen ...

Die Patrouille des Grafen Plön war lange geritten und ritt weiter bis in den Abend hinein. Die untergehende Sonne zur Linken waren sie geritten, der Gefechtslärm hinter ihnen war immer leiser geworden, friedlich umgab sie eine prächtige, gold-blaue Landschaft, und die Abendsonne verschönte jede Geländefalte, die sie durchzogen, zu einem kleinen Paradies.

»Obersekunda?« hatte Plön bemerkt, als sie losritten. Den Mundwinkel hatte er dabei wieder recht spöttisch verzogen.

Ja, Moser war dabei, und Moser war gar nicht traurig darüber, wie es der Wachtmeister gewollt hatte, er war im Gegenteil sehr glücklich. Mit Plön und den Besten reiten, war eine große Sache, etwas anderes als das Herumlungern bei den Handpferden, als stalldienstlich verpflichtet sein zwischen Wachtmeister und Berittführer Moos! Zudem gefiel ihm der schöne Abend.

Er fühlte sich auf seinem Rappen, auf diesem garnisonschönen Unglückstier, das immer mehr abmagerte und seine Beine nicht mehr recht beherrschte.

Aber Moser fühlte sich, saß kerzengerade, hielt die Zügel kurz und klemmte den Rappen so lange mit den Schenkeln, bis er sich angstgequält schnaufend zwischen Gebiß und Sporen zusammenzog und aus letzter Kraft spanisch trat wie ein Zirkuspferd.

»Lassen Sie die Zügel lang, Menschenskind!« blies ihn Plön von der Seite her an. »Menschenskind, halten Sie mehr auf Ihr Pferd! Soll Sie der Schinder vorm Kosaken retten, dann stecken Sie ihm Kompetenzen in den Leib, dann lassen Sie das Kniebeln sein, dann reden Sie ihn mit Exzellenz an!«

Plön blies das ziemlich scharf daher, es war eine richtige Zigarre, die der kleine Moser still und geduckt vor sich hin rauchte. Die alten Leute nickten zustimmend und gaben ihrerseits noch eine Handvoll kleiner Zigarren dazu.

Sie wendeten nach rechts, und der noch ewig helle Lichtstreifen des versinkenden Abends stand jetzt in ihrem Rücken. Sie ritten langsamer und schon in aufgelöster Ordnung, paarweise mit Zwischenräumen von zwanzig, dreißig Metern, auch nicht mehr nebeneinander, sondern einer rechts, einer links vom Wege.

Zwei mußten die Vordersten sein, und einer der beiden war Plön; er trug wieder die Hornbrille, und Moser ritt neben ihm. Ja, Moser war wieder in Gnaden aufgenommen, durfte Spitzenreiter sein neben dem Führer und seine Zigarre halbgeraucht wegwerfen.

Feldtüchtig ritten sie nebeneinander, durch den Weg getrennt, aber heimatlich war ihre Unterhaltung:

»Wie alt sind Sie?« fragte Plön.

»Achtzehn Jahre.«

»Was wollen Sie hier?«

Moser mußte erst überlegen, mußte darüber erst sich selbst befragen und erklärte dann mit geblähter Wichtigkeit: »Meine Pflicht tun, Herr Graf.«

»Reden Sie wie ein Mensch! Ich halte hier keine Instruktionsstunde ab. Reden Sie doch wie ein Mensch!«

Moser schweigt ganz verwirrt, er fand seine Antwort so schön.

»Waren Sie ein guter Schüler?« will Plön wissen. »Wären Sie zu Ostern versetzt worden?«

»Nein.« Moser glaubt das nicht.

»Na also.« Plön feixt und weiß Bescheid, und der kleine Moser läßt beschämt die Ohren hängen. »Ich will befördert werden!« sagt er auf einmal.

»Wohin?« will Plön wissen.

»Zum Offizier!«

»Aha! – So werden Sie Fahnenjunker! Dann kommen Sie voran, uns fehlen die aktiven Offiziere. Reserve-Nachwuchs läuft massenhaft herum. Unter dem sind Sie einer der letzten. Handeln Sie in alter Frische, reichen sie ein Gesuch ein, werden sie aktiv!«

»Nein, das möchte ich nicht, weil ich noch nicht weiß, ob ich im Frieden dabei bleibe.«

»Im Frieden? Ich höre immer Frieden – Übrigens, Sie können doch dann gleich den Abschied nehmen.«

»Nein, das ist unanständig, viele werden es so machen, die jetzt nur aktiv wurden, um schneller befördert zu werden, das ist unanständig gehandelt!«

Plön lachte nicht mehr. »Sie sind verrückt«, sagte er. Dann schaute er sich das Bürschlein von der Seite an. »Warum haben Sie sich solch ein schlechtes Pferd aus der Garnison mitgebracht?«

»Es war damals ein so schönes Pferd«, wehrte Moser sich trotzig.

»Schön sind bloß Weiber, hat man mir erzählt«, sagte Plön, »Pferde sollen gut sein! Lange trägt er Sie nicht mehr, der Rappe, er verwechselt schon heute seine Beine. Werde Ihnen mal einen anderen verpassen, kommen sie dann zu mir!«

»Jawohl!« Der kleine Moser war selig, weil er nun einen Gönner gefunden hatte. Und gleich welchen! . . .

Das weithin offene Land versank in der Nacht, und sie mußten mit Vorsicht reiten. Plön verstummte, neigte den Oberkörper auf den Pferdehals und drängte seine Ohren weit in die Nacht voraus. Wanderer tapste an langen Zügeln riesig schreitend dahin, niemals trat er fehl, nie gab er einen Laut.

Rechts über den Wäldern, in weiter Ferne, flackerte eben das Schießen noch einmal zu heißem Geprassel hinauf und sank dann endgültig in sich zusammen. Nur einzelne Schüsse kamen schwach aus der Nacht. – Die Unsrigen? Was mag mit ihnen sein? Sind sie vor, sind sie zurück? Wir sind schon so fern und können aus den Lauten gar nichts mehr schließen.

Da gab es einen Halt, ein einzelnes Gehöft tauchte aus der Nacht, und Plön ritt allein drauf zu. Er verschwand, geräuschlos auf dem weichen Acker neben dem Wege galoppierend. Die Reiter hielten und lauschten gespannt: Ein Hund bellte auf, noch einer – sonst nichts, kein Schuß fiel, keine Stimmen wurden laut. Unverändert schwieg die polnische Nacht mit ihrem Hundegebell, ihrem schwachen, würzigen Holzrauch, der so aufregend die Nähe von Menschen anzeigte, – mit ihrem süßen, herbstlichen Wehen. Über dem Walde rechts blitzte es zweimal, dreimal, und lange, lange danach folgten erst die dumpfen Schüsse, der letzte Abendgruß der Artillerie. Breite Streifen hellten sich auf, erröteten zu feuriger Glut, verblaßten zu mattem Schein: viele Sonnen ging unter dort bei den brennenden Dörfern ...

Plön kam zurück, tauchte, gemächlich reitend aus dem Dunkel auf und holte seine Patrouille. Er verstaute sie im Gehöft, in einer schönen, großen Scheune, teilte einige Posten ab und ging mit denen zu Fuß hinaus. Ein Teil der Leute blieb als Feldwache in einem kleinen Schober und stellte Posten weit in den Acker hinaus, auch Plön blieb dort. Wenig Mann nur versorgten die Pferde.

Moser stand Posten, stand einsam, in ahnungsweiser

Rufweite vom nächsten seine zwei ängstlichen Stunden und behorchte angestrengt die dunkle Welt. Er sah Reiter mit Lanzen und manche herankriechende Gefahr, war oft zum Schießen bereit, wagte es aber nicht. Es war wohl gut, daß er es nicht wagte, denn seine zwei Stunden blieben ganze ohne Störung. Es war still geblieben, ja, aber eine drückende Stille mit fern bellenden Hunden, mit täuschendem Blattgeraschel und dem aufregenden Holzrauch des nächtlichen Windes.

Er wurde abgelöst, warf sich in den Schober zwischen die anderen Menschenleiber, schlief, wurde geweckt, stand wieder seine Zeit und wurde wiederum abgelöst.

»Ich bin letzte Nummer«, sagte, der ihn ablöste, eine ganz fremde Stimme im Dunkeln, »ich soll um 4 Uhr wecken, hab' aber keine Uhr. Hast du eine Uhr? Gib sie mir!«

Gewiß, Moser gab seine dicke Zwiebel bereitwillig her und legte sich wieder schlafen …

Das Wecken aber besorgte nicht die letzte Nummer, wecken tat ein anderer: zwei Schüsse, ganz nah.

Die Feldwache fuhr aus dem Heu; einer lief, die Pferde in der Scheune zu alarmieren, und Plön fegte mit der Wache in Schützenlinie hinaus. Sie warfen sich bei den Posten hin, lauschten, hörten ein Geräusch von Pferdehufen, sahen gegen einen hellen Himmelsstreifen Gestalten bucklig und schief von dannen hasten mit lang hinterwärts hochstehender Lanze: Kosaken? – Anzunehmen, Kosaken.

Sie schossen, und der Spuk verschwand. Sie legten ein lebhaftes Schützenfeuer an, das viel daher machte und von ihrer Stärke ein falsches, ein imposantes Bild gab. Dann blieben sie liegen und warteten.

Es wurde langsam hell, man sah die kleine Welt, die einen diese Nacht unbekannt und flüsternd umgeben hatte. Breit und eben fiel vor ihnen eine Fläche von Feldern sanft gegen einen Wald hin ab, gegen einen riesigen, unermeßlichen Wald. Kein Mensch, kein Pferdeschwanz belebte diese große Fläche; einige Weidenbüsche in der Nähe, das waren wohl Mosers Nachtgespenster gewesen, auf die er immer hatte schießen wollen!

Sie ritten in weiter Patrouillengliederung aus dem Gehöft heraus, über die offene Ebene hin, dem riesigen Walde entgegen. Den Magen kitzelte ein eigenartiges Gefühl. Sie ritten sehr felderfahren dahin, paarweise weit auseinandergezogen, und einer der beiden Vordersten war wiederum Plön. Neben ihm aber ritt nicht Moser, sondern Ostermann, der Bursche. Als zweite folgten Moser und der Gefreite Klingspor.

Es war doch recht weit bis an den riesigen Wald, an das Ziel der Patrouille mit Plön; es war sehr weit, weil sie lange Schritt ritten. Erst als man schon die Äste der Bäume am Waldrand erkennen konnte, fiel Plön in einen leichten, raumschaffenden Trab. Die Pferde griffen aus und schnauften munter in die frische Morgenluft.

Plön gab mit dem Arm ein neues Zeichen, Klingspor sah es sofort und gab es nach hinten weiter. »Kürzer!« rief er zu Moser hinüber, der natürlich kein Zeichen gesehen hatte, »kürzer doch!«

Sie gaben ihren Pferden eine halbe Parade, und sofort vergrößerte sich ihr Abstand von den beiden Spitzenreitern.

Der Waldrand rückte heran, man sah jetzt Kiefern, Ahorn und einige Birken.

Plötzlich rissen die beiden an der Spitze ihre Pferde herum und galoppierten zurück. Hatten sie etwas gesehen?

Nein, gar nichts gesehen. Ein Trick war es, eine felderfahrene Gewohnheit.

Ein Trick, der nie versagte, so alt er auch war: Eine Rollsalve prasselte aus dem Walde, die Kugeln sangen durch die Luft, auch Moser und Klingspor machten kehrt, die nächsten machten kehrt, alle galoppierten zurück. Die Gäule liefen ohne Hilfen das selbstverständliche Laufen vor Knall und Schrecken und Tod.

Mosers Rappe gar war unsäglich erschrocken und gab sein Letztes her; er schnaufte ohne alle Einteilung und Technik wie ein Mensch, der sonst immer im Wagen fährt, beim ersten Fußlauf seines Lebens. Klingspors Fuchs daneben zeigte große Erfahrung, er legte Sprung vor Sprung und stieß den Atem gleichmäßig durch die Nüstern. Ein scharfer Peitschenschlag knallte ihnen in die Ohren: Mosers Rappen packte die letzte Verzweiflung, er ging einfach durch, herunter vom Wege, hinein in den tiefen Acker, und stampfte schnaubend den weichen Boden. Die Hufeisen schlugen klingend aneinander.

Der Reiter hatte einen Bügel verloren, saß gerade noch oben, angelte mit dem Fuß nach dem unsichtbar in der Luft schlagenden Bügel, klatschte mit dem Gesäß im Sattel auf und ab und riß das Pferd mit beiden Fäusten ins Maul. Er war rot wie ein Krebs, schwitzte und stöhnte vor Aufregung, wartete auf das Ende.

Ja, der Rappe sorgte für das Ende, er machte eine Wendung und rannte dem Walde, dem kugelspritzenden Wald, entgegen.

Da griff der kleine Moser mit der letzten Angst seines Lebens zu, mit beiden Händen, unreiterlich und gemein wie ein Schlot griff er in die rechten Zügel und zog, so stark er konnte. Er zog den Pferdekopf krumm und nach der rechten Seite, – es war gemein, aber es wurde seine Rettung: der Rappe lief seiner krumm gezogenen Nase nach, lief einen großen Kreis, einmal, zweimal, immer neue Volten im weichen Acker.

Weit drüben hielt die Patrouille mit Plön an der Spitze. Der schaute durch sein Glas nach dem Wald, dann nach Moser hinüber, der immer noch Volten ritt. Er zeigte ihn den anderen, und sie lachten.

Er schickte dann zwei zu Moser; sollten dort bleiben, das Kerlchen zur Vernunft bringen, den Waldrand im Auge behalten.

Als die beiden herankamen, hatte Mosers Rappe ausgetobt, stand, am ganzen Leibe zitternd, still und war weiß wie ein Schimmel.

»Bedeutend mehr Schulreiten!« stellte Klingspor fest, dann lachten sie wieder. Auch Moser lachte, er kam sich wie ein Sieger vor, er stellte sein Pferd mit der Nase nach dem Wald, pikte die Lanze neben sich in den Boden und legte die Zügel auf den Hals. Der Rappe stand wie eine Mauer und zitterte bloß noch ein wenig.

Moser kramte sich ein kleines Fernglas heraus, hielt es mit beiden Händen vor die Augen und schaute nach dem Wald.

»Ich seh' sie!« schrie er ganz selig; er bot das Glas den anderen an.

»Ich seh' sie!« murrte Klingspor. »Steck du deinen Operngucker ein, nimm du die Zügel! Sonst gehst du mit deinem Schinder noch einmal über den Harz.«

Haha, »Harz« war köstlich, Moser mußte von Herzen darüber lachen. Aber Klingspor hatte mit seiner Warnung sehr recht: Wieder ging ein heißes Zischen um ihre Köpfe, wieder knallte ihnen ein Dutzend Peitschen in den Ohren, die Gäule fuhren herum, und Mosers beiseite gestellte Lanze fiel in den Dreck.

Sie flogen im Galopp auseinander, fanden sich weiter rückwarts zusammen, stellten sich von neuem zur Beobachtung auf und standen, bis sie der Führer zurückholte. Der teilte ein paar zum Dableiben ab und ritt selbst mit den meisten davon. Er holte nach Norden aus und rückte dem Wald an anderer Stelle zu Leibe.

Die Bleibenden zogen in eine kleine Senke, saßen ab und stellten Fußposten hinaus. – Ja, Moser, wo ist deine Lanze? – Hau Moser, Mensch Moser, komm du ohne Lanze zur Schwadron, der Wachtmeister schlägt dich windelweich!

Daraufhin ging Moser, seine Lanze zu holen. Er rannte zu Fuß durch den Acker, schnaufte und suchte und fand schließlich die Stelle, wo sie vorhin gehalten hatten. Ja, da lag wohl die Lanze, aber geteilt in zwei Hälften, in der Mitte auseinandergebrochen!

Vom Pferde zertreten? – – Von einer Kugel zerschlagen?

»Mir ist die Lanze aus der Hand geschossen worden, vorhin!« meldete Moser triumphierend, als er sein halbes Ding zu den anderen zurückbrachte.

Die Alten schauten und schüttelten den Kopf. »Erzähl du das dem Wachtmeister, er wird's dir schon glauben! Er hört gern Märchen erzählen, der Wachtmeister...«

5

Die Handpferde und ihre allzu wenigen Pfleger hatten eine schlimme Nacht verlebt. Der Schrecken hatte sie in den Wald gejagt, die Feldküche der Fünften wäre beinahe dabei verunglückt, und es hatte eine Weile gedauert, bis die Truppe wieder in halbe Ordnung gekommen war. Leutnant Griesbart war dünn und blaß herumgelaufen. Er war nicht böse auf sich, er war böse auf das Wetter, das urplötzlich von vorne gekommen war, und böse auf den Schrecken. Er hatte den Wachtmeister beschimpft; die Wachtmeister schrien auf die Unteroffiziere, die Unteroffiziere hielten sich an der Mannschaft schadlos und die Mannschaft an den stummen und schuldlosen Pferden. Ein gräßliches Getue war es gewesen, Kriegsfreiwilliger Schacht hatte endgültig das Schicksal verflucht, das ihn hatte gerade Nummer sein lassen.
Unteroffizier Moos hätte wohl auch auf das Schicksal geschimpft, wenn er besser bei Stimme gewesen wäre. Aber er lag blaß und stumm zwischen den anderen, die dem dunklem Klumpen im zweiten Zuge lebendig entstiegen waren, lag im Sanitätswagen und wurde abgerollt. Dabei war es doch sein freier Wille gewesen, bei den Handpferden zu bleiben, eine eigenmächtige Entscheidung seines sich selbst bewußten Gehirns, ein sehr bedachtes Eingreifen in das rollende Rad! – Oder doch vielleicht Schicksal? – *Immmer noch weiß es keiner.*
Was hatte er auch übrigens beim zweiten Zuge zu suchen? Eine kleine Unterhaltung? Ein leichtes Plaudern voll Bosheit und Kritik? Eine leise maulende Beschwerde? Mag schon sein.

Auch in dieser Nacht hatte Schacht seine Not. Seine drei Lanzen waren fort, blieben fort; er wurde vom Wachtmeister angebrüllt und wie ein nasser Sack behandelt. Und das Quartier dieser Nacht war kein Grand-Hotel, war ein leerer Schuppen und ein großer Haufen Unrat. Sie kamen mit dem Haufen Mist nicht zurecht; sie mußten auch, was sie nie sonst taten, die Viehställe in Benutzung nehmen, zu deren niedrigen Türen kamen die Pferde erst hinein, nachdem man sie im Freien abgesattelt hatte; drinnen standen sie dann auf uraltem Mistpolster und stießen mit den Köpfen an die Decke.

Es war ein schlechtes Machen, ein Kramen und Laufen, die ganze Nacht um drei Pferde, drei Sättel, drei Zaumzeuge; um dreifachen Empfang für Mensch und Tier, um ein dreifach erschwertes Leben. Schacht bekam nicht eine Mütze voll Schlaf in dieser Nacht zu besehen. An Stelle des abgerollten Moos übernahm Unteroffizier Hummel den Beritt; Hummel, ein Trompeter eigentlich in friedlichen Zeiten, ein Musikus, eine leichte Fliege und ein launischer Bursche! Er schäkerte mit den alten Leuten und strich ihnen Honig um den Bart, dafür ließ er die Jungen traben, nannte sie Bengels und Hammels und versprach, ihnen die Haut über die Ohren zu ziehen.

Schacht, von Haus aus reich, kein Mann zarten Gefühls, war dem Weinen nahe, als es am frühsten Morgen anging, als der ganze Troß in gepreßter Enge und Dunkelheit, dazu in hastender Eile wieder flottgemacht werden mußte. Es passierte ihm allerhand dabei, und überdies hatte er vom vielen Honig der Vortage den Durchfall bekommen. Er mußte immer wieder einmal hinter die Scheune, und Rohrmann hielt derweil seine Pferde. Sechs Pferde im ganzen hielt dann der gute Rohrmann!...

Am Rande des im vortägigen Gefecht eingenommenen Dorfes standen die Schützen unter Lux und begrüßten mit Stolz und Hallo die herankommenden Handpferde. Sie suchten sich ihren Gaul, besahen sich ihr Eigentum von oben bis unten, und zwei der Schützen, einer von ihnen war gar der Gefreite Osterloh, erhoben gegen Schacht ein drohendes Geschrei, weil ihre Lanzen fehlten.

Da ging Schacht zum Wachtmeister und meldete sich krank, wegen anhaltenden Durchfalls. Der Wachtmeister lachte gräßlich und rief den Sanitätsunteroffizier. Der gab ein paar Pillen, und mit Schacht blieb alles wie es war. Er zitterte jetzt vor Lux wegen der fehlenden Lanzen, es zitterte sein Leib, und gleich mußte er noch einmal hinter die Scheune.

Lux aber hatte viel zu tun, er dachte nicht an Schacht, er dachte aber auch nicht an Ruhe – wie der Teufel fuhr er umher. Der Wachtmeister meldete ihm alles, was mit den Handpferden gewesen war, vom friedlichen Bummel in der Wiese, von Plöns Abzug auf Patrouille, vom Granateneinschlag in den zweiten Zug und von dem dunklen Knäuel auf der Erde: vier Pferde waren hin, alles gute Tiere – fünf Mann waren verwundet, alles gute Leute.

Wie war das zugegangen? Der Wachtmeister meldete es haargenau, mit behutsamer Anklage gegen Leutnant Griesbart in der Stimme, aber er wurde dennoch angeblasen. Lux tobte und schrie in allen Tönen: Das war

ihm etwas, – die Handpferde, weit vom Schuß, beinah in der Heimat, und da diese Verluste! Potz Hinterteil und Wolkenbruch! – Ein Funkenregen von Wut ging auf den Wachtmeister nieder.
Dann lief Lux dem Wachtmeister davon, bohrte sich zischend durch das haltende Reitergewimmel hin bis zur fünften Schwadron. Da saß Leutnant Griesbart im Schatten seines Rittmeisters und frühstückte mit den anderen Offizieren, trank Feldküchenkaffee aus einem entzückenden, einem allerliebsten kleinen Becher:
Ha Gerien! Ha Lukas! Willkommen im Grünen – Schnaps gefällig, alter Schützenkönig? Wieder eine Schlacht gewonnen? – Man freute sich, Gerien zu sehen, bald aber mußte man über ihn staunen:
Der kleine Griesbart, Leutnant von Krieges Gnaden, erhielt eine Abreibung, daß ihm jede Frühstücksneigung verging: War er ein Mensch, hatte er einen Kopf, hatte er ein Hirnchen darin? Besaß er nicht so viel Verstand, rechtzeitig vor herannahenden Schrapnells eine Abteilung wehrloser Handpferde marschfertig zu machen, Kandaren einzulegen, Gurte festzuziehen? War er ganz von Gott und allen Engeln verlassen? – – –
Fertig das Toben? – Nein, immer noch nicht. Lux sagte nicht guten Tag, sagte nichts zu, beispielsweise, dem goldigen Kaffeebecher, ob ihn das Fräulein Braut kürzlich gesandt? Nein, das Wetter ging weiter:
Sollte das nun unser Führernachwuchs sein, Bürschleins mit Notabitur und der Eitelkeit von Pensionats-Jungfrauen, mit riesengroßen Achselstücken und aufgeschlagenem Mantelkragen geschaffen für die kleinen Mädchen auf der Georgstraße! – Säße er, Gerien, im Militärkabinett und hätte S. M. zu diktieren, er würde

überhaupt keinen Gymnasiasten zum Offizier befördern, bloß weil er einjährig wäre, nein, keinen. Statt dessen aber alte Feldsoldaten, tüchtige Unteroffiziere, Kerle, Männer! Potz, potz Wetter, seht den Lukas, seht diesen Brökel, diesen milchblassen, mädchenschönen Gernegroß!

So schimpfte Lux, es war wirklich toll, man mußte für seinen Verstand fürchten. Die Verantwortung nahm ihm alle Sinne.

Der kleine Griesbart stand blaß da und ließ die Arme baumeln. Verschwunden war im Augenblick aller Glanz und Schmiß seines Herrchendaseins. Die anderen Herren grienten in sich hinein: ja, der Lukas, recht hatte er wohl. Bloß der Rittmeister der Fünften strich bös seinen Borstenbart; das ging ihm zu weit, der junge Herr gehörte zu seiner Eskadron. War etwas zu sagen, mußte *er* es sagen: Gerien benahm sich taktlos.

So dachte er pikiert, aber er schwieg. Gerien war Ausnahme, Gerien kam aus heißgeglühtem Leben und hatte besondere Rechte. Gerien war auch erfolgreich und genoß an hoher Stelle großes Ansehen. Gerien war Gerien. Prost Gerien!

Ja, jetzt trank Lux seinen Schnaps und war wieder ein anderer, er bezauberte im Umsehen alle durch einen ganz verfluchten Witz, und dann ging er wieder zu seiner Schwadron. Er stieß dort auf Schacht, der vor einem Zaun hockte, und warf ihm ein kräftiges Wort hin: »Nur nicht weich werden!« rief er. Schacht hörte es mit Wonne, und der Bauch tat einen Augenblick gar nicht mehr weh. Eine Lanze hatte er zwar immer noch nicht, woher auch? Wurden hier in der Wildnis Lanzen verhandelt? Osterloh zwar hatte wieder eine Lanze, der andere auch! Woher nur? (Irgendwo in der fünften Schwadron gab es bei zwei Reitern ein böses Schimpfen, Osterloh aber lachte sich in den Bart und sprach vor Wohlgefühl polnische Brocken daher. War er doch der Dolmetscher des Führers!) ...

Weiter ging es. Sie ritten mit Spitze und Seitendeckung gegen Nordost, ritten durch den großen Wald und trafen die Patrouille des Grafen Plön, die sich still dem grauen Wurme einfügte. Alle waren wieder da, keiner fehlte, bloß einer trug den Arm in der Binde, und Plön ließ sich vom Sanitäter einen langen Riß an der Hand verkleben. Und Moser hielt krampfhaft seine halbe Lanze überm Pferdeohr hoch und tat alles, daß man nicht sähe, wie sie gleich unterhalb seiner Hand endete.

Sie waren alle wieder da und sahen zufrieden aus wie immer, wenn sie mit Plön von Patrouille kamen. Sie hatten den Wald umgangen, sein Inneres erkundet, ein paar Kosaken gejagt und eine runde Meldung an die Division geschickt. Ihnen war es zu danken, daß man jetzt so behaglich durch den Wald reiten konnte, durch den großen Wald von Gora Kalwarja, ja, Plön hatte ihnen diesen Namen genannt. Und er war wieder ein Name mit Klang, ähnlich wie Brzeziny und Malawies, ein Name für die Erinnerung!

Herzlich gern hätten sie die Einzelheiten erzählt, gern auch hätten die anderen etwas erzählt, vom Gefecht zu Fuß, von den Handpferden und den Granaten, von Lux und Leutnant Griesbart.

Aber es ging jetzt nicht; sie ritten schnell, hatten es sehr eilig, weit rechts und weit links trabte die Seitendekkung, weit vorne die Spitze. Die Russen schienen heute

schnell zu laufen, sie liefen gewiß bis Warschau! Warschau lag da hinten, – Plön hatte es gesagt. Leute, wir kommen jetzt nach Warschau. Miehl hatte den festen Glauben.
Liebe Kinder, Rußland ist groß, und der Zar ist weit, und wir sind noch lange nicht in Warschau! Es scheint, wir reiten noch nicht einmal in die Richtung, wo Warschau liegen müßte, wenn uns Plöns Karte und unser natürliches Gefühl für geographische Breiten nicht zum Narren hält. Es scheint, wir reiten nicht nordöstlich, sondern südöstlich, die Sonne guckt uns arg lange ins Gesicht. Weiß der Teufel, wohin wir reiten; wir reiten, und das ist genug.
Nein, es scheint etwas nicht in Ordnung zu sein!
Aber Kinder, verlangt ihr denn immer wieder nach Ordnung? Geht heim, legt euch schlafen, deckt euch mit dem Anzeiger zu! Verlangt ihr Ordnung vom Abenteuer?
Nein, es stimmt wirklich nicht. Wir liegen wieder einmal fest, einen ganzen Tag und eine ganze Nacht, und hören endlose Stunden ein ungeheures Schießen und sehen jetzt im Dunkeln den Himmel voller Flammen. Einer munkelt von heftigem Rückstoß der Russen gegen die Österreicher, einer nennt den Namen Iwangorod, und dann wird offen von einem Durchbruch gesprochen, von seitlicher Umfassung und von finsterem, folgeschwerem Geschehen.
Es liegt sich nicht ruhig und sanft, in dieser Art festgenagelt auf einem Erdenplätzchen, an dem wir am Morgen irgendwann einmal haltmachten, zum Tränken und kurzen Ausruhen wie üblich, und auf dem wir jetzt noch halten, tief in der Nacht, mit gesattelten, marsch-

bereiten Pferden, jedes Stück Waffe und Ausrüstung am Leibe.
Jeden Augenblick kann es weitergehen, geht aber nicht. Vielleicht halten wir hier noch morgen und übermorgen! Es scheint, wir sollen hier Wurzeln in die Erde schlagen!
Es liegt sich schlecht auf der blanken Erde, halb unterm Pferde, die Trensenzügel um den Fuß gewickelt, den Kopf auf dem Tschapka. Die Pferde schlafen, stehend auf breitgestellten Beinen; sie werden nicht umfallen, sie werden auch nicht fortlaufen. Laßt es uns also ein klein wenig gemütlicher machen in diesem Biwak!
Kuchen, Biwak? Proste Mahlzeit. – Biwaks haben schnurgerade Zeltreihen, eine blitzsaubere Einteilung und eine nach der Uhr bestimmte Zeit für Ruhe und Schlaf, Biwaks gehören in die Szenenfolge des kleinen Kriegstheaters im tiefen Frieden, das man Manöver nannte!
Hier kann es jeden Augenblick losgehen; geht aber nicht.
Die Nacht läßt herbstkalte Nässe herab, die Mäntel werden angezogen, und die Zeltbahn wird über Kopf und Schultern gelegt. Und ein ganz kleines Feuer wird erlaubt, ein winziges, nicht brennendes, nur glimmendes. Warum denn nun dieser Krampf? Diese mißgünstige Beschränkung? – Keine Bange, Kinder, das Schießen ist zwar toll und endlos, aber das Schießen ist sehr fern, kann uns kalt lassen. Wir aber wollen uns an einem richtigen Feuer wärmen!
Das Feuer glust und raucht unter feuchten Ästen, abseits stehen die Pferde und schlafen. Sie rühren kein Bein von der Stelle.

Jetzt läßt es sich erzählen, erzählen wir also, hören wir von den Handpferden, hören wir vom Gefecht zu Fuß, hören wir von Plöns Patrouille in den Wald von Gora Kalwarja!

Einer fängt an, der Landwehr-Maier; er kann gut erzählen, er hat einen beweglichen Mund und eine heiser brabbelnde Stimme. Er ist es, der immer hinterher erzählt; daß er dabei gewesen, fällt nie jemandem auf, er tut sich nicht groß beim Reiten und Handeln, aber beim Erzählen später ist er auf dem Platz. Jeder Mensch erhält vom Schicksal seinen Posten; es muß auch Erzähler geben.

Wenn Maier dann spricht, zeigt es sich, daß er doch beim Reiten dabei war. Er erzählt langsam, der Reihe nach, eins nach dem anderen, aber er schmückt sein Erzählen mit kleinen Finessen und dunklem Vorahnen, mit halbem Vorauswissen-Lassen; ein echter Erzähler, alle hängen an seinem Mund. Er erzählt auch so etwa das, was wirklich gewesen ist.

Zum Schluß bringt er wie gewöhnlich seinen humoristischen Kniff. Diesmal ist's der kleine Moser, über den gelacht werden soll, Moser der hundert Meter vorm Feind ein wenig Schulreiten probierte und nachholen wollte, was er auf dem Kasernenhof versäumt hatte. Der dann stiften ging, mit seinem Gaul die Lanze zertrat und liegenließ.

Haha, man lacht lange über den kleinen Moser.

»Aber – mir ist die Lanze doch aus der Hand geschossen worden«, sagt Moser und tut sehr gekränkt. Da lachen sie noch mehr.

»Aber – und meine Uhr ist mir auch gestohlen worden!« sagt Moser jetzt bitterböse, alle klagt er an. »Ich war auf

Posten, da kam einer im Dunkeln und sagte: Gib mir deine Uhr, ich muß wecken! Ich gab ihm die Uhr, da kam der Alarm, wir ritten gegen den Wald und kamen ins Gefecht, und dann hab' ich's ganz vergessen. Und dann hab' ich gefragt, und keiner war's gewesen, der sich die Uhr von mir lieh. Er hat sie behalten, das ist wie gestohlen!«

»Gestohlen wird hier nicht, Mensch«, sagte der Gefreite Klingspor streng, »hier stiehlt keiner, hier wird höchstens mal etwas ›festgestellt‹, Mensch!«

»Jawohl«, sagt Makrot, »bedeutend mehr festgestellt, Jong.«

»Wird einer von der Fünften gewesen sein!« sagt Unteroffizier Hummel.

»Es war meine Konfirmationsuhr, sie ging immer recht!« sagte der kleine Moser.

Sagte dann der Landwehr-Maier, nachdem er Atem zu einer langen Geschichte geholt: »Mensch, deine Uhr. – Deine Uhr ist fort. – Soll ich's dir sagen? – – – Soll ich? – Ich sage: Mensch, sei *froh* darüber, was soll dir eine Uhr! Eine Uhr ist nichts, hier draußen, ist ein Dreck. Ja. – Ich will's dir sagen, wie es ist: Neulich, wie war's mit Leutnant Türkheim auf Patrouille? Kamen wir an ein Dorf, sagte der Türkheim zu Sergeant Behr, reiten Sie mit fünf Mann da links in den Wald, ich reite rechts, um 4 Uhr 45 Minuten treffen wir hier wieder zusammen! Seien Sie nicht eher hier, früher bin ich auch nicht hier, reiten Sie auch nicht vor 5 Uhr weiter, zur Schwadron zurück! Auf keinen Fall, sagte der Türkheim.

Wir reiten los, mit Wilhelm Behr, reiten in den Wald, sehen nichts als Bäume, hören nichts als Wind, reiten wieder zurück. Wilhelm hat auf seiner Uhr erst halb

vier: langsam reiten! sagt er, sonst sind wir zu früh da. Wir machen es uns also gemütlich, sitzen mal ab, erzählen uns, sind Punkt dreiviertel fünf wieder beim Dorf. Derweil ist der Türkheim mit seinen Vier von den Kosaken überfallen worden, zwei wurden geschnappt, und er bekam den Bauchschuß weg. – Wären wir eher am Dorf gewesen, wir hätten das Knallen gehört, wir wären hin und hätten sie rausgeholt. Das macht alles die *Uhr*, Mensch, was soll uns die Uhr! Die Uhr ist rein der Teufel, sie holt dem Menschen das Leben, hier draußen.
Bei Malawies, Mensch, reite ich und Gustav Menge an der Spitze auf Patrouille mit Lux. Sag' ich zu Gustav: Da ist der Wald, Mensch, der Wald ist besetzt, halt die Augen nach vorne und, sobald du was siehst, herum und ab im Karacho! – Was tut mein Gustav? Hält Zügel und Lanze mit der linken Hand und knöpft sich mit der rechten den Mantel auf, die Ulanka auf und die Strickweste auf, die hatte ihm gerade seine Kleine geschickt, – holt sich seine Uhr heraus. Will sehen, wann es Frühstück gibt, – was weiß ich.
Rums! geht's aus dem Walde. Mein Gustav hat die Uhr in der Hand statt der Zügel, sein Cicero geht ab mit ihm, gerade in die Russen hinein, mit Eilpost nach Sibirien – wenn sie ihn am Leben ließen: Ich hab' ihn schreien gehört, Mensch!«
Sagte Unteroffizier Hummel: »Dem Schorse Hangstein von der Dritten haben die Kosaken die Augen ausgestochen. Die Kosaken sind Schweine, ich bringe keinen lebendig ein.«
»Ja, ja, – so und so«, sagten die anderen.

Miehl hörte mit großen Augen zu und schauderte unter seiner Zeltbahn. »Das ist ja entsetzlich«, sagte er.
»Was ist entsetzlich?«
»Nun, der Krieg!«
Entsetzlich? Welch komisches Wort! Entsetzlich, das kannte keiner. Angst, Langeweile, Schinderei, ein großer Haufen Mist, ja, das kannten sie von Tag zu Tag.
»Der Krieg ist entsetzlich!« höhnte der Landwehr-Maier mit heiserer Stimme. »Mensch, was ist uns der Krieg? Rutschst du zu Hause auf den Hosen und läßt dich schinden, rutschst du hier draußen auf den Hosen herum und läßt dich schinden, alles eins.«
Sagte Klingspor: »Verreckst du im Bett, verreckst du am Heldentod, alles eins. Lieber doch noch reiten vorher und machen, was man kann.«
»Und Patrouille rechts raus, und bedeutend mehr Kompetenzen feststellen, Jong«, sagte Makrot.
Ja, ja – sagten alle und lachten.
Sagte der Gefreite Osterloh: »Pflügen ist aber gut. Jetzt wird Herbst, man müßte schon zum Roggen pflügen!«
»...und die Saat dreschen, – und in die Kartoffeln gehen, – und Erntefest machen, – und abends den Ofen anheizen, – und Sonntags lange Hosen anziehen!« sagte einer nach dem anderen.
Ja, ja – sagten sie alle und schwiegen. Aus der Nacht rollte noch immer der ferne Feuerlärm, aber etwas schwächer schien er schon geworden.
»Was kommst du dann freiwillig daher, den Krieg zu verlängern?« fragte Maier den so schweigsamen Miehl.
»Ich habe den Schritt in seiner ganzen Schwere nicht erfaßt«, sagte Miehl. Er war todmüde und fror, er wußte keins seiner Worte mehr zu sagen.

Hummel sagte, das Thema zog ihn immer wieder an: »Ja, die *Uhr*! Moser, sei froh, daß du sie los bist! – Kam da an die Rawka mit dem Ersatz, ein gewisser Lemke, auch ein Mutwilliger, ein Mann mit Geld. – Hatte eine silberne Armbanduhr um die Hand. – Haute ihm eine Kugel hinein, die Hand war hin und der Unterarm, bloß durch die Splitter von der Uhr. Sonst wäre es ein glatter Durchschuß gewesen.«
»Plön hat keine Uhr«, sagte einer.
»Eine Uhr, ihr – eine Uhr ist der Teufel. Sie tickt dem Menschen die Stunden vom Leib und nimmt ihm das Leben. Es ist ein Geheimnis – es versteht sich nicht.«
Der Landwehr-Maier flüsterte das mit uralter Stimme, wie eine Sibylle saß er am Feuer.
»Wo ist denn Schacht?« fragt einer.
Ein anderer singt einen schmutzigen Vers von der Sonne und einem kleinen Jungen am Bach, das soll die Antwort sein, und alle lachen; ja, Schacht hat immer noch Durchfall.
»Von dem wollte ich erzählen«, sagte Unteroffizier Hummel, »das ist einer, so einen sah ich noch nie. Diese Nacht hat er eine Kuh gesattelt!«
Wie das? Nicht möglich, haha! Doch möglich, alles möglich: Diese Nacht, Quartier im Viehstall, der Dünger meterhoch aus hundert Tagen, die Decke tief bis auf den Widerrist der Pferde, ein Stinkloch, eine miese Stellung. Bei Dunkelheit noch Fertigmachen, sehr eiliges Fertigmachen. Da legte der Schacht seinen Sattel auf des Bauern Kuh in der Ecke, erst als er aufzäumen wollte, fühlte er, daß sein Pferd Hörner hatte! Haha.
Gelächter; aber Rohrmann sagt: »Ist nicht wahr, er

hat den Sattel nicht aufgelegt, hat es bloß gewollt, hat's dann aber gemerkt!«
Hummel ist ärgerlich: »Hat's gewollt! Nun also, halt du dein Maul!«
Rohrmann steht auf und geht zu den Pferden.
Das Erzählen hört auf. Sie sinken zusammen und starren ins Feuer. Das Schießen in der Ferne ist verstummt. Einer summt vor sich hin; da werden die anderen wieder munter und singen mit, allerhand schnurriges Zeug vom Soldaten aus Lippe-Detmold und dessen General, der sich den Bart rauft, ritsch, ratsch, – von Finken und Mädchen und Jägern und Reitern. Und schließlich singen sie das wehmütige Lied von Malawies, in dem sie selbst mit ihren Taten wohnen und sich herrlich gefeiert finden.
Rohrmann kommt wieder, tippt Moser auf die Schulter und sagt: »Schau einmal hin, dein Schwarzer ist in den Zügel getreten!«
Moser schaut hin, aber: »Es ist nichts«, sagte Rohrmann, »nimm hier!« Er drückt Moser eine heile, große Lanze in die Hand.
»Nimm!« sagte er, »und schmeiß deinen Stummel in den Busch und rede nie mehr von ›aus der Hand geschossen‹!«
Dann kam einer von den Pferden her ans Feuer und machte »scht!« »Seid still, ihr, der Kommandeur kommt mit Lux!«
Zwei riesige Schatten wanderten an den Pferden herauf, der eine dünn wie ein Strich und ein wenig gebeugt, der andere breit und gewaltig. Sie schritten stumm heran und blieben in Höhe des fast erloschenen Feuers stehen. Die Reiter lagen still und spitzten die Ohren:

Würde man die Schatten reden hören? Würde man jetzt etwas erfahren vom Wie-lange-noch und vom Wohin? Aber die wissenden Schatten schwiegen, sie standen und schwiegen. Endlich sprach der Starke, des Regiments imposanter, stets nur aus der Ferne zu schauender Kommandeur. Er räusperte sich und sprach zu Lux das erlösende Wort, dies meistgebrauchte Wort der aus der Anschauung belebten Feldsprache, dem organischen Leben entnommen, zündend wie kein anderes. Gesprochen im Felde ist es Notwendigkeit und Erlösung, gedruckt auf Papier ist es ein Schmutz, lassen wir es also aus.

Das sagte der Kommandeur, dies eine Wort sprach er, und dann verschwand er wieder mit Lux im Dunkeln. Die Leute am Feuer prusteten vergnügt in die Hände: das war ihnen etwas gewesen! Zwar hatte es ihnen keinen Weg gezeigt in die Finsternis des ferneren Abenteuers, sie wußten immer noch nicht, wo hinten und vorne war, was mit Iwangorod gewesen, ob sie auf Warschau zögen – wie lang der Schwindel noch dauerte. Nein, aber sie wußten jetzt, daß die anderen, die Führer, auch nichts wußten und ärgerlich waren wie sie und Schafe wie sie in einer vom Schicksal im Narrentanz geführten Herde. Und daß keine Rede sein konnte von dem, was der Landwehr-Maier manchmal, ins Quatschen kommend, verkündete: daß man sie nämlich führerseits böswillig blind und dumm machte, um ihnen dann langsam das Fell über die Ohren zu ziehen. Nein, das war alles großer Mist vom Landwehr-Maier. Maier, du bist ein altes Waschweib, wir müssen dich gelegentlich in den Hintern treten!

Jawohl. Gute Nacht! – Sie kippten sachte auf die Seite

und duselten vor sich hin. Die Pferde standen als lange Mauer unbeweglich auf ihren Beinen und dachten nicht an Weglaufen. Trotzdem lag Schacht unter seinem Gaul und hielt ihn fest. Er fürchtete auch, etwas von seinen Sachen könnte abhanden kommen. Ihm fehlte neuerdings immer etwas, mal eine Stück Ausrüstung, mal die eiserne Ration, mal der Inhalt seiner aus Heimatpäckchen häufig frisch gefüllten Zigarrentasche aus silberbeschlagenem Leder, endlich diese Tasche selbst.
Das war schlimm für ihn, denn Zigarren waren hier, wo Geld nichts galt, das einzige Zahlungsmittel für kleine Geschäfte, wie sie so unterkamen. Zum Beispiel eine Lanze hatte er auf diese Weise wiedererhalten; ja, es gab hier wirklich doch Lanzen zu kaufen, die Welt blieb auch hier ein wenig die gleiche – ein großes Handelshaus!...

Der Morgen kam, Nässe triefte von den Bäumen, die Menschen waren steif vor Kälte und schlugen sich die Arme um den Leib. So, die Nacht war herumgebracht, glücklich zu den übrigen Nächten gelegt, was aber gab es nun? Ging es immer noch nicht weiter? Hat man uns in unserem Dreckwald endgültig vergessen? Kommt es vor, daß man vergessen neben dem Weg stehenbleibt, und wie endet das?
Sie gingen auf und ab, holten Wasser, fütterten die Pferde und machten sich durch Arbeit ein wenig warm. Langsam wurde die Welt wieder hell, sie sah noch genau so aus wie gestern, als man hier absaß zu einem kurzen Halt, zum Pferdetränken und Austreten. Wirklich, man war an diesem Zufallsplätzchen klebenge-

blieben und hatte begonnen, Wurzeln zu schlagen wie die Bäume ringsum. Miehl mußte an Märchen denken und an die innere Wahrheit lügenbeutelnder Dichterphantasie. – Lächerlicher Zustand.

Nein, nicht nur lächerlich: Weiter zurück, am Rande des Waldes kreuzte ihren Weg ein anderer, der vom Süden herauflief. Den kam etwas herangezogen, schlafend langsam und traurig wie ein Begräbnis. Eine Truppe war es nicht, es waren Bauernwagen, offene Wägelchen mit Stroh und Menschen, eins hinter dem anderen, zehn, zwanzig, mehr, und immer noch mehr, ein endloser Wurm. Er kam aus der Gegend des großen Schießens von gestern, er zog von Süden nach Nordwest. Wohin?

In Haufen lagen und kauerten Menschen auf den Wagen, trugen Lappen und Turbane um den Kopf, wackelten hin und her, wie sich im Fahren die Leitern bogen. Manchmal drang ein leises Stöhnen herüber, ein singendes Klagen.

Wieviel Wagen waren das, hundert? Mehr, immer noch mehr! Das nimmt ja kein Ende, ihr Leute. – Das war eine dicke Luft gewesen, die sie dort haben schlucken müssen. Heute wohl müssen wir heran! Kommt heute *unser* Tag?

Jawohl, er kommt, es geht jetzt schon los. Eine Bewegung lief von vorne durch den lanzengespickten Weg. Fertig machen! hieß sie, und sie machten fertig, saßen auf, traten die kalten Füße im Bügel krumm und ritten los. Sie schwiegen und warteten, daß das Schießen wieder begänne. Kommt er heute, *unser* Tag? Die Sonne war schon da, war glimmend vor ihnen aus dem Wald getaucht, und unter ihrer Macht verflog damp-

fend die Nässe der Nacht. Strahlend stand sie jetzt vor ihrem Gesicht.
Nicht lange. Jetzt kam sie über die rechte Schulter, jetzt wärmte sie ihnen den Buckel: Teufel! Wer dreht sich nun schneller, wir oder die Sonne?
Wir! – Wir behalten die Sonne im Rücken, die Zeit ist Mittag, wir reiten also wieder nach Norden! Vor Iwangorod scheint es demnach zu stimmen, mit dem gestrigen Schießen und mit dieser endlosen Kolonne von Bauernwägelchen war es für dort genug.
Unser Tag ist es nicht. Er wird warm, die Welt wird schön unter der Sonne, die Pferde greifen frisch in den Boden. Wir reiten bergauf und bergab über strahlendes Sommerland, Warschau entgegen, nach Warschau hinein!
Warschau! Eine Stadt wie Paris, ein brausendes Wunder, ein leuchtender Begriff von Leben, von strategischer Bedeutung und heiterer Unterhaltung! Dort beginnt unser Tag.
Wenn wir Warschau haben, ist der Krieg bald aus. – Das ist die Meinung Miehls, er ist wieder ganz bei der Sache. In Warschau, Junge, hängt was raus! – Das meinten die anderen, und Plön lachte verschmitzt dazu. – Diese Voraussicht brachte es dahin, daß sie anfingen, von den Mädchen zu plaudern und von der Liebe und allem Drum und Dran. Das Wort Liebe allerdings, das kam in ihrem Gespräch gar nicht vor; man bedurfte keiner Umschreibung durch ein Wort, man sprach hart und deutlich, wie es war. Gedruckt auf Papier wäre es ein Schmutz, – gesprochen in der Marschkolonne des Abenteuers jedoch entwuchs es dem Reiten …
Der Marsch ließ die Unterhaltung laufen wie sie pfiff,

denn er war harmlos wie im Frieden; aber er schaffte mächtigen Raum. Die Russen mußten hier wie ein Ungewitter abgebraust sein, während sie da drunten im Süden abgewartet hatten, was sich um Iwangorod begab! Nun flogen sie ohne Reibung dahin wie die Kugel im luftleeren Raum – nicht aufzuhalten nach der Theorie, würden sie auf diese Weise also endlos fliegen, endlos, rund um die Erde!

Nein, doch nicht – sie hielten schon wieder, und ein merkwürdiges Manöver begann, eine jener verschmitzten Manipulationen, die man nicht im geringsten versteht; bei denen man, ist man ein Führer, mitwirkt wie der Kulissenschieber hinter der Bühne, – und wie die Kulisse selbst, ist man bloßer Mann im Glied. Gleich dumm sind Schieber und Geschobene, sie wirken und sehen nicht, was sie wirken, denn den Zuschauerraum ihres Theaters dürfen sie während der Vorstellung niemals betreten.

Da hielten sie also wieder einmal, und die Schützen wurden herausgezogen, stiegen über ein paar Höhen und sahen endlich ein silbernes Band vor sich in der Niederung liegen. Krumm und unordentlich bog es sich in tausend Windungen um kleinliche Hindernisse, durch Wiesen und Wälder, und dahinter öffnete sich eine neue riesige Welt voll unsäglicher Einsamkeit. – Das war der Lauf der Weichsel, und Miehl konnte sich einen Vergleich nicht versagen: »Unsere großen Flüsse sind in ganz anderer Weise reguliert!« sagte er, als müßte er sich dafür loben.

Meinetwegen die Weichsel; jetzt aber begann das Theater. Zwischen den Höhen fuhren die Batterien der Reitenden auf, ein Teil der Schützen schwärmte aus und legte sich vor den Kanonen, dicht vor den Kanonen ins Gras; nein, sie mußten sogar wieder aufstehen, aufrecht stehen, hin und her gehen, Gruppen bilden wie die Bürger vor dem Rathaus. Was für ein Unsinn! Sollen wir Zielscheibe markieren?

Der Rest der Schützen verschwand zur Weichsel hinunter, man hörte sie machen, man hörte Bäume krachen und ins Wasser plantschen, man hörte lautes Geschrei und Hallo. »Wie die Jugendwehr, wenn sie Krieg spielt!« murrten die oben, »und wir dürfen's nachher mit unseren Knochen bezahlen, miese Stellung!«

»Warschau ade!« meinten andere, vor allem Miehl, »denn wir gehen ja *hier* über die Weichsel und reiten dann nach Osten weiter.«

Warschau ade! *Unser* Tag beginnt schon hier und ist nicht Freude noch Vergnügen.

»So?« murrte Klingspor. »Wo ist denn die Brücke? Oder willst du durch die Weichsel schwimmen?«

»O nein!« sagte Miehl, »dort unten bauen wir doch eben eine Brücke! Hörst du es denn nicht klopfen?«

»Geh runter, Mensch, hilf bauen!« Klingspor wandte sich ab.

»Alle Mann antreten zum Schwimmhäute-Empfang!« stellte Makrot fest.

Jong, nun wurde es auch den Jüngsten klar: Das stimmte nicht, das war ein greulicher Unsinn. Was sollte man hier? Komödie spielen, die Zeit hinbringen, weiter nichts.

Sie brachten eine lange Zeit mit dem Komödienspiel hin, sie rannten auf den Hügeln herum, schwatzten, guckten in die östliche Riesenwelt, wunderten sich über ihre Größe. Sie zeigten sich hier einen Rauch, dort ein

paar Menschen, holten sich Hafergarben vom Felde zusammen, legten sich hin und schliefen.
Sie schliefen auch ruhig weiter, als am Nachmittag die reitenden Batterien, die doch auch nicht umsonst in der Welt sein wollten, ihr Schießen begannen. Der Krach der Abschüsse ging den Schlafenden direkt über die Köpfe. Wer aufwachte und auf dem Rücken liegend in den blauen Himmel schaute, entdeckte es dann mit Staunen, daß man mit dem bloßen Auge die Projektile sah, wie sie aus den Rohren in den Äther flutschten. Das fanden sie schön, das zeigten sie sich, damit fanden sie gute Unterhaltung; doch bald schliefen sie wieder ein, wenige Meter unter den einen Heidenkrach aus den Rohren kotzenden Kanonen. Schliefen, wurden wieder hochgerufen, spazierten noch einmal auf dem Hügel herum.
»Mit uns können sie alles machen«, begann der Landwehr-Maier zu maulen. Recht hatte er wohl, alles machten sie mit uns. Und das Herumspazieren und die sinnlos, ziellos in die östliche Einsamkeit hinter der Weichsel rollenden Schrapnells der Reitenden zogen wirklich den Teufel aus der Hölle und lenkten seine verdammten Glutaugen auf diese kleinbürgerliche Versammlung! Es bumste drüben aus den Wäldern, und dann tauchten ringsum die blöden Abendwolken auf und spuckten ihren Inhalt auf die Erde. Erst standen sie überm Fluß, dann seitwärts, dann über ihnen, die übliche Entwicklung.
Dann legten auch Maschinengewehre los, man wußte nicht wo, und spickten das ganze Steilufer mit Kugeln.
Jetzt wurde die Komödie ernst, natürlich, jetzt konnte

man um sein bißchen Leben schachern, während es eben gratis verschenkt worden war!
Die Reitenden ballerten weiter, obgleich es schon dämmerte und man ihre Mündungsflammen bis Moskau sehen mußte. Seid ihr irre, ihr Bombenschmeißer und schlechten Kameraden, – seid ihr immer dort bei der Hand, wo ihr zu gar nichts taugt?
Welch eine Pein ist es für Leute, die das Reiten lieben, still zu liegen und untätig zu sein! Den Kopf auf dem Arm, abzuwarten, wie es ausgehen wird hier im Grenzland zweier Geheimnisse, – am Rande des Lebens auf den Tod zu warten. Es ist wie das Sterben im Krankenbett, die Hände unterm Bettuch verkrampft, die Augen an die Decke geheftet, von der die schwarze Nacht herniedersinkt...
Die schwarze Nacht kam, kroch aus den Wäldern jenseits der Weichsel langsam über den Fluß, hüllte den gefährlichen Zauber in ihren Mantel und ließ ihn endlich verstummen.
Sie brachte nicht den Tod, sie brachte gelinde Rückkehr ins Leben. Man verließ wieder einmal die Grenzen und trat ein paar Schritte in das Reich des bekannteren Geheimnisses zurück, trat wieder in das Leben ein.
Die Bombenschmeißer hielten endlich ihr Maul, man hörte sie im Dunkeln schaffen, und dann waren sie verschwunden.
Wurden dann auch die Schützen zurückgeholt, schlichen sich geduckt unter den Blitzen der letzten Schrapnells durch Hügel und Mulden zu ihren Pferden, saßen auf und ritten dahin.
Unser Tag war es doch nicht gewesen!
»Wieder einmal eine Schlacht geschlagen!« höhnten

sie. Aber einige waren gewitzt, es dämmerte ihnen, was sie da eben gespielt hatten.
Zwar hatten weder sie noch Lux, noch Plön einen Platz im Zuschauerraum gefunden, um das Bild ihres Kulissendaseins von vorne zu besehen, aber sie waren hell und erfahren und besaßen eine Witterung für alle Geheimnisse der Luft. Sie sahen die Fäden, die sie führten, und hörten, was sonst keiner hörte.
Sie wußten etwas, aber sie schwiegen und schüttelten wichtig die Köpfe. Später vielleicht würden sie es sagen.
Jetzt kam erst Warschau, die Stadt wie Paris, die strategische Bedeutung und die heiterste Unterhaltung, ein Begriff helleuchtenden Lebens:
In Warschau beginnt unser Tag!

Zweites Buch

1

Es war das ein langer Abend: still, einsam und voll Zeitvertreib. Die Reiter saßen vor ihren Quartieren, guckten in die Luft, guckten in die Falten ihres Hemdes. Etliche saßen auch da und schrieben; zum Schreiben war dieser Abend gut, zum Schreiben wie auch zum Laufen.

Miehl zum Beispiel schrieb das Folgende an seine Frau: »Liebe Christine!« schrieb er; nicht »liebste«, nicht »meine liebe«, nein, er wog seine Anrede stets auf feinster Waage; heut war er verstimmt, drum schrieb er nur »liebe Christine!« – »Ich wundere mich, wie wenig Du dem Rechnung trägst, was ich durchzumachen habe. Das einzige, was Du zur Zeit für mich tun kannst, das läßt Du ungetan! Ich *bitte* um regelmäßige und erschöpfende Nachricht – ich *erhalte* von dir hin und wieder einen kargen Gruß, das Geplauder eines Kindes! Wie kannst Du das verantworten! Vergißt Du die Zeit? Vergißt Du den fürchterlichen Krieg? – Wir haben unterdessen Warschau eingenommen. Eine große Sache, die gewiß – ich bin, im Gegensatz zu meiner Umgebung, sogar zu den Offizieren, hiervon überzeugt – unermeßliche Folgen für die weitere Entwicklung des Krieges nach sich ziehen wird. Wir haben also quasi die Geschichte gemacht, haben aber, wenn ich ehrlich sein soll, von ihrem Donnergang wenig gehört. Ich war vielleicht der einzige, der dem Augenblick auf den Grund ging und sich erschüttern ließ. Für die anderen war es ein Tag mit Reiten und Fressen, – ein Tag wie alle. – Wir hatten schwere Kämpfe, wir täuschten an der Weichsel einen Brückenübergang vor – ein paar Naive dachten, wir gingen dort wirklich über den Fluß! –, dann zogen wir durch die Vorstädte Krulikarnja und Mokotow (ich habe mich erkundigt) und überschritten auf schwankenden Pontons die Weichsel, südlich der Stadt. Warschau haben wir nicht zu sehen bekommen. – Beim Marsch durch die Vorstadtstraßen sangen die Ulanen, nichts Heldisches, keine Siegeslieder! nein, sie sangen u. a. das fürchterliche ›Lied‹ von der Schwiegermama, die an den Stiefeln keine Sohlen trägt und auch sonst aus ihren Unterkleidern kein Geheimnis macht. Was sagst Du nun dazu? Stellen wir uns den Einmarsch der Verbündeten in Paris in ähnlicher Weise vor! Seltsam, die Zeit ist eine andere, heute, der Krieg ist ein anderer, er besteht aus kleinen Bosheiten und großer Angst. Ich werde schwer damit fertig, es widerspricht meiner Natur, die überall das Große sucht und den Zusammenhang...«

Dies und anderes schrieb der Kriegsfreiwillige Miehl an seine Frau.

Auch andere schrieben, preßten mit schweren Händen klein liniierte Briefbogen und malten sie mit tausend Grüßen voll. Der Landwehr-Maier schrieb an irgendwen daheim einen ganzen Roman, und Moser schrieb seinen lieben Eltern: »Wir haben Warschau erobert! Das habt Ihr gewiß in der Zeitung gelesen. Wir sind mit Gesang eingezogen, es war wunderschön. W. ist eine herrliche Stadt, sicher ganz ähnlich wie Paris. Jetzt reiten wir nach Moskau!« Den letzten Satz strich Moser so lange durch, bis er unleserlich wurde; es war ihm eingefallen, die böse Postspionage könne aus seiner Mitteilung auf einen allgemeinen Ritt gegen Moskau schließen. Das wollte er nicht.

Auch andere schrieben, vertrieben sich mit einem Schnack wie Schreiben die Zeit.Einige hatten statt der kleinen Briefbogen knallbunte Ansichtskarten unter den Händen, herrliche Bilder mit breiten Promenaden, springenden Fontänen und kleiderbeladenen Damen. Etwas Polnisches stand darunter gedruckt, was die Wirkung erhöhte.

Die bunten Karten waren, ehrlich gesagt, alles was sie von Warschau kannten, von dieser Stadt des Glanzes und der heiteren Vergnügen. Plön und seine Drei hatten sie mitgebracht und ein großes Maul voll Wunder und Geschichten dazu, Mäuler voll Mädels und Delikatessenläden, voll strammer Schenkel, voll Hummer, Lachs und frischen Bärenschinken.

Die großen Mäuler logen wie immer. Alles war Schwindel. Plön, der es ja wissen mußte, lag verdrießlich auf dem Stroh seiner Panjehütte und gab sich große Mühe, Gerien zu einem gemeinsamen Rückstoß in die Stadt zu bewegen. Man mußte sie gesehen haben, denn man lebte nur einmal, meinte er. Und ob man bei diesem einmal Leben noch ein zweites Mal in die Nähe von Warschau käme, und ob dieses einmal Leben überhaupt noch lange Bestand habe, das schiene ihm nach einem Blick in die Zeitung fraglich genug, fraglich wie Frieden, Sieg und überhaupt *alles*! – Plöns Mißmut war fast schon Melancholie und war etwas so Ungewöhnli-

ches, daß Gerien, sprachlos zuerst, plötzlich laut lachen mußte.
Das mit dem einmal Leben sei aller Wahrscheinlichkeit nach richtig, sagte Gerien, – das den Menschen Wahrscheinliche entpuppe sich andererseits so oft als Schwindel, daß man am besten keinen Gedanken daran verschwende, »wahr« und »scheinen« zu einem Wort zu verbinden. »Doch das ist Ihnen zu hoch«, fügte er hinzu. »Was wollen Sie noch, Sie *waren* doch in Warschau!«
Ha, jawoll! Plön war mit den drei Großmäuligen hineingeritten, gewiß, bis in das Zentrum der Stadt, sollte sich von einer Exzellenz irgendeinen Zettel holen. Die Straßen waren verstopft von Truppen, die Pferde waren vor Narrheit rein toll, sahen ihr Spiegelbild in den Ladenfenstern, fraßen den Gassenlärm mit ihren angstgequälten Ohren und verloren auf dem Pflaster alle Augenblicke die Beine. Nachdem er noch eine halbe Stunde auf die Exzellenz und ihren Zettel hatte warten müssen, war ihm Warschau ein Dreck geworden. Sie hatten gemacht, daß sie wieder an die frische Luft kamen und in den weichen Sand.
Plön erzählte das verächtlich aus dem schiefen Mund und streckte sich das Monokel resigniert in die Tasche. Denn mit Lux war nichts zu schaffen, Lux wollte von keinem Spaß etwas wissen, rief den Wachtmeister herbei und versank im kleinlichsten Kommiß...
Das war ihnen allen nun Warschau gewesen, die Stadt des Glanzes! Sie rauchte ihnen da weit in der Ferne einen trüben Dunst an den Himmel, während sie hier zwischen Kiefern im dürren Sand lagen und nicht wagten, die Räume dieses verlausten Truppenlagers zu betreten. Nachdem sie schon wieder einige Stunden an

ihren Pferden und Waffen geputzt und diverse Appells überstanden hatten. Das war ihnen Warschau gewesen! Ihr Tag hatte in Warschau nicht begonnen. –
Der Abend war lang und still, bot nicht mehr viel Zeitvertreib. Die Leute von Unteroffizier Hummels Beritt saßen immer noch vor der Tür ihres Stalles und schnüffelten in der Luft nach dem warmen Dunst von Warschau. In die Baracken wollte keiner gehen. Die waren verdreckt wie ein Schweinestall, nein doch, Tiere machen nicht solchen Schmutz, hinterlassen nicht diese Art vernunftgeborener Ferkelei, hinterlassen auch keine Läuse.
Nun, man würde also wieder bei den Pferden schlafen, Pferde sind gute Gesellschaft; aber die Stallgasse ist hart zum Liegen, man freut sich drum nicht sehr auf die Nacht und zieht sich den Abend so lang wie er nur hält. Immer, wo es um Unterhaltung geht, hilft der Landwehr-Maier. Er las jetzt seinen Roman vor, und alle lachten ihn aus.
»Mensch!« sagten sie, »da hast du was geschrieben, ja. Wenn das einer liest, zu Hause, hat er etwas zu tun, braucht er für den Tag sich nichts weiteres vorzunehmen.«
Landwehr-Maiers Brief war eine einzige Lüge, war ein Bericht von Blutvergießen und Heldenmut, von vielfacher Tücke und einsamer Lauterkeit, – war ein Gesang von dem *einen* Gerechten und den 9mal 99 Ungerechten, von dem einzig wackeren Landwehr-Maier, der als weißes Schäflein im schwarzen Weltbild leuchtete.
»Tät mich schämen, so was an meine Frau zu schreiben«, sagte Osterloh und spuckte aus.
»Ich habe keine Familie«, sagte Maier verächtlich. »Ich

schreibe es meinem Freund. Der muß es wissen, wie es hier ist.« Er munkelte noch mehr von seinem Freunde, zog sich dann als erster zurück.

Die anderen foppten hinter ihm her, foppten ihn mit seinem Freund. Um den Abend noch länger zu ziehen, foppten sie weiter, foppten sie den Schacht und empfahlen ihm, sich eine Kuh zu satteln und nach Warschau hineinzureiten, die kleinen Mädchen zu besuchen. Mit dem federleichten Hütlein, dem Extra-Tschapka auf dem Kopf, die schlanken Dandybeine in wildledernen Breeches von ungewöhnlicher Größe, reitend auf einer Kuh! Das war ihnen ein schönes Bild.

Schacht schlich sich zum Schlafen in den Stall. Da foppten sie eben Miehl – »Gelehrter Herr! Da war nun Warschau, und der Krieg war nun wohl aus, wie auf ein Klingelzeichen mittags die Schule!«

Allerdings, der Krieg war aus. Eben war Hummel vom Befehlsempfang zurückgekehrt und hatte es mitgebracht, was keinen überraschte: Morgen früh, bei Sonnenaufgang, steht die Schwadron, am Waldrande rechts, am Ausgang des Barackenlagers, Tête gegen Osten!

Jaja, das ist der Abmarsch in die Heimat...

Und während die Sonne sich riesig aus den flachen Hügelkulissen schob und dann aufging über dem neuen Morgen, stand die Schwadron am Ostrand der Siedlung und wartete auf Lux.

Lux kam geritten auf Quinze, und Plön schaukelte gemächlich hinter ihm her. Sein rundes Gesicht war so hell und zufrieden wie die junge Sonne im Osten, auf die sie nun zuritten, als sei sie ihr Ziel.

Vielleicht lag ihr Ziel weiter noch als die Sonne?
Plön scherte der Gedanke nichts, seine Melancholie war längst schon zur Hölle gefahren; er erzählte jetzt von Warschau und von den Freuden einer im Sinne des Lebens nützlich angewandten Nacht.
Gerien schimpfte auf den heimlichen Schleicher, auf das immer noch kindliche Sumpfhuhn, mußte aber auch lachen und lachte am Ende sehr gern. Hatten also die beiden eine Strecke Wegs gute Unterhaltung, und die Têtenreiter vom ersten Zuge, hinter ihnen, die spitzten vergnüglich die Ohren...
So reitet man nicht ohne Unterhaltung durch den heißen Tag. Die Nächte sind kalt und herbstlich, aber die Tage sind zum Reiten recht heiß. Und wirklich, es ist ja August, irgendwelcher August, am Tage so heiß wie der Juli einst, dort unten zwischen Weichsel und Piliza, in jenem unendlich entlegenen Teilstück unseres Lebens: Weichsel und Piliza, wann war *das* doch gewesen? Hat uns gar das nur geträumt?
Dieser Sommer 15 hat seine Qual, er macht das reitende Leben heiß und beschwerlich. Die Hose klebt an den Beinen, wieder besteht der ganze Mensch nur noch aus Gesäß. Die Zunge hängt meterlang aus dem Hals und möchte den Tautropfen von jedem Grase lecken. Und man trinkt, was man findet, man trinkt, wie ein Andächtiger kniend im Sand, man säuft wie ein Hund aus alten Regenpfützen.
Moser trinkt oft auf diese Weise, auch die anderen Jungen. Es schmeckt ihnen alles, sie möchten auch immerzu essen und werden nie satt. Schacht, seit sein Bauch sich beruhigt hat, holt Essen für zwei in seinem Kochgeschirr, drückt sich hinter die Scheune und

schlingt allein die beiden Portionen hinunter. Ob es schmeckt, weiß er nicht. Der Gaumen ist außer Funktion, beurlaubt gewissermaßen, der Magen bestimmt jetzt den Ton. Der Magen knurrt und gibt den Ton an, so ist es, und erdrückt alles Denken, alles geistige Lebendigsein.
Das empfindet vor allen Miehl. Hunger hat Miehl, Durst hat Miehl, aber die Gedanken fehlen ihm ganz. Er trauert um sich und grollt seiner Frau, die seine regelmäßigen Briefe erwartet.
Mit Sehnsucht, hofft Miehl, wartet Christine auf die in genauester Berechnung von Entfernung und schwankender Post gemeinsam verabredete Korrespondenz, auf seine Meldung vom Kriege, an seinen stützenden Trost. Vielleicht sendet sie wirklich jeden zweiten Tag ihren eigenen kleinen Bericht, die Rechtfertigung ihres stillen Lebens daheim, ihres Verbrauchs an Geld und innerer Kraft, ihres streng nach den Regeln der Psychologie erdachten Umgangs mit sich und der Einsamkeit? Sie schreibt, wie sie ihre Stunden verbringt, wie tapfer sie ist, wie verzagt zuweilen, ganz selten, wie sie dagegen einschreitet? Und wie sie wirtschaftet, wie überlegt und vernünftig, getreu der Lehre, dies zerzauste Leben besonnen zu beherrschen. Wie sie, im ganzen, eine famose Frau ist, würdig des Gatten und einer schweren Zeit.
Vielleicht schreibt sie das jeden zweiten Tag, trägt es auf die Straße, zur Bahnpost hinaus, steckt es einem Kasten in den Schlund, dessen flackernde Zähne jedem falschen Eingriff entgegenstehen? Weit fort, in einer anderen Welt?
Ja, bisweilen bringt die Feldpost solch ein Brieflein

heraus und schüttet es aus ihren geschwollenen Säcken. Sie ist ein Wunder, diese Feldpost, – schnell wie der Sturm, und so findig wie siebzehn Detektive! Da reitet man wie das Unwetter Tag und Nacht durch den ganz leeren Raum, kennt sich nirgends mehr aus, glaubt sich auf dem Mond, glaubt sich gestorben in einer beziehungslosen Ewigkeit – da kommt ein Sack, ein bestempelter Beutel aus Jute, und entlädt Briefe und verschnürte Kartons und eine wahre Weihnachtsseligkeit auf die sandige polnische Erde!

Da bringt sie auf einmal für Klingspor und Osterloh Schinken mit fünffingerdickem Speck und Leberwurst in verlöteten Dosen – Hummel macht neidische Augen dazu und zeigt sich schnell als ein Freund –

Da bringt sie für Miehl zwei oder drei von Christines Brieflein, bringt sie für Lux den Bericht des Verwalters über die eingebrachte Roggenernte in Lugau, für Schacht eine Anweisung mit Geld und viele neue Zigarren; für Plön eine Karte mit der Ansicht der Anglo-American-Bar und den Unterschriften einiger Damen – und für den kleinen Moser einen Brief seines Vaters, der ihm mit strengen Worten befiehlt, auf der Stelle Vernunft anzunehmen, Ehrgeiz in sich zu wecken, an Vorankommen und Ruhm zu denken, kurz gesagt: beim Regiment seine Annahme als Fahnenjunker zu beantragen. Dann würde es ihm bald an nichts mehr fehlen, Beförderung und Ehre wären ihm gewiß! – Übrigens, schreibt der Vater, habe er mit gleicher Post dem Kommandeur selbst dieses Gesuch unterbreitet. Los also, und nicht länger gefackelt!

Der Brief machte Moser wenig Freude. Er flüchtete sich schnell zu den schmerzlichen Zeilen seiner Mutter, die aus tausend Fragen um seine Kleidung bestanden und am Schluß die flehende Bitte enthielten, der kleine Moser möge doch, um Gottes willen und um alles in der Welt, in den neulich so erschütternden Momenten der Gefahr, beim stundenlangen Liegen im mörderischen Feuer nämlich, den Kopf nicht zu hoch oben behalten; vielmehr ihn recht tief zwischen den Armen verstecken! Gewiß, zwar lenke der liebe Gott auch die Kugeln, und nach ihren Gebeten werde Er sie stets gnädig lenken um den kleinen Moser, aber recht und billig wäre es, und in keiner Weise entehre es den Mann, das Seine zur Erhaltung seines Lebens zu tun.

Und wie stände es denn nun mit Mosers Wäsche?...

Ja, die Feldpost bringt mancherlei, Kleines und Großes, und schüttet eine Weihnachtsfreude auf den polnischen Sand. Mit welch seltsamen Flügeln sie fliegt, da sie die Vagabunden immer und immer wieder erreicht, so schnell die auch reiten und jagen durch den ganz leeren Raum! Sie schleppen keine Bindung hinter sich her, bloß aneinander sind sie gebunden, einer an den anderen.

Und da fällt auf einmal dieser Postsack auf die Erde, und es ist, als scheine die Sonne durch den Wald und mache die Fäden des Altweibersommers silbrig sichtbar als Band zwischen den Bäumen: So offenbaren sich Bindungen, hauchdünner Seelenzwirn, laufend von einem jeden Männlein nach Westen und endend in irgendwelcher Heimat, hier und dort, so und so – bei Speck und Buttertöpfen, bei kleinen Mädchen, an einer riesigen Feldscheune voll Roggen, am Herzen einer Mutter...

Eine Weihnachtsseligkeit ist einmalig, nur darum ist sie

Seligkeit. So folgten auf die große Kinderfreude der Feldpost wieder die Tage der Mühe und bitteren Not. Sie ritten durch Hitze und Staub in langer Marschkolonne und erlebten nichts anderes als Durst und unsägliche Müdigkeit. Nichts ist aus den Tagen zu erzählen. So dachte Miehl und hielt es für schwierig, später einmal den Menschen zu berichten, was Anno 15 bald nach Warschau geschah.
Die Tage waren Reiten, weiter nichts.
Sollen wir denn immer nur reiten? Stoßen wir wieder in die leere Luft, und sind wir nichts als Statisten in diesem Spiel?
Nimmt das Reiten kein Ende? Nimmt das Leben kein Ende!
Wann denn beginnt unser Tag?
Sind wir denn nie zufrieden? Sehnen wir uns aus Langeweile nach Gefahr und dann wieder aus Todesangst nach Langeweile! Werden wir uns nie an den Gang dieses Lebens gewöhnen, der nie stockt, der keinen Zustand dauern läßt! Werden wir nie, Donner ja, niemals vom Leben etwas Vernünftiges lernen, zum Beispiel Geduld, ja Geduld! Und den Glauben an sein urewiges Gehen und Sich-Wandeln . . .
Der langgezogene Truppenmarsch, dies manövermäßige Reiten, veränderte langsam seine Methode. Nicht alle achteten darauf.
Die stille, geistige Charakterlinie, dieser innere Stil des Marschierens, wandelte sich geräuschlos und paßte sich den äußeren Umständen an. Und am bedächtigeren Reiten, am Zurückbleiben der Bagagen, am weiter und weiter Auseinanderziehen der Schwadronen, am Vorausschieben einer Spitze gar merkten es am Ende alle,

ohne daß man es ihnen sagte: Sie kamen wieder an den Feind!

Und mit dieser Feststellung glitten Langeweile und Verdrossenheit sachte von Reiter und Pferd herab und versanken im sandigen Boden.

An ihrer Stelle straffte die *Spannung* die müden Körper. Ja, die Spannung brauchte er zum Leben, der Mensch. Im Zweifel muß er sein, wie es kommt. Dann ist er beschäftigt, dann ist er zufrieden.

Da gab es viel zu sehen, bedeutend mehr: Patrouillen gingen ab, zuerst wenige, große, unter einem Offizier. Später dann immer häufiger auch kleine Trüppchen, auf kurze Zeit und geringen Raum berechnet. Das deutete auf die Nähe des Feindes, das hieß, die allernächste Nachbarschaft erkunden. Also spannt dort im Walde schon sich die Lage! Also ist das Abenteuer schon da!

Gewiß, es war da. In den Wäldern pladderten die Rollsalven auf und warfen ihre spannungstreibende Musik in die Landschaft. Schnell waren die Patrouillen zurück, keuchten ihre Meldung heraus, – schnell trabten schon wieder neue davon.

Der Marsch wurde inzwischen ein langsames, schüchternes Schleichen und setzte zuweilen für lange Zeit aus, während die Spitze mit listiger Vorsicht einem Dorfe, einem Waldrande näherrückte.

Oft noch ging das ruhig dahin, dann aber war es endlich so weit; sie wurden mit Eisen empfangen, bekamen einen gehörigen Guß um die Fresse geworfen und mußten im Karacho zurück, hinter buchtigen Hügeln Deckung suchen. Und kamen seitdem nicht mehr voran . . .

So wird also nach den Schützen gerufen; wo kein Reiten mehr möglich, müssen die Schützen heran, die Reiter ohne Pferde.

Sie greifen sprungweise über offene Halden, stampfen durch tiefes Kartoffelkraut, umblasen vom giftigen Atem, vom Fauchen und Peitschengeknall, gejagt von ihrer Spannung. Ausgeschaltet die Denkmaschine des Einzelwesens, eingeschaltet dagegen der einsame zweibeinige Mensch in den allen gemeinsamen Drang nach vorne, nach Überwindung dieser gegenwärtigen Minute. Die nächste wird schon besser sein, weil sie wieder ganz anders ist.

Es ist ihnen das Alte, das sie genug schon kennen. Sie laufen, sie fallen, sie fallen und laufen zehnmal, zwanzigmal und zählen es nicht, bis sie plötzlich nicht mehr zu laufen brauchen. Sie sind am Ziel, das sie oft gar nicht kannten.

Es ist ihnen das Alte: Die braunen Gestalten laufen davon, man sieht sie kaum mit den flimmernden Augen; man steht, fühlt das Blut im Körper jagen und findet keinen Atem, es zu beruhigen. Man fällt hin, öffnet den Mund und frißt die Luft in sich hinein.

Es ist ihnen ganz das Alte: Auf den glühheißen Sturmtag folgt mit mächtiger Kühle die Nacht. Nachdem sie lange frierend gewartet, kommen die Handpferde nach, und sie reiten im Dunkeln, bis sie ein Dorf finden, das noch nicht brennt. Da ziehen sie unter und versorgen die Pferde, wollen dann sich mit Schlaf versorgen, doch da kommt der Mensch vom Befehlsempfang und ruft: »Hoch! – Alles Fertigmachen!« ruft der Mensch.

Und dann machen sie fertig, und dann führen sie heraus, warten auf der Dorfstraße, sitzen auf und reiten.

Sie reiten durch einen kühlen Nebelmorgen in einen heißen Mittag hinein, die Spitze tastet voran, die Seitenpatrouillen verirren sich rechts und links im dicken Dampf, der aus der Erde kocht.

Sie reiten, bis wieder der Eisenguß aus dem Nebel fährt und den Weg sperrt, bis die Rollsalven überall aus den Wäldern steigen, bis wieder der Ruf nach den Schützen ertönt, die dann ihren keuchenden Sprung über den Acker legen und nach etlichen Stunden ohne Sinn und Gefühl ein paar braune Menschen aus ihren Schützenlöchern verjagen.

So folgt ein Tag auf die Nacht und eine Nacht auf den Tag. So geht das Reiten östlich Warschau, ein springendes Jagen und Gejagtwerden im Lande der tausend Hügel und Wälder, der brennenden Dörfer, die nachts den Himmel entzünden und die Luft verdicken mit Holzrauch.

Das Reiten und Laufen ist immer Bewegung, ist: ohne Denken und Wissen Tätigsein. Und im Tätigsein ist viel Lust und viel Qual.

Das halsdörrende Reiten und Laufen zieht den Körper lang und beutelt ihn durch und preßt ihm das Blut durch die Haut.

Das einmal ruhig Liegen und Atmen, das Trinken am Bach und der Schlaf, das alles ist die Lust des Körpers und der Seele.

Das Luftschlingen der Erstickung in schwirrender Todesangst ist Teufelsbraten für den Menschen – eine Mütze voll Schlaf ist seine Himmelsspeise, das eine durch das andere. Und alles, alles zusammen ist – Leben …

Das war, so nannte man es seinerzeit anderen Orts, der

raumschaffende Vormarsch der Kavallerie in den Osten von Warschau. Seine taktischen Gewinne waren gering, die Verluste hielten sich in entsprechenden Grenzen, denn der feindliche Widerstand war nur ein Schein. Strategisch wohl war die Operation von Wert gewesen. Und eine Vorbereitung auf das, was noch kam...

Das war – das war –, so mag es vielleicht an einer dritten, noch höheren Stelle gesehen, benannt und mit wuchtigen Zeichen im Buch des Menschen eingetragen worden sein, das war: Laufen und Hinfallen und Aufstehen – Lachen und Weinen – Bluten und Jubeln, war nackt und bloßgelegtes Leben.

2

Tage und Nächte blieben sich gleich; allein Klingspor und andere Menschen, die das Leben kannten, fanden doch eine langsam schreitende Veränderung heraus und machten ernste Gesichter, wenn des Morgens beim Sammeln, wenn beim kurzen, geruhigen Ritt in den Nebel allzu leicht und gering von diesem sausenden Spaziergang nach Osten gesprochen wurde.

Denn sie merkten es wohl, daß mit jedem Tag der Weg sich zäher versperrte, der Eisenhagel dichter wurde und die Sprungsätze übers freie Feld kürzer und kürzer, so daß der Gefechtsstand sich ins Endlose längte.

Die Nachtruhe war nur noch ein Schein, man zog ins Quartier und zog gleich wieder hinaus und hatte der Form genügt. Die Patrouillen stießen schon in der Frühe mit dem Kopf gegen die Wand, und dann mußten auch gleich die Schützen von den Pferden. Das

Reiten am Tage war schon nur mehr ein kleiner Frühstücksritt, kurzer Verdauungsbummel eines Bankiers mit Zigarre. Dann traten die Reiterpferde als Handpferde hinter die Szene und fraßen Gras, den ganzen Tag bis zum Abend; es sei denn, Granaten störten sie auf.
Ja, der Gefechtshimmel hing, bedeutend mehr, voller Schrapnells. Und die Braunen liefen gar nicht mehr so willfährig in die Nacht hinein, sondern klebten bis zuletzt in ihren Löchern.
Das merkten sie wohl, die Alten. Es war täglich das gleiche und doch täglich anders. Der Fluß stockte und gerann und aus dem sausenden Spazierengehen, aus dem atemverzehrenden Jägertreiben wuchsen echte und rechte Gefechte und wuchs zuletzt der Tag des 18. August. Klingspor hatte ihn wachsen gesehen.
Der 14. schon war ein schlechter Tag gewesen, wenn auch weniger für Geriens erste Schwadron, für Osterloh und Miehl und die anderen. Zwar waren auch sie als Schützen unterwegs an diesem Tag, lagen stumpfe Ewigkeiten herum auf den Äckern und hörten vom linken Flügel her ein ganz mörderisches Schießen. Dort lagen die Dragoner, dort lagen österreichische Reiter, und dorthin, das hatten sie am Morgen erfahren, war auch das Häuflein von der Fünften gezogen, die paar Männchen mit ihrem Offizier, eine mächtige Verstärkung!
Das wilde Schießen zur Linken machte sie unruhig. Sie hielten sich ran und strampelten sich ab, bis sie schließlich eine Lage erreichten, von der aus sie den Russen flankierten. So konnten sie doch eingreifen und tätig sein und blieben dennoch aus dem Spiel, blieben auch

den Rest des Tages in seltsam behüteter Vergessenheit. Das war ihnen schon recht. Aber sie schämten sich ein wenig.
Und gar erst in der Nacht, als sie den Inhalt des Tages kennenlernten, als sie von dem Spiel erfuhren, das sie nicht gebraucht hatte: Husaren, Dragoner, Österreicher, alles, was dort gelegen auf der fürchterlich prasselnden Linken, war von den Russen aus einem Dorf hinausgeworfen worden und hatte es sich bis zum Abend wiedergeholt. Das war der Inhalt des Tages gewesen.
Der Schützentrupp von den Fünften war mit dabei, nur sechs Mann kamen zu den Pferden zurück, ohne ihren Führer, ohne auch zum Beispiel Georg Bartels und Heinrich Suhl, die einst vor langer Zeit durch den heißen Sand südlich Skiernewice geritten waren, als grüner Ersatz unter Bäsch, mit gelbem Leder und neuen Waffen. Miehl und Schacht und Moser, sie spitzten die Ohren.
Miehl ging nochmals hin zur fünften Schwadron und fragte nach dem genauen Wie und wo sie jetzt seien. – Wer? – Nun, Bartels und Suhl, ob man ihre Leichen nicht mitgebracht.
Nein, sagt man ihm, – Leichen trägt man nicht herum, besonders nicht dann, wenn es mehr Tote sind als Lebendige. Leichen läßt man liegen. Hat man Zeit, gräbt man sie ein.
Mehr konnte Miehl nicht erfahren, aber es bangte ihm vor dem kommenden Tag. Heute, dachte er, ist es uns gnädig gegangen, durften wir beiseite stehen, Bartels und Suhl waren an der Reihe. Und morgen beginnt *unser* Tag?

Nein. Es folgten drei gefechtsfreie Tage mit viel Aufenthalt und Ferienruhe und manch freundlicher Stunde. Und dann kamen sie an einen Fluß und ritten über eine Brücke, die auf dünnen Stelzen stand. Die Pferde trommelten einen dumpfen Marsch auf die lockeren Planken.

Über die Brücke gab es ein großes Wundern und Lachen: Wie war denn diese Brücke vom Himmel gefallen über diesen Fluß, den man nennen hörte den Bug! Der gewiß wieder sein Stückchen infamer Wichtigkeit hatte, wie allerwärts die Flüsse, und im Zusammenhang stand mit dem 14. August neulich und den starken Verlusten bei der Fünften!

Jenseits des Flusses wurden die Hügel steiler und die Wälder höher, und es war, als seien sie in ein neues Land gekommen. Das war am Abend des 17. August.

Kam dann wieder eine Nacht, und aus den stillen Weiten heulten die Hunde, und am Himmel stiegen fern und blaß ein paar Brandlichter auf, und der Nachtwind trug wieder viel Holzrauch daher und erregte die Herzen ...

Aus der Nacht erhob sich der Tag, ein milchiger Herbsttag mit Nebel wie Watte.

Ohne Wort ritten sie dahin, der Nebel fraß allen Laut. Blechern schlugen die Lanzen gegen die Kochgeschirre. Die Pferde stießen den Hals lang und schnaubten sich die Nässe aus der Lunge. Aber sie wurden den Wasserdampf nicht los.

Sie sprachen kein Wort miteinander. Wie Blei lag der Nebel um diesen Marsch, hemmte ihn zu zögerndem Schleichen. Angst lag auf dem Gesicht dieses Marsches. Ein paar Schritte ritten sie, dann hielten sie wieder still,

denn die Tête sah die Zwischenreiter halten, diese Zwischenreiter mochten wohl die Vorausreitenden halten sehen und so fort bis zur ersten Spitze der Vorhut.
Bei der Vorhut ritt Lux, vielleicht sogar bei der Spitze.
Das Gros der Schwadron hatte keinen Führer, es ritt hinter den zwei Verbindungsreitern und machte, daß es sie nicht ganz aus den Augen verlor. Und die hielten sich ähnlich an die Vorderen. Es war eine weitgedehnte Kette von Schatten im Nebel.
Plön war seitwärts hinaus.
Das Gros hatte keinen Führer als die zwei riesigen Schatten im Nebel. Die hielten jetzt und hatten die Lanzen senkrecht gestellt.
Die Lanzen sanken, die Schatten wurden kleiner und kleiner, fraßen sich in den Nebel hinein. Sie ritten wieder, also ritt auch das Gros wieder an.
Zehn Schritte reiten, dann halten: Das Bleigewicht hing immer schwerer an diesem Marsch. Sprechen mochte keiner, bloß über Makrot schnüffelten sie ein Lachen durch die Nase, denn Makrot war heute bei Laune, Makrot saß ab neben der Kolonne und sagte: »Reitet ihr! Ich nehme hier Stellung und frühstücke. Euch hole ich vor Abend noch ein. Mit Servus, Jong.«
Gleich schickte der Wachtmeister den Makrot und einen Jungen nach rechts in den Nebel hinaus, zur Verstärkung der rechten Seitendeckung, zur Beschäftigung von Makrots ungeduldigen Gliedern!
So verließ auch Makrot das Gras und tauchte in den Nebel, die rechte Seitendeckung unter Fähnrich Witzleben zu suchen. Witzleben, dieser junge Fant, war bald nach Warschau, aus Heimat und Examen steigend, bei ihnen aufgetaucht und führte jetzt seine erste

Patrouille. Vielleicht dachte der Wachtmeister auch an ihn, als er ihm den Makrot sandte, den ältesten aller Frontsoldaten?
Seit Makrot fort, gab es auch keine schnüffelnde Erheiterung mehr in der Kolonne. Das ruckweise Stoßen in den Nebel machte sie dumm wie Maschinenteile ...
Da schraken sie plötzlich auf: Rechts plautzten ein paar Schüsse in den Nebel und brannten dann ein hochaufschlagendes Feuer an, ein pausenlos fließendes Prasseln. Es rückte von rechts nach vorne und wurde endlich auch zur Linken weitergeleitet.
Rufe kamen von vorne, dann preschte die Spitze zurück. Lux schrie aus vollem Galopp der Tête sein »Kehrt!« entgegen, parierte danach durch und führte das Gros im Trabe zurück.
Aus den Nebelgründen zur Seite jagte es schnaubend und eisenklatschend heran: Plön war da und schloß sich der Kolonne an.
Was aber war mit Rechts, wo blieb Witzleben, der Fant, mit seiner Seitendeckung?!
Lux brüllte diese Frage wild in die leere Luft, er galoppierte auf Quinze an der Schwadron herauf und hinunter und rief immer nach Witzleben. Er schien kaum bei Sinnen.
Er fuhr wie der Wind rings um die Schwadron, wie ein Hund um seine Herde und bellte nach den verlorenen Schafen. Witzleben! schrie er.
Die Alten schüttelten die Köpfe: Lux war in Fahrt, in allerhöchster Erregung; warum aber dies Geschrei, Lux? Wo schafft sich etwas im Leben anders denn mit Ruhe! Mit Ruhe! Mit Ruhe!
Sie verstanden Lux nicht ganz in solchem Toben, die

Alten. Und die Jungen zogen wie vor einem Gewitter die Köpfe ein.
Wieder schnaufte etwas aus dem Nebel, klappernd und eisenschlagend, heran, wuchs zu einem Fabelwesen riesig groß, rannte mit fledderndem Anhang wie der Irrsinn daher, fuhr wie eine Bombe in die Marschkolonne hinein und – stand zitternd still.
Ein Gaul ohne Reiter war es. Man packte ihn an den baumelnden Zügeln, man staunte. Denn es war Servus!
Ja Servus, wo ist dein Makrot, Jong?
Wieder kam ein Schnaufen und Eisenschlagen aus dem Grau. Es kamen in unschöner Hast die Reiter der rechten Seitendeckung, einzeln, zurück. Es kam auch beiläufig der junge Fähnrich; er sah nicht nach einem Führer aus. Er wurde von Lux auf die Seite geholt und im jagenden Traben auf das schlimmste gebeutelt. Die Schwadron hörte das Schreien mit Grausen. Schlecht begann dieser Tag, dieser stickige Nebel-Jammertag des 18. August – und was war denn mit Makrot?
Makrot? – – –Abgeschossen.
Nicht nur Makrot. Die rechte Seitendeckung hatte der Nebel gefressen: Bis in die Flintenläufe waren sie den Russen geritten, das Mündungsfeuer spritzte ihnen nur so in die Augen, die Kugeln gingen in die Pferde. Der Othello bekam sie, der Greif bekam sie. Sie stiegen auf den Hinterbeinen hoch wie zwei Türme und fielen krachend zusammen.
Ihre Reiter? – – –Wissen nicht. War nichts zu machen, war nichts zu sehen, die Luft war dick von Eisen, und unsere Gäule gingen uns aus der Hand. Ein Wunder, daß wir entkamen, daß wir lebendig da sind, nicht gefressen vom meterlangen Mündungsfeuer, das plötz-

lich aus dem Nebel gefahren kam. »Drei Schritt war das Vieh uns nahe, Mensch, es war wie eine Hinrichtung«, sagte der Landwehr-Maier, »ein Wunder, daß wir entkamen!« . . .

»Und wie denn nun mit Makrot? Hat es einer gesehen?«

Nein, darüber weiß Maier nichts zu sagen, und die anderen reden überhaupt nicht, der schnelle Rückwärts-Trab frißt ihnen den Rest von Atem. Reiten wir denn gleich bis Warschau zurück?

Nein. Sie ritten vom Wege und bauten sich in einer Schlucht auf. Dann kamen die Befehle, dann kamen die seltsamen Anzeichen von Unordnung, Außer-der-Ordnung und schwerer Gefahr:

Die Schützen! – Ja, die Schützen, aber nicht bloß die ungeraden Nummern, sondern, – das war's: Alles, was Beine hat, alles, was Mensch ist, muß hinaus. Bei den Pferden bleibt ein Viertel bloß, jeder vierte Mann hält vier Pferde, alles andere hinaus!

Das ist das Neue und Außerordentliche! Denn nun sind die Handpferde unbeweglich, wie es steht im Reglement? Da muß die bittere Not das Kommando übernommen haben! Ihr Kommando ist grell und hart.

Der Schützentrupp ist um die Hälfte größer als sonst, zählt etliche Karabiner mehr, und mancher ist dabei, der vom Schicksal gern gerade Nummer gelassen sein wollte. Auch Schacht ist dabei.

Während die Schützen sich fertigmachen und von den Pferden gingen, zankte vorn Lux sich mit Plön. Plön weigerte sich, bei den Handpferden zu bleiben: Was sollte er die paar Männerchen hüten! Er tat ganz beleidigt, hatte schon den Karabiner auf dem Rücken und war bereit, mit den Schützen abzustampfen.

Gerien tobte und verhöhnte ihn mit seiner Renommisten-Tapferkeit und nannte ihn einen albernen Windbeutel, aber Plön machte das nicht irre. Er zog die Hornbrille über die Nase, versenkte das Monokel in der tiefsten Tasche und sprach dann, frech feixend, von seiner Jugend und von den Rücksichten, die ein im Wind der weiten Welt ergrautes Alter verlangen dürfte.

Das Gesicht des Rittmeisters zuckte im Zorn. Jetzt würde er gleich platzen, dachten die hinter den Offizieren wartenden Schützen. Jezt würde er dienstlich werden und dem Grafen das Dableiben kurzerhand befehlen!

Aber eine Hand griff ein und ordnete den Männerstreit. Es kam ein neuer Befehl, der Gerien die Führung sämtlicher Schützen des Regiments übergab. Also übernahm Plön die Schützen der ersten Schwadron, und bei den Pferden blieb Fähnrich Witzleben zurück.

Die Hand hatte alles angeordnet und jeden auf einen Platz gestellt.

Die Schützen stampften durch den Sand, kletterten einen Hang hinauf, derweil es in ungewisser Ferne zu bumsen begann, zogen durch einen Wald, schwärmten aus vor seinem Rand und traten in die weite Welt, wirklich, in eine weite, breite und unendlich klarsichtige Fläche hinaus! Denn der Nebel war hin.

Der Teufelsnebel, eben noch ein Strick um ihren Hals, eine dreimal verdammte Falle, wäre ihnen jetzt ein Geschenk des Himmels gewesen! – Aber da war sie nun fortgeblasen, diese milchblasse, bleischwere

Nässe, durch einen gehässigen Atemstoß, als sei sie ein Flocken Watte gewesen! Klar, der Nebel hielt es mit den Russen.

Eine leere Welt lag jetzt vor ihnen, sanft abfallend in eine Wiesenniederung mit Bach, dahinter steil aufsteigend zu kahlen Höhen. Halbrechts spitzten aus den Höhen die Dächer eines Dorfes, halblinks verliefen sie sich in einen riesigen Wald.

Sie ist schön, die Welt, und interessant ist es zu sehen, was alles bis eben uns der Nebel verborgen. Denn das ist das Erdenstück, das uns zu bleischwerem Marschieren zwang und uns am Ende soviel prasselndes Eisen ins Gesicht warf!

Wo mag es gewesen sein, das mit den Patrouillen, mit Makrot?

Neugierig spickten sie in die weite Welt, hochaufgerichtet schreitend verließen sie den Wald, stiegen sie auf kahler, schiefer Ebene in den Tag hinein, den fernen Hügeln zu. Ein kühler Wind ging ihnen um die Ohren.

Als lange Schützenkette schritten sie dahin und paßten ihre Schritte einander an, eine lebend sich windende Welle. Sie hielten den Karabiner unter dem Arm, die Mündung auf den Boden gesenkt. Einige ließen ihn noch auf dem Rücken, sahen stolz und gleichgültig aus: Es war ein Spaziergang, ein aufrechtes Schreiten im Acker, weiter nichts.

Wo war denn was los! Wo hing denn was raus! Wo saß er denn, der böse Feind!

Ruhig der Übermut! Kein Grund zum Übermut, Kinder. Denn der Nebel sank uns wie schützende Kleidung vom Körper, und wir laufen auf blanker, glatter

Ebene, und es beginnt uns zu frösteln. Kein Baum, kein Strauch auf der abfallenden Fläche bis hinunter in den Grund!

Und jenseits steigen die Hügel schroff aus der Niederung, und auf den Hügeln, lang hin auf den Hügeln, vornehmlich gewiß bei jenem Dorf – da liegen die Russen. Fern, noch sehr fern. Aber wir zweifeln an einem Spaziergang. Kein Wetter zum Spazierengehen.

Die zweite, dünnere Welle, die hinter uns aus dem Walde dringt, verrät uns einen Einsatz von Kräften, den wir bislang nicht erlebten östlich Warschau. Kein Wetter zum Spazierengehen.

Wenn auch die Sonne herrlich vom Himmel schien in die totenstille Welt. Fast war die Sonne ein Übel, denn sie stieg höher und höher, machte die Augen blind und trieb Hitze aus den Körpern.

Ein kleiner Hase fuhr aus der Furche und begann ein verzweifeltes Rennen um sein Leben. Vor sich hatte er freie Bahn, aber er wollte nicht zu den Russen, er hatte es sich in den Kopf gesetzt, in den rückwärtigen Wald zu entweichen. Rannte er also mit flachen Ohren an der Schützenkette entlang und fand kein Loch zum Entkommen. Die Schützen lachten und legten im Vorwärtsgehen zum Scherz auf ihn an, so auch Miehl, dem die Erwartung auf das Kommende die Nerven kitzelte. Er hatte geladen, er hatte auch schon entsichert, und der Schuß ging ihm los. Den Hasen traf er nicht, auch einen Kameraden traf er nicht, aber neben ihm schritt Klingspor.

»Affe«, sagte Klingspor, »was schießt du auf ein Tier, das du dann liegen lassen mußt! Was schießt du, wo du nicht zu schießen brauchst!«

Miehl brauchte sich um eine Entschuldigung nicht zu quälen, denn die Gemütlichkeit endete und der Tag begann.
Er begann wie so oft mit Schrapnells. Sie fuhren über die Köpfe weg und blieben hinten am Waldrand stehen. Das half noch einmal zum Lachen: Jaja, dort sind wir nicht mehr, wir sind jetzt hier!
Das schienen auch die Schrapnells zu wissen. Sechs Wölkchen standen jetzt vor ihnen und plautzten ihr Eisen in den Acker.
Da flogen die letzten Karabiner von der Schulter in die Hand, die Schritte wurden länger, die Gestalten kleiner, und die Welle bog sich in krummem Gewinde. Von der Mitte her, wo Lux ging, kam sie ins Laufen, rann wie eine von ungleichem Atem getriebene Wasserwoge vor und versiegte plötzlich in der Erde.
Auch die zweite Welle war in den Boden getaucht, das riesige Feld dieses Tages lag leer wie am Anfang, nichts Lebendes rührte sich unter der Sonne.
Die Schrapnells fuhren zornig heran und suchten das Leben. Sie kamen schneller und dichter, in Salven, überstürzten sich in blödsinnigem Eifern. Die weite Ferne schickte sie her fast gleichzeitig mit dem sechsmal dumpfen Bumsen ihrer Abschüsse, zugleich mit dem sekundenkurzen Zischen ihres glühendheißen Fluges, zugleich mit sechsmal Krachen und Spucken. Die Luft war voll Eisen und wildem Lärm. Mit Brü und Hui ging die Musik.
Granaten hieben ein und spritzten schwarze Erde hoch. Die Splitter sangen eine verzerrte Melodie, tief und hoch. Es kamen schwere Brocken. Sie polterten heran wie ein behaglicher Witz, langsam und Achtung gebie-

tend, sie röhrten und orgelten, rauschten und gurgelten auf, immer lauter und mächtiger, und hieben schließlich mit Donnerkrach aus dem Boden eine Riesensäule von Dreck und Eisen.
Die Erde zuckte auf bei solch einem Schlag, und mit der Erde zuckten die tief eingepreßten, in die Erde eingehenden Menschenkörper.
Nichts Lebendes rührte sich unter der Sonne. Und dennoch stieg sie höher und höher, den Mittagshimmel hinauf...
Wie ein kühlender Wind ging es über das Feld, und die Einschläge lagen auf einmal ganz fern. Das Orgeln blieb in der Luft, aber rings um die Schützen ruhte jetzt die Erde. Da hob sich von der Mitte her die Welle aus dem Boden und flutete vor. Die Menschen streckten die Hälse lang und hasteten geduckt über den Acker, die Patronengurte hieben ihnen die Brust.
Sie fielen wieder hin, sie sprangen wieder auf...
Und als sie das nächste Mal sich hinwarfen, sprangen sie nicht mehr auf. Denn die giftspuckenden Teufel, die das Leben suchten, hatten jetzt ihr Ziel gefunden und einen einheitlichen Willen gefaßt: Sie spaßten nicht mehr hier und dort herum, sie gaben sich nicht mehr mit Verlegenheitsarbeit auf dem Hintergelände ab, – sie legten sich auf die fünfzig Meter Bodenbreite vor der Schützenkette und nahmen die in ihren Besitz. Sie zogen sich von überall her zusammen, schmetterten ihren Hagel auf diesen schmalen Streifen Land. Sie kümmerten sie um nichts anderes mehr auf der Erde, errichteten hier vor den Schützen eine Mauer, die keiner lebend übersteigen durfte, und freuten sich ihrer höllischen Kurzweil.

Da lagen die Schützen vor der flammenspeienden Wolke und paßten ihr Leben in die Erde ein. Nichts von ihnen war zu sehen, sie lagen und waren ausgeschaltet; nur die Sonne wußte, wo sie waren.

Sie klebten am Boden, schnauften heißen Dunstatem vor sich in die Erde und klemmten den Kopf zwischen die Arme. Lagen krumm und verbogen, mit den Rippen auf dem Karabinerschloß und fühlten dennoch keine Beschwerde.

Fühlten nur, wie der Körper die Ruhe einsog und gierig genoß, und die Seele tat es ihm nach. Sie liebte bereits von Herzen diesen winzigen Fleck Boden und begehrte, ihn nie wieder zu verlassen. Nie mehr. Denn hier war Schonung, war Ruhe ...

Einer war da, dem das Ruhen nicht restlos die Seele füllte: Lux litt Qualen der Ungeduld und schickte endlich einen Mann zurück, der sollte sagen: Da lägen sie nun, vor sperrendem Feuer. Und wenn man ihnen nicht helfen wolle, lägen sie morgen noch hier, aber nicht mehr als gehorsam atmende Männleins. Gäbe es denn keine Artillerie, zum Donner? – Er ginge nicht mehr vor...

Der Melder kroch nach hinten und kreuzte sich, ohne es zu sehen, mit einem, der Befehl von Oben nach vorne brachte:

Den Angriff vortragen! Artillerie greift gleich ein.

Lux gab zur Antwort: »Erst Artillerie, dann setze ich den Angriff fort. Ab!«

Bald kam noch einer und brachte den gleichen Befehl.

»Ich bin nicht verrückt«, antwortete ihm Lux. »Erst Artillerie, erst ihre Wirkung, dann Fortsetzung des Angriffs. Scherenschleifer, ab!«

Mochte der Scherenschleifer es hinten den Scherenschleifern sagen. Die mochten das Ihre tun, dann tun auch wir das Unsere ...

Wirklich, die Reitenden mußten jetzt da sein, man hörte es von hinten her über die Köpfe gehen. »Aber wohin die wohl schießen!« – räsonierte es in den tief in die Erde vergrabenen Köpfen. »Wohin die nur wieder schießen! – Das ist ihre Kunst! Schlecht ist ihre Kunst!«

Die Bombenschmeißer konnten doch wohl mehr, als es den Anschein hatte, und wußten klar, was sie wollten. Man sah und hörte nichts von ihren Einschlägen, aber man fühlte plötzlich eine Erleichterung, eine undeutliche Verbesserung der Lage. Es atmete sich freier, hier und dort hoben sich die Köpfe aus der Erde.

Die Einschläge wurden selten, verteilten sich weit umher; die schweren Koffer orgelten nach hinten, die Reitenden zu suchen. Die sperrende Wand riß in Stücke und öffnete den Weg in die Ferne.

Da setzte Gerien zum Sprung an, und wer es konnte, sprang hoch, sprang seinen großmächtigen Satz durch die kahle Welt, den abfallenden Acker hinab, den schroffen Hügeln entgegen: fiel wieder hin, stand wieder auf, rannte mit sporenschweren Reiterstiefeln durch den weichen Boden und schwang den Karabiner in der Hand.

Das Leben ist Laufen, der Mensch besteht nur noch aus Beinen. Kein Sehen, kein Hören, kein Denken ist in dem Menschen, nur noch hetzend vorgreifender Wechsel der Beine ...

Wer ewig läuft, nichts tut als laufen, muß schließlich das Ziel erreichen, es sei dieses oder jenes. – Wer nicht vorher Schluß machte, die Arme hochschmiß und in die

Erde sank, der lag auf einmal mit der Nase vor den Hügeln und konnte den Rest seines Pensums mit den Armen greifen. Der lag in Schützenwelle unten in der Wiesenniederung, dicht vor dem kleinen Bach, und sah über sich die breitgezogene Höhe, und sah dort frisch hochgeworfene Erde, und sah es daraus pausenlos funken wie tausendfach reflektierende Sonne.
Und sah, daß das Ziel noch sehr fern war.
Ihre Lage war schlecht, war Irrsinn und Verderben: Auf freier Wiese, auf immer noch abschüssigem Gelände hatte sie der letzte Niederwurf gerettet. Mit dem Kopf stießen sie an den Bach, und die Fersen lagen höher als der Kopf. Waren sie da mit ihren Körpern nichts anderes als Zielscheibe, ein prächtiger Fang für die Kugeln derer dort oben, die man selbst nicht sah. Und deren Bohnengarben gingen als pausenloser Regen zu Tal.
Man sah sie nicht, die verdammten Jäger, in ihren Löchern, man konnte ihnen keine Antwort geben, weil es unmöglich war, mit dem abwärts liegenden Leib in Anschlag zu gehen und bergauf zu schießen. Man hätte sich das Kreuz verbogen.
Man konnte ihnen also nicht mit einem Flintenschuß antworten, man konnte nur still liegen und ins Gras beißen.
Und sie bissen ins feuchte Gras und zerkauten die säuerliche Nässe zwischen den Zähnen.
Etliche rührten sich nicht mehr. So der brave Rohrmann, der eben noch Schacht seine Feldflasche zugeschmissen und dann, über Durst klagend, sie zurückgefordert hatte. Er kannte jetzt keine Beschwerde mehr, lag krumm zwischen ausgebreiteten Armen.
Schacht war ganz außer sich, er wollte die Feldflasche

wiederhaben, der Durst machte ihn irre. Aber Rohrmann warf die Flasche nicht zurück, kein Zigarrenversprechen preßte mehr eine Gefälligkeit aus dem armen Rohrmann.

Schacht gedachte, zu Rohrmann hinzukriechen. Da platzten ihm die Schüsse so nahe am Ohr, daß er sofort innehielt und auf seine alte Stelle zurückkroch. Sie schien im Kugelschatten zu liegen.

Aber Schacht war sie lang nicht behütet genug, er wollte ganze Sicherheiten gegen den Tod. Er wollte sich einen Mantel über den Kopf ziehen, sich die Ohren verstopfen, – wollte tief in die Erde kriechen und ganz und gar verschwunden sein.

Er kratzte mit dem Spaten den Boden vor seinem Kopf, aber die feste Wiesenerde mit ihrem dichten Grasgewurzel ließ nicht mit sich spaßen, ließ sich zu keiner Schanze aufwühlen. Man hätte aufstehen, von oben mit dem Spaten in sie hineinstechen müssen, wie der Gärtner es macht, daheim, wenn zu seiner lächerlich sinnlosen Arbeit die Sonne des Friedens scheint, dieselbe verruchte Sonne, die hier unserem Todeskampf spottet und uns durstig macht, daß wir uns den Schweiß vom Gesicht schlecken möchten.

Da fiel das Sonnenlicht in den Bach, und das träge Gerinne glänzte ölig auf. Schacht röhrte lüstern durch die Kehle, stieß sich mit den Fußspitzen ein wenig bergab und lag mit dem Gesicht über dem Bach. Das Wasser roch moorig und ließ geringe Kühle aufsteigen.

Schacht stieß sich noch einmal ab und ließ sich in den Bach fallen, lang wie er war. Auch den Kopf brachte er unter Wasser, hob ihn dann ein wenig heraus, bis

zum Kinn, öffnete den Mund und ließ das Wasser hineinrinnen wie in ein Loch.
Er soff wie ein Hund.
Als er satt war und eine Art Übelkeit fühlte, wollte er sich am anderen Ufer aufrichten und hochklettern. Er erschrak aber vor den Peitschenschlägen neben seinem Ohr. »Jetzt schießen sie auf mich, ganz allein auf mich!« dachte er. Er wagte also keinen neuen Versuch, blieb im Wasser und bog sich tief unter die Böschung.
Blieb stehen im Wasser, gebückt und zitternd, auf Ewigkeiten festgenagelt...

Dies Steilabwärtsliegen am Hang, den unsichtbaren Schützen zum Ziel, das hatte der Teufel geschaffen. Diese Lage kostete die Schützen mehr Tod als das ganze Kanonenschießen vordem, und es mußte etwas geschehen, sie zu bessern.
Und so ist es: Die allerverteufeltste Lage ist voller Gelegenheiten, ihr zu entrinnen. Muß nur einer da sein, der das Auge vor dem Teufel nicht verkneift.
Plön war beim letzten großen Sprung mit seinem Flügel ein wenig auf die Seite gekommen, hatte keinen rechten Anschluß behalten, hatte Recht und Pflicht zu selbständigem Handeln sich ohne Fackeln aus der eigenen Tasche gezogen. Er hatte sich grimmig über die Lage vor dem verdammten Bache geärgert, hatte den Kopf gehoben und mit unverschämtem Auge in die Landschaft geschaut.
Die Erde sieht sich aus nächster Nähe anders an als aus der Ferne, selbst die glatteste Ebene hat Falten und Buchten und lebenbeschützende Eigenmächtigkeiten.

Darum auch hatte Plön eine Mulde erspäht, eine lächerlich geringe Furche im Boden, jedoch tief genug, sie allesamt kugelschützend zu bergen. – Bauchkriechend zog er sich mit seinen Schützen nach der Seite, langsam, den Anschluß nach links nicht im geringsten respektierend. Auch dazu holte er sich das Recht aus der eigenen Tasche.

Das Seitwärtskriechen mußte sehr langsam geschehen, Zoll für Zoll schoben sie den Körper in der Breitseite nach rechts. Rechter Arm, rechtes Bein griffen nach der Seite, ertasteten sich eine Stütze und zogen die andere Hälfte des Körpers langsam nach. Sie schwitzten so, daß sie meinten, bald würde die Sonne sie ganz in Dampf auflösen, und nur ihre steife Lederhose bliebe dann liegen.

Und wirklich schien das seitwärtige Kriechen den Erdhelden dort oben zu entgehen, sie hatten wohl mit anderen Zielen zu tun. Ihre Geschosse strichen singend durch die hohe Luft. Selten hörte man den nahen Peitschenschlag.

An einer vorzüglich gedeckten Stelle hinter einer Weide stieg Plön in den Bach, schritt tief gebückt hindurch, und die Schützen folgten ihm, Mann für Mann, setzten drüben das seitwärtige Kriechen fort. Und dann lagen sie plötzlich in sicherster Hut, warm und geborgen in ihrer Mulde, im Schatten des Eisenwindes. In süßem Sonnenfrieden lagen sie da, keuchten sich Hitze und Qual aus dem Leibe und schliefen ein wenig ein. Dank dir, Plön, guter Kerl!

Plön kroch von einem zum anderen, zu sehen, wieviel es waren. Er stolperte über Miehl, der halb schlafend ihm seine Sporen gegen das Knie gestoßen hatte. Plön

schimpfte, »Hasenjäger« nannte er den Miehl: »Was schossen Sie heut früh auf den Hasen?«
Miehl erschrak sehr. »Der Schuß ist mir unfreiwillig losgegangen«, sagte er. Das hätte er nicht sagen sollen.
»Trauriger Mensch!« sagte Plön, und die Schützen ringsum zischten grimmige Verachtung.
Sie lagen so geschützt, daß sie sich mit dem halben Leib aufrichten, daß sie einander sehen konnten. Sie sahen wer alles da war, wer nicht. »Wo ist Schacht?« fragte Plön. Jetzt wollte Miehl zeigen, wer er war: »Schacht ist im Bach ertrunken!« sagte er.
Wie das? In einer Pißrinne ertrinken? Unsinn!
»Er kroch in den Bach, ganz allein, und kam nie mehr heraus. Ich hab' es gesehen«, sagte Miehl, »bei meiner Ehre!«
Gegen Miehls Ehre wollte auch Plön nichts sagen. Er schwieg und zählte Schacht zu den Verlusten ...
Man sah wieder seinen Nebenmann, wußte nun, wer es war, wußte endlich auch wieder, wer man selber war. Dazu verhalf diese winzige Falte im Boden. Und: »Sehr gute Stellung!« lobte da einer mit lauter Stimme, »die Stellung wird gehalten, Jong.«
Was ist das? Das war Makrot. Er kam angekrochen, dreckig und naß, ganz und gar zu Erde geworden, und trug mit der linken Hand seinen rechten Arm.
Makrot, du Hund, bist du da! Bist du wirklich da!
»Jong«, stellte Makrot fest. Er war vergnügt, als sei für ihn nun alles Leben geordnet. Er haute sich neben Plön auf die Erde und erzählte, halb im dienstlichen Meldeton, seine Geschichte, eine Geschichte wie ein Märchen, unwahrscheinlich wie ihr aller Sein in dieser Welt, wie Leben und Tod:

»Reiten da im Nebel, bedeutend mehr Nebel. – Ich spitze die Ohren, ich höre, ich sage zu Fähnrich Witzleben: Achtung! – Der Fähnrich sagt: Ich weiß, was ich weiß. Ich sage: Na, mach du! – Rums, haut's aus dem Nebel. Wir kehrt, im Karacho zurück. Mein Servus, Jong, macht sich lang wie ein Fisch und läuft, keiner kommt mit. Als ich Pabst einhole, Heinrich Pabst, geht sein Othello hoch, rasselt zusammen. Mein Servus erschrickt, springt zur Seite, ich verliere die Bügel. Gleichzeitig haut mir was in den Arm, mir wird anders, sehe die Erde zu mir hochkommen, denke nanu, jetzt ist Schluß, Jong. – Als ich aufwache, liege ich auf dem Boden, der Arm tut mir weh. Höre in der Nähe ein Machen und Quatschen, russisch. Hallo, denke ich, alter Junge, sei du jetzt tot. Also ich bin tot, rühre mich nicht, bis das Quatschen vorbei. Suche mir dann ein Loch und bin tot. Bis jetzt, Jong.«

Pabst und der andere?

»Haben sie sich geholt. Der Othello liegt da oben, könnt ihn liegen sehen.«

Ja, sie kriechen an den Rand der Mulde, spähen, sehen dicht vor sich den toten Leib eines Pferdes, dick schon wie ein Ballon. Das war einst der schöne Othello. Sie sehen sich das an.

Dann sehen sie weiter und finden, daß sie ein freies Schußfeld haben, das schon genützt werden müßte. Sie wollen tätig sein.

Plön läßt es zu. Er läßt sie auf der Kante liegen und ein langsames Schützenfeuer über die Wiese schicken. So liegen sie, leidlich gedeckt, vorzüglich bequem, den Kopf höher als die Füße; sehen einen Schimmer der Gefahr, sind nicht mehr blinde und hirnlose Läufer,

sondern ein Halbes wissende Menschen, sind sehend und tätig.
Sie machen sich einen Genuß aus dem Sehen und Tätigsein. Sie schieben den Karabiner nur wenig vor, legen ihn auf ein Stück Rasen, halten hin auf den grauen, hochgeworfenen Sand und ziehen gemächlich den Finger krumm.
Sie sind beschäftigt und vorläufig zufrieden.
Bis auf Plön, der nicht recht weiß, wie es weiterhin werden soll. Ihr Schießen hier ist Kinderei und wird nur das zur Folge haben, daß sie in Kürze, von Granaten zugedeckt, die Freude an ihrem Feriendasein gründlich verlieren. Selbst wenn dies nicht – man kann doch nicht hier für seines Lebens weiteren Rest Wurzeln schlagen!
Er rutscht also den Hang hinab und verschwindet bauchkriechend zur Seite. Er sucht den Anschluß, findet ihn aber nicht. Die Wiese unten am Bach ist leer. Was da noch liegt, bewegungslos und krumm, redet nicht mehr mit in diesem Getümmel.
Wo sind die anderen? Wo ist die Schützenkette geblieben?
Nach vorne gingen sie nicht, rückwärts müssen sie gekrochen sein, zurück in eine erträglichere Lage. Vielleicht war auch dort irgendwo eine Falte in der Haut dieser Erde?
Sie sei ihnen gegönnt, was aber wird aus uns? – Plön ist für einen einsamen Augenblick verlegen. – Wir hängen in der Luft, sinniert er, oben und unten nichts als Luft, eine windige Stellung.
»Kann auch nicht ewig dauern«, entscheidet er dann, »warten wir auf die Zeit!« . . .
Plötzlich war Plön wieder da und kroch hinter seinen

dreißig Schützen herum. »Laßt das Schießen!« sagte er, »spart Patronen! Man weiß nicht, was kommt.«
Er legte sich zwischen Miehl und Moser in die Schützenlinie hinein, schob seinen Karabiner vor, schoß aber nicht, sondern schaute durch seine Brille nach vorn.
Seltsam, wie ruhig es um sie blieb! Immer noch lagen sie da wie im Frieden, erhielten kein Feuer. Nicht ein einziges glühheißes Zischen, nicht ein Peitschenknall ließ sie zusammenfahren.
Die da oben in der Erde mußten die Augen woanders haben, mußten ein wichtiges Ziel haben, das sie vollauf beschäftigte. Ihre Geschoßgarben gingen seitlich und verrauschten wie ferner Wind. Es blieb ein anhaltendes Sausen in der Luft, fern aber und gleichgültig, es focht sie nicht an. Das Tempo dieses Tages war langsam und schwer.
Sie waren hier nicht Zielscheibe, sollten es auch nicht werden. Plön verbot das Schießen endgültig, ließ die Schützen in volle Deckung zurückkriechen, blieb selber, um zu beobachten, oben liegen.
Die Schützen legten sich auf den Rücken, kramten in ihren Beuteln nach Brot und Zwieback, knabberten, was sie fanden, zwischen den Zähnen und schliefen. Hitze und Durst hatten den Körper verlassen, jetzt traten Hunger und Schlaf ihre Herrschaft an.
Auch Moser biß, während er angestrengt durch sein Glas guckte, an einem Kanten Brot herum. »Wissen Sie was«, sagte Plön, «lassen Sie mich mal beißen. Ich habe nichts bei mir.«
Mit Freuden gab Moser sein Brot her, gab alles, was er hatte, und Plön fraß den Kanten hinunter. Moser war begeistert, hatte keinen Hunger mehr.

Zum Dank erhielt er eine Zigarette. Sie war krumm und zerknautscht und hatte nur noch die Hälfte Tabak. »Rutschen Sie runter!« sagte Plön, »rauchen Sie, ich bleibe oben.«
Moser rutschte in volle Deckung, rollte sich zusammen und genoß mit Inbrunst den Rauch der Zigarette.
»Wissen Sie was«, sagte Plön, »machen Sie nicht solchen Rauch! Die Russen denken, hier brennt ein Dorf. Machen Sie nicht diesen Qualm!«
Da behielt Moser den Rauch für Ewigkeiten in der Lunge und spuckte ihn in dünnen Schwaden vor sich ins Gras. Dann endete die Freude an Plöns allerletzter Zigarette.
Makrots Arm wurde vom Sanitäter verbunden. Plön kam und sah sich die Wunde an. »Langt nicht zur Heimat«, sagte er lachend, und Makrot lachte und wußte das auch. »Was nicht ist, kann noch werden. Wer weiß, wo wir zusammen morgen früh Schafe hüten. Wer weiß das«, sagte Plön. Er legte sich wieder zwischen Moser und Miehl und sah hinaus.
Dann lagen sie alle still und wurden zu Erde.
Der Tag ging über sie hin mit seinem schweren Schritt. Seine Stunden rollten vom Himmel, waren kurz und endlos zugleich.
Die Kanonen auf beiden Seiten waren ganz damit beschäftigt, einander in der Ferne zu suchen. Das weite Feld blieb von Einschlägen fast frei. Nur die Gewehrkugeln rauschten in Schwärmen durch die Gegend, zuweilen dünn, aus sterbender Energie – dann wieder voll und heiß aufbrausend wie der Wassersturz aus neu geöffneter Schleuse.
Das abgesprengte Menschenhäuflein lag in seinem stil-

len Hafen, dem Feinde am nächsten, aber ungekannt, ausgeschaltet, beurlaubte Soldaten des Schicksals. Es kam ihnen selbst über alle Maßen sonderbar vor.

»Ich fürchte«, sagte Miehl wie zu sich selbst, »ich fürchte, sie werden kommen von da oben und uns umzingeln und uns gefangennehmen.« Aber Plön hörte wohl nicht hin, und Miehl mußte diese Ansicht in direkter Anfrage wiederholen. Was der Herr Graf denn meine?

»Natürlich«, antwortete Plön, ernsthaft nickend, »aber ganz natürlich werden sie das tun.«

»Und was wird aus uns?« fragte Miehl.

»Schießen wir Bären in Sibirien. Sie hingegen können den Eingeborenen den Cicero beibringen.«

Miehl war beleidigt, aber seine Sorge ließ ihn stöhnen: »Es ist qualvoll!«

»Was ist qualvoll?« wollte Plön wissen.

»Dies Liegen und Abwarten im Feuer!«

Da wurde Plön aber böse. Ob denn hier ein Feuer sei, he? Ob sie es nicht ganz verdammt gut, ganz und gar unverdient gut hätten auf ihrem Sonnenplätzchen, fern von allem Lärm, mit großmächtiger Ruhe für den armen Leib! Und dem freien, unverwehrten Atmen! Ob Miehl denn noch nicht wisse, daß die freie Gegenwart das Beste sei am Leben, daß Leben überhaupt Gegenwart hieße und in der Gegenwart geachtet und geliebt werden müßte! He?

Nein, das konnte Miehl nicht zugeben. Er fand es vielmehr an der Zeit, seine Überlegenheit wirken zu lassen, mochte es der Witzblatt-Leutnant verdienen oder nicht. Miehl war durch den Tag – er hielt ihn für seinen Tag – und die Erwartung auf das Kommende so

erregt, daß ihm die Seele auf der Zunge lag. »Nein, nein, nein«, sagte er immerzu.
»Was nein?«
»Es dürfte nicht sein«, sagte Miehl.
»Richtig«, meinte Plön trocken, »der Mensch dürfte nicht sterben. Moser, was meinen Sie?«
Moser wagte, was er dachte, nicht zu sagen. Es hätte ihm wie Gesang geklungen, und er wußte, Plön war nicht für Gesang, Plön schaute sehr nüchtern in das Leben und hatte es schon damals nicht glauben wollen, daß Moser für Deutschland freiwillig Soldat geworden war. Moser also schwieg und lachte. Dies Lachen aber brachte Miehl in Wut gegen den kleinen Moser. Er sagte sehr spitz:
»Es kommt eben darauf an, wie das Leben ist, das man zu verlieren hat. Da gibt es manchen Unterschied!«
Sagte Plön: »Heute vor 45 Jahren fiel mein Großvater bei Gravelotte. Was meinen Sie, Moser, hatte er ein gutes Leben zu verlieren?«
»Jawohl«, sagte Moser, felsenfest überzeugt.
Für Miehl indessen hatte der Tag von Gravelotte nichts zu sagen. Miehl lag auf polnischer Erde und lauschte dem Querschläger, der wie eine träge Mücke singend sich über ihre Köpfe trudelte. »Damals war es eine Kleinigkeit«, seufzte er.
»Nach Miehls Ansicht«, sagte Plön, »war es damals eine Kleinigkeit, das Leben zu verlieren. Moser, was meinen Sie, warum?«
»Weil Miehl nicht dabei war«, gab Moser zur Antwort.
So sprachen sie kreuz und quer und wunderten sich über das lang anhaltende untätige Sein. Der Tag war schweren Schritts über sie hingegangen; die Sonne

stand in ihrem Rücken, rollte auf einen Wald hinunter und wurde groß wie ein Wagenrad. Man sah es, wie sie sich rührte.
Noch war sie da, dunkelrot und riesengroß, aber sie leuchtete nicht mehr. Als blutender Fleck stak sie im Dunst. Wer auf dem Rücken lag, konnte immerfort in die Sonne hineinsehen, ohne daß die Augen schmerzten. Die Sonne war noch da, blutete noch, aber sie lebte nicht mehr.
Die Sonne dieses heißen Tages schwand, und der Abend kroch aus dem Schlund der Erde. Die Niederung um den krumm fließenden Bach war schon im Nebel versunken, die Schanzen auf dem Hügel verschwammen im nächtigen Osthimmel. In Kettenreihen spritzten die Blitze dort auf.
Da erhob Plön sich zum Rückzug und versuchte, mit seiner Schar den rückwärtigen Anschluß zu gewinnen. Allein sie fanden ihn nicht. Sie liefen in die Garbe eines Maschinengewehrs hinein und blieben liegen. Sie sahen, daß sie ganz allein waren, und krochen in ihre Bodenfalte zurück. Vielleicht legen die Unsrigen ein paar Granaten hinauf, und dann stürmen wir – dachten sie. Wir wären als die Ersten oben. Gut wäre es, nach dem langen Liegen zu laufen, zu schreien und stürmend den Tag zu beenden.
Aber die Artillerie bereitete ihnen nicht diesen Weg. Selten brannte ein Einschlag über der Höhe auf. Plötzlich empfanden sie es, daß die Reitenden überhaupt schwiegen. Hatten wohl nichts mehr, was sie verschießen konnten, hatten ja niemals genug! Die Russen, reicher als wir, reich wie immer, blieben bei der Arbeit und schossen.

Das Häuflein abgesprengter Schützen lag in seiner Erdrinne und wartete auf die Zeit, wartete auf die Nacht und den kommenden Morgen und auf den neuen Einfall dieses närrischen Lebens. Und Plön, nachdem er sich kurz besonnen, kramte aus der Tasche sich noch einmal das Recht zu frei selbständigem Handeln. Er holte sich Klingspor heran und verschwand bauchkriechend mit ihm nach vorne, den nur noch selten blitzenden Höhen entgegen.

Es dauerte lange, bis er wiederkam. Man hörte ihn halblaut vor sich hin sprechen, es war, als lachte er. Er sprach nichts, er ordnete nichts an, aber, so schien es, er wußte, was er wollte.

3

Die Schützen unter Gerien hatten wirklich die tiefe Wiesenniederung wieder verlassen müssen. Sie waren aus dem mörderischen Feuer zurückgekrochen, hatten sich ein wenig nach links verschoben, damit den Abstand zu dem abgetrennten rechten Flügel noch vergrößernd, und ihre schützende Bodenwelle gefunden und eine tiefsandige Erde. Dort hatten sie sich hineinfallen lassen.

Der Kopf lag ihnen zwar immer noch etwas tiefer als die Füße, aber dem ließ sich durch Scharren begegnen. So waren sie im ganzen erträglich gebettet und halbwegs der Sicht entzogen, hatten ein freies Blickfeld vor den Augen und endlich die Möglichkeit, tätig zu sein. Da wurde ihnen etwas wohler.

Sie schossen, jagten einen gehörigen Eisenschwarm

über die Niederung, machten die Luft zum Siebe. Sie schossen ein bißchen zu viel, aber es wurde ihnen wohler dabei.

Gleichzeitig bauten sie einen Wall um ihr Leben, einen kleinen Sandhügel vor den Kopf, eine Auflage für den Karabiner. Dann wühlten sie sich den Boden unter dem Leibe hervor und stießen ihn mit den Füßen nach hinten, sanken tiefer und tiefer in die Erde.

Bald hatten sie es besser, aber immer noch nicht gut: Der Kopf und die Füße lagen hoch, aber der Hintere lag tief, und das hohle Kreuz schmerzte erbärmlich. Also stießen sie mit den Füßen so lange nach hinten, bis auch die Beine in einer kleinen Schlucht lagen, bis sie eingegossen waren in die Erde, die ihren Leib wie eine Töpferform umschloß.

So ging es zu liegen, so ging es zu leben; man mußte zufrieden sein.

So lebten sie den Nachmittag, so lebten sie den Abend, so lebten sie die ganze sich anschließende Nacht, die merkwürdig friedlich blieb, ja stundenlang so still wie die Nächte der Heimat über mondbeschienenen Dächern, über wogenden Weizenfeldern. Ein warmes Bett war ihnen die Erde rings um den Leib.

Aber vom Himmel sank nasse Kälte in den Rücken und hinderte den Körper, sich am Liegen zu freuen und sich ganz zu entspannen.

Und noch andere Störungen machten den Menschen verdrießlich: Da kam Lux. Er kroch, er kniete, er lief aufrecht herum, immer war er da. Er scherzte und schimpfte in einem Atemzug, er fragte nach den Patronen. Ja, Patronen hatte keiner mehr viel, die blauen Gurte waren längst leer und weggeschmissen, in den Koppeltaschen steckten noch einige Rahmen.

Mußte Lux doch darüber schimpfen, mußte er doch wieder mal lästerlich toben und machen, als gäbe es jetzt keine Sorge in der Welt als die Patronen! Im Laufen fortgeworfen hätten sie die Patronen, meinte Lux, weil sie zu schwer waren. »Wartet nur, wartet nur auf morgen früh! Könnt dann Hosenknöpfe in eure Karabiner laden. Haut den Lukas.«

So schimpfte er; am liebsten hätte er gewiß laut geschrien und sie alle verprügelt.

Aber er handelte auch.

Es tauchten Leute aus dem Dunkel auf und schleppten Patronenkisten heran, verteilten neue Gurte. Woher die nur kamen? Wie weit die hatten laufen müssen? Wo wohl die Handpferde jetzt standen?

Wie lange war man schon von den Handpferden fort, Herrgott, wie sahen die Pferde wohl aus! Ob sie auch genug Futter bekamen? Ob man sie morgen wiedersah? ...

Die Kälte nahm zu, die Nacht ging wohl dem Morgen entgegen. Lux war in verteufelter Bewegung, er suchte und tastete im Dunkeln nach Plön, nach dem abgerissenen rechten Flügel, und kehrte immer ergebnislos zurück. Er streifte die Schützenkette hinauf und hinunter, war überall gleichzeitig und flüsterte jedem Mann seine Worte zu:

»Vor Tagesgrauen geht es los, die Stellung wird ohne Artillerie genommen.«

Danke. – Wir wissen Bescheid.

Die Schützen begannen den Körper auf das wache Leben vorzubereiten. Sie regten die Füße, zogen die

Beine an, streckten sie wieder lang und schüttelten die Arme.
Dann standen sie auf, schritten lautlos ins Dunkle, in die weiche Wiese hinein. Sie stiegen durch den Bach, stiegen langsam, von Spannung geduckt, den steilen Hügel hinan.
Kein Schuß. Kein Laut.
Sie stiegen weiter, setzten Fuß vor Fuß, atmeten unterdrückt und sparsam und stierten in die langsam ergrauende Nacht.
Kein Schuß. Kein Laut. – Aber plötzlich mehr als das, ein Höllenlärm, rechts von ihnen, hoch droben in den Hügeln. Ein kurz aufbrennendes, rabiates Schießen, dann ein vielstimmiges Geschrei, – – dann wieder Stille, nur von einzelnen Schüssen zerrissen.
Die Schützenwelle stockte, horchte. Was war das gewesen?
Uns hatte es nicht gegolten! Kein heißes Zischen, kein Peitschenknall traf das Ohr. Nein, das war nachhalloses scharfes Krachen, Schüsse in anderer Richtung, nicht auf uns, eher gegen die Russen!
Wie das? Die Unsrigen? – Nicht möglich. Keiner wußte etwas mehr als von sich. Außer Lux. Und Lux wußte, was er wußte.
Sie stampften weiter den Hügel hinan. Plötzlich fanden sie sich oben. Das war ihnen aber schnell gegangen! Da lag die Erde aufgerissen, das war ja die kugelspritzende Stellung, die Satansschanze von gestern, die Ursache von so viel Hetzen und Angst und Verderben! So nah war das gewesen!
Sie rennen aufrecht weiter und schwingen den Karabiner in der Hand. Einer schreit etwas, da schreien sie alle

hurra, Schreien tut wohl. Die endlos verstummten Kehlen geben einen heiseren Laut und lassen dann ein verrücktes Schreien hinaus, angestaute Wut und Not.

Sie schreien und stürzen vor, fallen in Gräben, stolpern über Körper, hauen mit dem Kopf in den Sand. Sie rennen und hasten und suchen geschäftig herum.

Nichts. Alles leer. Hinter einer Brustwehr recken ein paar Gestalten die Arme hoch, schmeißen ihre Gewehre weit fort, fallen ergeben in die Knie.

Sonst alles leer, alles still. Noch warm das Fleckchen Erde, aber geräumt, welch ein Wunder!

Keine Zeit, an Wunder zu denken. Es wird hell. Sie tauchen in die verlassenen Gräben hinein, verteilen sich, nehmen Wachtstellung gegen Osten ein und schauen in den aufgehenden Tag.

Sie hören aus der Ferne Getrampel und Geschrei und schießen halb blind in jene Gegend.

Dann ist es ganz hell. Ohne Nebel, ohne teuflische Verhüllung öffnet sich der neue Tag, und seine Welt ist still und leer.

Der Riesenwald dort, er schluckte den abziehenden Haufen. Und ihr taglanges Springen und Schwitzen, ihr Liegen und Bangen in der Nacht, alles endete in einem Stoß in die Luft, in einem unsäglich nüchternen Morgen.

Der eine und der andere tun wild, behaupten, es wäre ihnen eine Wonne gewesen, die Braunen im Nahkampf aus der Stellung zu dreschen und ihnen alles heimzuzahlen, was sie ihnen schuldig waren nach diesem Tag. – Hm, so und so, meinen wieder andere, schmeißen sich hin und warten auf die Zeit. Schlapp

sind sie alle, ein wenig dumm kommen sie sich vor. Was brachte ihnen nun die Schinderei?
Warum wohl schindet der Mensch sich im Leben? ...
Zum Greifen nah lag zur Rechten das Dorf, es schien gar eine kleine Stadt, oder nicht?
Einerlei, was nützt es uns!
Und davor, war das nicht ein Friedhof, hinter Zäunen und einer kleinen Mauer, hinter viel aufgeworfener Erde? War das vielleicht der Stützpunkt dieser Stellung gewesen?
Mag es sein, laß es sein! Ist immer das gleiche ...
Ja, die Spannung war zerbrochen, die den Leib lang genug zum willfährigen Werkzeug gemacht hatte. Das Abenteuer verblaßte im Lichte der Gewöhnlichkeit. Sie maulten oder schliefen und warteten auf die Zeit ...
Von den Häusern her kam einer gegangen, ein Mensch, ein Soldat – wer mochte es sein? Lang schlakste er daher auf gehunlustigen Beinen, ja, es war Plön. Er stellte sich dienstlich vor Lux auf und hatte dem Verschiedenes zu melden. Es mußte etwas Großes sein, es mußte Gerien gefallen, denn er lachte und fuchtelte mit den Armen und schlug Plön knallend auf den Rücken.
Und dann kamen aus dem Städtchen noch andere Ulanen, beladen mit Zucker und Weißbrot, mit prahlender Neuigkeit. Sie verteilten den Zucker, das Weißbrot fraßen sie selber. Sie verteilten dann noch Bonbons, klebrige Dinger in Papier, die sie aus ihren Taschen holten, und verteilten überdies ihre prahlende Neuigkeit:
»Wir sind's gewesen!« sagten sie. »Den Kirchhof im Sturm genommen. 22 Russen gefangen. Vier MGs erbeutet, zahllosen anderen Kram, zum Beispiel hier

Hummels Trompete!« Ja, Hummel stieß zum Beweis ein paar Backen voll Luft in eine Trompete.
»Ja, wir waren es. Wir mit Plön. Ohne uns – nichts. – Ohne uns lägt ihr jetzt noch unten vorm Bach oder im Bach wie Schacht, der das längste Bad seines Lebens genommen!«
Wirklich? – Schacht war auch da, hatte sich still eingefunden und klapperte mit den Zähnen, war kaum noch Mensch. »Ja, Schacht, wie lange hast du gebadet? – Schacht, hattest du Badehose dabei, Badehose mit Pelzbesatz?« Schacht hier, Schacht da, Schacht war die große Sensation des Gelächters, die keiner ungenutzt vorüberließ.
Nur Miehl war wütend auf Schacht, wegen des Ertrinkens und der Ehre! »Das ist ein ganz trauriger Mensch«, sagte er zu Moser, der seinerseits erstaunte, warum Miehl so böse war auf den armen Schacht...
So waren sie also plötzlich vor die Tür gesetzt, hatten nichts mehr mit den Ereignissen zu tun; sie schwatzten, lachten und fraßen die klebrigen Bonbons in Papier. Es waren widerlich süße Fabrikate aus Mehl und Parfum, die den Magen beschwerten und den Mund mit einem gräßlichen Nachgeschmack füllten und die Stimmung verdarben.
Sie bangten sehr nach etwas Warmem, nach Kaffee und herbem Brot, aber von der Feldküche war noch nichts zu sehen. Also erhoben sie sich, streiften ein wenig durch die Felder, rissen ein paar Kartoffeln aus der Erde, heizten ein Feuer an und setzten die Kartoffeln in russischen Kochgeschirren bei. Bis sie gar waren, hörten sie wieder von der Eroberung des Friedhofs erzählen. Hummel erzählte, wie er die Trompete gewann.

Bis er fertig erzählt, waren auch die Kartoffeln gar, aber es fehlte an Salz. – O nein, Maier hatte Salz. Er schüttete eine seiner Taschen aus und bot ihnen schwärzliches Salz. Sie pickten die Kartoffeln in das schwarze Salz und aßen sich satt. Schacht, dicht am Feuer sitzend, machte sich nicht die Mühe des Schälens. Er biß in die heiße Kartoffel wie in einen rotbäkkigen Apfel, schlang eine nach der anderen hinunter. »Sieh!« sagte Klingspor zu den anderen, »so essen die besseren Herren. Jetzt weißt du's.« Dann fing Hummel wieder von der Trompete zu sprechen an, aber bereits regten sich Zweifel und Spott: »Wie sahen eure Russen denn aus? Wie Menschen? – Und schießen konnten sie wohl nicht, eure Russen, wie? Hatten wohl nicht einmal ein Gewehr, wie? – Waren wohl gar Zivilisten, wie?«

Oho, ob sie wohl schossen! Drinnen, in dem Nest, da lägen sie, Tiele mit Beinschuß, Makrot mit ...

»Haha, wie ihr lügt! Makrot war doch abgeschossen, gestern morgen!«

Ja, Makrot war abgeschossen worden, aber längst wieder auferstanden mit einem kleinen Loch im Arm, hatte den Schwindel mitgemacht von Anfang bis Ende und schließlich, ganz zu guter Letzt, noch ein Loch ins Bein dazubekommen. Jetzt wird es ihm langen ...

So. Das war nicht vorauszusehen, daß einer, der abgeschossen war, wiederaufstünde, sich zum zweitenmal pitschen zu lassen. Sie hören das staunend, aber es kommen ihnen immer wieder neue Bedenken. »Die Russen«, zweifeln sie, »die uns so lange aufhielten, die solltet ihr dreißig Leisetreter allein aus der Stellung geworfen haben? Das macht anderen weis!«

»Je nun«, sagte Klingspor, »Glück war dabei. Aber haben wir darum weniger geschafft, wie!« ...
Wenn man Plön eben zu Gerien reden hörte, war alles ein bloßes Kinderspiel gewesen, ein echter Kleinerjungenstreich.
»Was schadet das«, schimpfte Lux, »was ändert das an der Sache? Sie haben uns auf den Berg geholfen, Schluß.«
»Glaube nicht«, sagte Plön, »wärt auch ohne uns heraufgekommen.«
»Wer will das wissen! – Es ist ein Erfolg. Sollen sie ihn lieber uns danken als dem Glück!«
»Richtig«, meinte Plön. »Dem Glück ist es gleich, uns dagegen tut es wohl. – Ich werde meine runde Meldung schon machen.« ...Keiner hatte es erwartet, daß dieser Morgen mit solcher geschwinden Leichtigkeit die Frucht des gestrigen Tages unter Dach bringen würde. Es dauerte darum lang, bis man hinten sich an diese Überraschung gewöhnt hatte, bis das abgewonnene Stückchen Erde endgültig zu den Akten gelegt wurde.
Eine Ewigkeit ging hin, bis endlich die Handpferde, mühsam vom vierten Mann geführt, nach vorne kamen, bis die Feldküche ihren warmen Kaffee verschenkte, bis hohe Herren auf hohen Rossen heransprengten und sich die Nuß besahen, die ihnen so hart erschienen, dann aber sehr plötzlich zerknackt war. War sie gar taub gewesen?
Wichtige Ordonnanzoffiziere besahen sich den Ort und baten vom Gaul herab um Orientierung. Bei Lux kamen sie nicht gut an, er sagte ihnen meist gar nichts, oder er band ihnen einen Bären auf, den die jungen

Herren, mehr oder weniger mißtrauisch, zu ihrem Kommandeur trugen.

So erhielten die Kommandeure manche Darstellung über den Verlauf des Gefechts und sahen ihre Aufgabe, den Bericht für die höhere Stelle zu schmieden, recht erschwert, Ja, bei den Kommandeuren sammelten sich viele Bären, und schwer ist es, aus dem vorwärts, immer vorwärts gleitenden Leben die Geschichte zu greifen, an die Wand zu nageln und als Wissenschaft in die Zeit hinausgehen zu lassen. Lux und Plön nannten sich praktische Historiker und lachten...

Sie wunderten sich, daß sie so lange hier blieben und den Ort hüteten, als sei mit ihrem kleinen, schweißtreibenden Trara nun aller Krieg beendet. Aber natürlich war es so, daß der Vormarsch schon längst wieder in Bewegung, daß die Patrouillen der Dragoner seit Stunden bereits hinter den Russen hersuchten, daß nur sie ein wenig der Ruhe genossen und Pause hatten nach einer schweren Lektion.

Miehl, der den erreichten Vorteil bereits einen Sieg nannte und zu bedeutenden Schlüssen gelangte, – Miehl wurde stiller, als sie gegen Mittag auf ihre Pferde stiegen und losritten wie immer seit Wochen und Wochen. Ganz neu und seltsam saß es sich auf den Pferden nach dieser langen, springend und liegend verbrachten Zeit!

Das Städtchen berührten sie nicht, nein, auch Makrot bekamen sie nicht mehr zu sehen. Sie ritten schnurgerade auf den großen Wald zu, der die fliehenden Russen verschlungen hatte.

Vor dem Walde hielt, seitwärts vom Wege, der Kommandeur und rief eine Ansprache in die langsam vorbeiziehenden Schwadronen. Sie verstanden nicht alles, sie hörten etwas von einem beträchtlichen Erfolg, von der gewonnenen Bahnstrecke nach Wolkowysk, die die Russen hatten halten wollen bei diesem Städtchen Siemiatow ...

... Was Bahnstrecke! Wo ist sie? Werden wir gar verladen? ...

... und von Dank und Anerkennung.

Was Dank? – Bringt uns nichts ein, zündet uns keine Zigarre an. – Sie streichen den Dank ein und tun, als sei er nichts.

Und die Stadt mit Weißbrot und Karamelka, wir bekamen sie nicht zu sehen. Bloß Plön hat sie gesehen, Plön, der jetzt neben dem Kommandeur hält, seine Meldung anbringt und sich die Hand schütteln läßt, Plön ist immer seitwärts rechts raus, nie im Schlamassel, immer im Fett. Das nächste Mal halten wir es mit Plön und bilden mit ihm eine abgesprengte, luftschwebende Schar!

Siemiatow heißt das Nest. Beachtlich. Ein schweres Wort, werden es uns merken wie Breszinу und Malawies und Gora Kalwarja und die anderen Punkte dieses dunklen Landes zwischen zwei Leben, die einen Namen erhielten und das Licht bewußter Erinnerung. Siemiatow hieß der Tag? Schlecht war der Tag, werden ihn uns merken. Ist aber doch nicht unser Tag gewesen.

Denn als sie ein paar Stunden geritten waren, ging ein leiser Wind durch die Blätter des Waldes und brachte ihnen von fern her den Geruch brennenden Holzes und das zerfahrene Poltern zum Himmel flackernder Salven ...

4

Reiten wir immer noch, gibt es denn nichts als Reiten? Ist denn die Welt so groß, ist denn das Leben so lang? Miehl, Mensch, du weißt doch so viel: Sind wir noch nicht bald in Moskau? Sollen wir rund um die Erde reisen, und wo liegt unser Ziel? Wo endet unser Reiten, und wann kommt der Tag, auf den wir immer nur warten? Der Tag, der entscheidet, so oder so, – der Tag, der bislang nicht gewesen, – der Tag, den wir nennen können: unseren Tag?

Wir glauben, alles wird anders nach diesem Tag.

Nun aber reiten wir, sitzen auf unseren Pferden. Mancher möchte es nicht mehr Reiten, sondern Fahren nennen. Unsere Pferde aber, sie werfen uns nicht ab.

Seht sie an, unsere guten alten Tiere, mit welcher Geduld laufen sie dahin, jeden Tag auf neuen Wegen, jeden Abend unter ein anderes Dach, selten genug in einen Stall! Seht, wie sie dennoch nicht murren noch mucken, wie sie mit langem Halse dahintrotten, einen müden Fuß vor den anderen setzen und hohl sind in den Flanken und faltig an den Hinterbacken, so daß man die Muskeln zählen kann.

Da laufen sie und finden nichts dabei, daß sie nur noch zum Laufen da sind, nicht mehr zum Stillstehen und Ausruhen. Sie fressen eine geringe Kleinigkeit am Tage, das äußerste Bißchen, das sie brauchen, und bleiben so wie sie sind; werden nicht dicker dabei, nein, werden aber auch nicht dünner. Sind eben nicht zu Witz und Kapriolen aufgelegt, fallen aber auch nicht vor Ermattung um. Rauhe Haare haben sie, als ob nicht mehr Sommer wäre, – und garstig sind sie, als gehörten sie nicht mehr Reitern, sondern dem Train, aber brav sind sie und härter als Eisen. Ein Wunder sind unsere Pferde! – Miehl, wirst du von unseren Pferden schreiben?

Bloß Mosers Gaul tat nicht mehr mit. Er konnte es nicht vergessen, daß er einst einen Wagen mit leichtem Handelsgut durch propere Straßen gezogen, täglich zweimal, und dann in frischem Stroh vor seiner sauberen Krippe gestanden hatte, um schieren Hafer zu fressen und süße Melasse zu schlecken. Er konnte von dieser Erinnerung nicht lassen, er verschmähte das karge Futter dieser Tage und tat es den anderen nicht nach, die jede Minute des Stillstehens zum Fressen benutzten, sei es Gras oder auch nur ein welkes Blatt. Nein, er stand untätig da und legte die Miene stumpfsinniger Ergebung auf sein Rammsnasengesicht.

Auf diesem Marsch in den östlichen Osten von Warschau klappte er dann endgültig zusammen. Er verlor die Herrschaft über die Beine seines unkorrekten Leibes, stolperte, riß sich die Eisen ab und strich sich im Gehen die Fesseln wund.

Moser hatte die schwere Not mit seinem Rappen. Er schmeichelte, er hätschelte ihn und redete ihm aus besorgtem Herzen zu, aber dem Rappen war nicht mehr zu helfen. Der Fahnenschmied bei der Bagage faßte einen Zorn auf Moser, behauptend, er verbrauchte die ganzen Hufeisen der Schwadron für Mosers Rappen. Und Berittführer Hummel maulte des Nachts endlos im Stall, wenn er die Streichwunden an den Beinen des Rappen sah. »Sie tun nichts, Mensch!« sagte Hummel, »von selbst ist nichts. Küh-

len des Nachts, Strohwickel anlegen für den Tag! Immer machen und tätig sein!« sprach Hummel.
Und Moser saß die Nächte neben seinem Pferd, wusch, verband und flocht mit ungeschickten Händen lange Zöpfe aus Stroh, band sie dann für den Tag um die Fesseln. Aber den Rappen schützten sie nicht, den Rappen veranlaßte der leichte Kitzel nicht, die Beine nun breiter zu setzen und sich nicht mehr gegen die Wunden zu klopfen.
»Moser, dein Gaul klopft sich!« wußten die Kameraden unterwegs als Neuigkeit zu melden. Und: »Moser, Strohwickel verloren!« riefen sie. Moser hielt, saß ab, suchte das Strohband und legte es von neuem um. Derweilen ritt die Schwadron an ihm vorbei, und jeder warf seine Meinung vom Pferd auf den kleinen Moser, zuletzt der Wachtmeister mit grausamem Humor. »Wißt Ihr, woher das kommt?« fragte er. »Jawohl«, sagte Moser, »das Pferd ist müde.«
»Nein«, donnerte der Wachtmeister, »der Reiter hat Schuld! Der Reiter läßt den Schinder laufen, wie der Schinder will. Der Reiter ist ein Waschlappen ...«
Diese Meinung des Wachtmeisters besserte auch nichts an dem Leiden des Rappen, und eines Tages lahmte er, infolge der Wunden, gleich auf zwei Beinen. Man sah es kaum, wo er nicht lahmte.
Der Wachtmeister kochte vor Zorn. «Ihr habt das Reiten nicht gelernt. Donnerkerl, runter von dem Pferd, zu Fuß laufen!«
Moser lief einige Tage zu Fuß neben seinem lahmenden Pferd, fern von der Schwadron, bei der großen Bagage und hatte eine schwere Zeit. Er lief sich die Füße wund, und nachts stahlen ihm die Bagagekut-

scher das letzte Hemd aus der Packtasche. Und mit dem Rappen wurde es nicht besser, keine Rede. Moser war verzweifelt, er sah sein Leben bei der Bagage enden.

Aber Lux war noch da. Die Patrouillen lichteten die Züge, täglich gingen sie ab, und täglich wurden sie kleiner. Und bei der Bagage liefen viele freie Pferde, deren einstige Reiter seit Siemiatow einen anderen Weg reisten, zu Fuß, zu Wagen, anderswie, je nachdem, in die kleine oder große Heimat.

Als Lux nun von Fußgängern, gesunden Menschen bei der Bagage hörte, schrie er wild nach dem Wachtmeister – und schon hatte Moser ein anderes Pferd, ein großes Pferd, auf gesunden, sehr langen Beinen. Reiste doch auch Makrot anderswo in die Lazarette, und sein Servus war frei.

Moser war klein, Servus hoch wie ein Haus – und der Wachtmeister war grimmig. Das ergab diese lächerliche Vereinigung, die dem kleinen Moser manche Qual auf den Lebensweg warf. So dachte es auch der Wachtmeister, aber Moser freute sich einstweilen, als er nämlich auf Servus saß, endlich wieder zu Pferde, turmhoch in der Marschkolonne schaukelte. Er wurde mit Hallo begrüßt.

Wenn er oben saß, war er froh; aber das Aufsitzen war schwer. Die Bügel waren für die kurzen Beine kaum zu erreichen, und außerdem stand Servus nicht still, sondern marschierte los, sobald Moser herantrat und die Zügel zum Aufsitzen ordnete. Servus hatte nun einmal diese Schwäche, auch Makrot hatte sie ihm nicht vertrieben, hatte manchen Tanz erlebt und bitter über seinen Servus geschimpft.

So endete Mosers Freude an dem neuen Pferde sehr

früh. Nicht etwa wegen der bloßen Schwierigkeit des Aufsitzens, o nein. Moser war in der frischen Luft zäh geworden, der kleine tägliche Kampf mit dem Pferde warf ihn nicht um. Aber den Spott der anderen, der für dauernd anhielt, den konnte er nicht mehr ertragen. Die anderen brauchten etwas zum Lachen, und weil sie nicht immer über Schacht lachen konnten, der zudem jetzt hustete und still war, oder über Miehl, dessen wachsender Überdruß am Reiten und Leben immer häufiger die Gestalt eines Zorns auf Schacht und Moser annahm, – weil sie über gar nichts anderes lachen konnten, lachten sie eben aus lachgierigem Herzen herauf über den ganz kleinen Moser auf seinem riesengroßen Pferd.

Der Kampf mit des Lebens Schwierigkeiten, nämlich mit seinem eigensinnigen Pferd, griff Moser nicht an, aber der leidige Spott der anderen traf seine Ehre. Denn nicht jeder Spott kam aus gutmütigem Herzen. Hummel zum Beispiel sagte ihm nach, er habe seinen Rappen mit Absicht zuschanden geritten, in der Hoffnung auf ein besseres Pferd, und Miehl, in der Gereiztheit seiner müden Seele, nannte ihn einen albernen Jungen, der zum Vergnügen in den Krieg gezogen wäre.

Das fraß wie Gift an Mosers Ehre, er ärgerte sich blaß und rot und gab zornige Antworten. – Mit Zorn jedoch bessert keiner seine Lage, am wenigsten der Einsame vor geschlossener Majorität.

Die Majorität nahm Mosers Zorn sehr übel auf, gab ihm manch böses Wort, manch scharfen Tabak, und zuletzt, als er gegen Berittführer Hummel frech wurde, einen Lanzenschlag auf den Kopf, der ihm die Tschapka ins Gesicht rückte.

Da war Moser für eine Zeit ganz verzweifelt und wollte sterben. Er dachte sich das haargenau aus: Auf der nächsten Patrouille ritt er an der Spitze auf Servus. Und wenn sie dann dem Waldrande sich näherten, ja, dann würde er den alten Trick einmal nicht anwenden, würde er nicht auf gut Glück kehrtmachen und im Karacho zurückjagen! Nein, er würde reiten, so lange, bis die Russen ihn mit Händen greifen könnten, bis ihre Kugeln ihn vielfach durchlöcherten. Dann hätte er die Ruhe. Und die alten Leute würden sich später von Moser erzählen, würden sagen: Wißt ihr noch, bei Dingsda, als wir ritten, als Moser fiel!

Das erlebte Moser in seinen kranken Gedanken, so müde war auch er. Aber nicht vom Reiten, nicht vom Leben, nur durch den Spott der Menschen.

Gerade war er schon dabei, sich zu bedauern, wie er da tot und vergessen lag in russischer Einsamkeit, da fiel ihm die Mutter ein und ihr unendlicher Gram. Nein, dachte er, sterben nicht, sterben darf ich nicht. Der Mutter wegen. – Der Vater? Nun ja, der würde vielleicht zufrieden sein, der Vater, der immer und immer wieder schrieb und hartnäckig nach Beförderung und Ehre verlangte. Der würde dann vielleicht einmal zufrieden sein mit seinem Sohn?

Bös wurde da der kleine Moser auf seinen Vater, so böse, daß er jeden kranken Gedanken verlor, auf einmal frei wurde in seinem Herzen und nichts anderes verlangte, als zu leben. Ganz grimmig wurde er vor Lebensfreude. Ha, dachte er, es geht auch andersherum. Weder freiwilliger Tod, noch Gesuche nach des Vaters Wunsch um schnelle Beförderung, ich mach's auf meine Art! . . .

»Was lachen Sie denn wieder?« fragte der neben ihm reitende Miehl. Miehl konnte es nicht mehr ertragen, wenn Moser lachte, er machte Moser und sein Lachen für alles Reiten und Schinden verantwortlich.

Miehl war zudem in tiefe Gedanken versunken gewesen, die er jetzt ungern entließ. Er hatte es für möglich, für gewissermaßen wünschenswert gehalten, daß jetzt, nach ein paar Schritten, dort aus dem Waldrand eine Salve fiel. Ja. Und ein Schuß, selbstverständlich kein fleischzerreißender Querschläger, würde dann Miehl treffen, ihn schwer, aber hoffnungsvoll verwunden. Vielleicht hier in der Schulter, hart über der Lunge! Anschließend eine tiefe Bewußtlosigkeit und das Hinüberwechseln in eine ganz andere, blitzblanke Welt der Ruhe, nach Reinlichkeit riechend, ein Paradies aus weißen Betten ...

Aber anstatt der Schüsse weckte ihn des kleinen Mosers stilles Lachen, und nirgends mehr gab es einen Trost gegen die Wirklichkeit; denn ringsum schwieg das Land, kein Mensch wollte aus den Wäldern schießen, herrschend verblieb das fast pausenlose, hirnverblödende, gefäßzerstörende Reiten ...

Längst war es kein kriegerisches Reiten mehr. Nur Schlummerköpfen wie Miehl und Moser hatte das verborgen bleiben können.

Sie ritten längst schon einen Marsch wie im Frieden, und die Patrouillen, die abgingen, suchten nicht etwa nach dem Feind, sondern nach Mitteln zum Leben.

Moser, da er keine Uhr und keinen Kompaß mehr hatte, konnte es nicht nachprüfen, aber es ging das entschiedene Gerede, sie ritten nach Norden, nach Nordwest sogar.

In den gleichmäßigen Wechsel der Tage, die aus nichts mehr bestanden als aus Reiten, kam es endlich allen zu Bewußtsein, daß eine große Wendung im Gang war, die von Grund auf Neues bringen mußte. Sie schwammen nicht mehr im großen und leeren Raum östlich Warschau, in der Erwartung, einmal auf Moskau zu stoßen, – nein, sie hatten gar nichts Direktes mehr mit der ganzen Sache zu tun, man hatte etwas mit ihnen vor, der Teufel wußte, was es war.

Nicht Plön noch Lux wußten es. – Doch, sie wußten es, meinte der Landwehr-Maier, wußten alles, wollten es nur nicht sagen. »Wir müssen dumm bleiben«, seufzte er der Marschkolonne in die Ohren, »wir müssen ewig dumm bleiben. Sie brauchen es! Mein Freund schreibt es auch. – Und jetzt, ihr Menschen, will ich es euch sagen: Wir kommen nach dem Westen, wir werden nach Frankreich verladen, sie warten dort drüben auf uns. Siegreich woll'n wir Frankreich schlagen. Jong.«

Hm, hm. – – – Der Marsch ging nach West-Nord-West.

»Ja, ja«, sagte der Maier, »heute abend sehen wir den Zug an der Rampe halten! Ist schon Feuer in der Lokomotive!« ...

Hm, hm. Wie es kommt, man weiß es nicht. Miehl war eigentlich der Ansicht gewesen, es gälte nun den nördlichen Festungen von Polen, die da hießen Lomscha und Grodno und noch anders. Sie standen als kleine Sternchen auf seiner Landkarte. Einer vom Stabe aber wußte es, daß diese Festungen längst erledigt waren, und Miehl neigte daraufhin der Meinung des Landwehr-Maier zu:

»Heute abend noch ziehen wir mit unseren Pferdchen

die Laderampe hinauf. Ich höre die Räder schon gehen!«

Hm. – Hm. –

Am Abend saßen sie in einem fürstlichen Quartier, mitten in einer Gegend, die vom Heereszug der Hungrigen bis heute noch nicht berührt worden war. Speck und Kompetenzen fielen wie Regen vom Himmel, sie faßten, was sie fassen konnten.

Sie saßen in erträglich sauberen Stuben, in gedielten Räumen, und streckten die Beine unter einen blankgescheuerten Tisch. Sie sahen die weißbezogenen Betten in der Nebenstube und das bunte, eigengefertigte Bauerngerät und fühlten sich wie zu Hause.

Die Pferde standen unterdessen in prachtvollen Scheunen und fraßen sich ein Loch tief in die Wand der Hafergarben, standen und fraßen, Stunden und Stunden, und rührten sich nicht.

Die Reiter taten es ihnen nach. Wenn sie gegessen hatten, stellten sie sich von neuem hin und kochten und brieten, um zu essen. Miehl mußte die Kartoffeln schälen. Er beschrieb es später im Brief an seine Frau, welch neue Weise er dazu gefunden, und empfahl sie ihr zum Gebrauch. »Ich halte«, schrieb er an Christine, »das Messer mit der rechten Hand ganz ruhig, drehe hingegen mit der linken die Kartoffel rund unter dem Messer her...«

Das Fett brauste und knallte in der Pfanne, und ein beizender Dunst lag in der Stube. Und dann setzten sie sich zu vier und fünf um eine Pfanne und drangen mit dem Löffel ein in das Gericht, bis sie sich in der Mitte trafen. Wer aus Angst schnell aß, wie Schacht, wurde beschimpft.

Sie füllten sich an, bis sie kaum mehr aufstehen konnten, schwankten zur Scheune hinüber, sahen noch einmal nach ihren Pferden, nahmen den Woilach und vergruben sich hoch oben im Getreide zu herrlichem Schlaf.

Andere blieben in der Küche, zum Beispiel Hummel. Ihm gefielen die bunten Betten in der Nebenstube, er wollte feststellen, wer dort schlief. Ein kleines Kind und eine alte Frau waren in der Küche zugegen. Sie halfen und schleppten Brennholz heran. Die Alte lachte einfältig vor sich hin, sie war fett wie eine Butterkugel. Der Landwehr-Maier stellte ihr nach.

Spät erst fand sich unauffällig eine junge Bäuerin ein.

»Aha!« sagte Hummel. Er stand auf, wusch sich vor der Tür den Kopf und die Hände. Dann kämmte er sich die nassen Haare und drehte den Schnurrbart hoch. »Was wollen Sie hier?« fragte er Schacht, der neben dem Herd saß und sich gerade das Hemd über den Kopf ziehen wollte. »Das sind so die besseren Herren!« sagte er mit Verachtung, und Schacht schlich aus der Türe. Er entzündete im Hausflur eine Kerze und begann eine dringende Arbeit an seinem Hemd.

»Draußen sitzt Schacht und laust sich«, sagte, wer immer zur Stube hereinkam. – Jaja, Schacht ist ein großes Schwein.

Moser spielte mit dem Kind. Es war ein Bub von ein paar Jahren, er saß aufrecht auf der Bank, streckte die kurzen Beine gerade vor sich hin und guckte Moser mit riesigen Augen an.

Die Bäuerin fing an, sich für Hummel zu interessieren, der jetzt blank und lecker am Tisch saß und polnische Brocken redete. In der Ecke quiekte die Fette unter Maiers Griffen.

Das Kind streckte die Arme zur Mutter hin und brabbelte unverständliches Zeug, aber die Mutter lachte über Unteroffizier Hummels kecken Schnurrbart. Moser beruhigte das Kind, stopfte ihm Brot in die Hand und schnitt ihm ein Männchen aus altem Zeitungspapier. Sie hatten alle zu tun ...

Unteroffizier Hummel sah ärgerlich auf Moser, der aufgestanden war, die Frau schüchtern auf die Schulter tippte und nach dem Kinde wies. Die Frau zuckte die Achseln und lachte.

Da ging die Türe auf, und Schacht schlich sich wieder in die Stube. »Was wollen Sie hier?« schrie Unteroffizier Hummel.

Nun, weiter nichts. Ein wenig schlafen wollte Schacht, an die schönen Betten im Hinterzimmer hatte er gedacht.

»Ist das denn nicht die Mutter?« fragte sich Moser. Er fand die Frau sehr schön, aber gemein, weil sie sich immer näher mit Unteroffizier Hummel einließ. Der Kleine stieg unterdessen von der Bank und tappte dem Tisch zu. Er stellte sich neben die Frau und faßte nach ihrem Arm. Die Frau achtete nicht darauf, betrachtete Hummels Tätowierung auf der Hand.

Hummel brachte die Sache mit Schacht in Ordnung: wie denn das? Dächte er denn, den Leuten ihre Betten zu nehmen? Vergäße er überdies seine Läuse? »Nein, Mann, ziehen Sie ab in die Scheune!«

Schacht zog ab.

Der Kleine kam zur Bank zurück, nahm in der vorherigen Weise Platz und stemmte die kurzen Beine in die

Luft, sah Moser mit seinen riesengroßen Augen an. Die Papierpuppen gefielen ihm nicht. Hätte ich doch meine Uhr! dachte Moser. Die könnte ich ihm jetzt geben.

Hummel zeigte unterdessen auch seinen tätowierten Oberarm. Die Frau rückte näher. »Moser, was wollen Sie noch?« fragte Hummel.

»Das hier ist doch das Kind!« antwortete Moser. »Die Mutter vergißt ja das Kind!«

Hummel pfiff durch die Zähne. »Mola matka, zo to jest...«, zotete er, so oder so ähnlich; die Frau lachte.

Landwehr-Maier drückte sich mit der Dicken aus der Tür. »Moser, haben Sie Ihr Pferd noch einmal getränkt?« fragte Hummel dienstlich.

»Jawohl«, sagte Moser. Er hatte sich den Kleinen auf den Schoß gesetzt und warf wütende Blicke auf die Mutter. Der Kleine ließ den dicken Kopf sinken und schlief auf Mosers Schoß ein.

Hummel wurde hitzig, aber die Frau wehrte ab. »Nie moschna«, – so etwas sagte sie, sich immer wieder nach Moser umdrehend. »Moser!« fragte Hummel, »wissen Sie, daß morgen Appell ist? Haben Sie Ihren Kram beieinander?«

Als Moser dies knurrend bejahte, stand Hummel auf und holte aus der Ecke seine Trompete. Er setzte sich und blies, die Wände dröhnten. Das Kind wachte auf und griff nach Mosers Hand.

Hummel blies aus vollen Backen, das Weib schaute verklärt zu ihm auf, der Lärm war gewaltig. Da hob Moser den Kleinen hoch und schlich sich mit ihm unbemerkt aus der Tür.

Er hatte eine Wut auf die Frau und wollte sie strafen. Er ging erst eine Weile irre, bis er wußte, was er tun sollte.

Gern hätte er den müde lallenden Kleinen bei sich behalten, mit in die Scheune genommen. Aber das schien ihm nicht klug.

Er machte sich auf und wanderte ins Dorf hinein. Es war eine dunkle Nacht, der Mond sollte erst kommen, und die Sterne versteckten sich hinter Dunst. Man sah nun schwach die Umrisse der Häuser gegen den Himmel. Alle Fenster waren dunkel, bis auf ein einziges, das aus beträchtlicher Ferne einen Lichtstrahl in die Nacht warf. Diesem Licht eilte Moser zu.

Schritte kamen ihm entgegen, er drückte sich an einen Zaun. Aber: »Halt!« rief einer aus dem Dunkeln.

»Osterloh, sei still!« antwortete Moser.

Ja, Osterloh war es, er hatte die Dorfwache. »Moser du?« fragte er, »warum läufst du herum? – Morgen ist Ruhetag!« fügte er, befriedigt über sein Wissen, hinzu.

Ja Osterloh! Osterloh kam sehr gelegen, Osterloh stand nicht gut mit Unteroffizier Hummel, und überdies gar sprach er ja polnisch! Osterloh also erfuhr die ganze Sache von Hummel und der Bäuerin, bekam das Kind im Dunkeln zu fühlen und strich sich vergnügt den Bart.

»Ich mach' es«, sagte er, »hinten, wo wir Befehlsempfänger im Quartier liegen, ist eine Alte, sie ist ein gutes Weib. Gib mir das Kind, nimm meinen Karabiner und geh als Posten herum!«

Sie machten das so ...

Nach wenigen Minuten war Osterloh wieder da. »Sieh dich vor jetzt, vor Hummel!« warnte Osterloh. »Versteck dich im Stroh!«

Als Moser sich seinem Gehöft näherte, sah er einen Menschenschatten vor dem Hause lauern, ein paar Schritte gehen, wieder stillstehen. Da schlug er einen

Bogen, stieg von hinten in die Scheune und vergrub sich hoch oben im Getreidebansen.

Der nächste Tag fiel wirklich als ein Ruhetag vom Himmel und wurde wie ein Fest begrüßt. Sie brachten vieles mit sich in Ordnung. Zu allererst hielten sie gründliche Wäsche. Klingspor tat es dabei allen zuvor und brüstete sich besonders vor Schacht. »Hast du Läuse, Schacht?« fragte er, »oder haben die Läuse dich?«

Ja, Schacht war reicher Leute Sohn und hatte es über der Gewohnheit des täglichen Warmbades daheim vergessen, wie man sich richtig wäscht.

Klingspor machte es ihm vor, er stellte sich halbnackt an den Ziehbrunnen, hob Eimer um Eimer herauf und machte sich gründlich naß. Dann zog er sogar Stiefel und Hosen aus und wusch sich Füße und Beine. Er schnaubte dabei, als täte er eine schwere Arbeit. Zuletzt holte er ein kurioses Ding und putzte sich mit vollen Armeskräften die Zähne. Das machte starken Eindruck, und viele taten es ihm nach. Schacht allein schämte sich, seinen zerbissenen Körper zu zeigen.

Hummel lief verdrießlich herum und gönnte keinem die Ruhe für seinen Körper. Immer behauptete er, es gäbe Appell mit dem und dem, und wer auffiele, den schlüge er tot. Die Alten scherten sich nicht darum, aber die Jungen mußten unter Unteroffizier Hummels Laune leiden. Besonders Moser.

Sie zogen, nachdem sie sich gewaschen hatten, neue Hemden an und trugen die schmutzigen den Frauen in das Haus, die sie in einem großen Topf auf dem Herde kochen sollten.

Moser hatte ja kein Hemd mehr zum Wechseln. Er zog

sich die Ulanka über die bloße Haut, trat schüchtern in die Stube und wollte waschen lassen. Mutter und Kind fehlten, nur die Alte stand an dem dampfenden Herd. Maier half ihr.

Moser wurde rausgeschmissen. »Was!« schrie Hummel. Ob die eine Frau etwa dazu da sei, fragte er, dem ganzen Regiment die Hemden zu waschen, wie? Ob sie sich denn nicht schämten, die jungen Herren? Als deutsche Reiter vor polnischen Weibern schämten?

Schämen? – Nein. Moser ging an den Bach, wusch sein Hemd im kalten Wasser und spannte es zwischen zwei Lanzen zum Trocknen auf. Zum Schämen fand er keinen Grund und zum Sich-Ärgern auch nicht, um so mehr aber zum Lachen.

Denn Osterloh hatte gesprochen. Osterloh hatte nicht dicht gehalten, und alle kannten nun Hummels verdorbenes Abenteuer in dieser Nacht. Und dem Klingspor hatte Hummel es dann zugegeben: Gerade war's so weit gewesen, da vermißte die Frau das Kind. Geschrien und hinaus. Die Frau suchte ihr Kind, Hummel suchte die Frau. Darüber war die halbe Nacht vergangen. Hummel packte sich schließlich in die Scheune und fraß seine Wut hinunter. Jetzt saß sie ihm noch im Magen und drückte ihn sehr. Er konnte sie nicht anders loswerden als durch gelegentliche Rülpser in Richtung auf Moser.

Moser hatte dienstlich nichts versäumt; man konnte ihm nicht einmal ungehöriges Betragen gegen einen Vorgesetzten vorwerfen, ohne dabei das Betragen des Vorgesetzten zu erwähnen.

Der Ruhetag ließ Zeit genug, über Hummels Geschichte zu lachen. Bald war sie in der Schwadron

herum, und die Burschen brachten sie den Offizieren. Plön lachte sich tot, und Lux bekundete seine Stellungnahme dadurch, daß er eine Ordonnanz schickte: Moser solle um Mittag die Herren auf einem Ritt begleiten! Und daß er beim Appell Unteroffizier Hummel wie schlechte Luft behandelte.
Das alles hinderte Hummel, seinen Ärger anders loszuwerden als durch kleine Rülpser. Zudem würde auf den Ruhetag ja auch ein Abend folgen, und was nicht war, konnte immer noch werden.
Während die anderen den wunderbaren, vom Himmel gefallenen Ruhetag segneten, der es sogar mit den Appells gnädig machte, der den Wachtmeister bei seinen Schreibereien festnagelte und alles in allem ein herrlicher Lebenstag war, während sie blankgewaschen, mit naßgekämmten Haaren wie die Stutzer herumliefen, frische Socken an der Reithose hochzogen und ihre gewaschenen Hemden vorwiesen, während sie vor Glück und Behagen gar nicht wußten, was sie alles tun und lassen sollten, sattelte Moser als einziger seinen Servus und führte ihn davon.

5

Sie trabten eine fröhliche Stunde dahin, Lux vorneweg mit dem Fähnrich; Plön dahinter holte sich Moser heran und ließ ihn erzählen, wie er Unteroffizier Hummel durch den Raub eines Kindes um eine schöne Nacht gebracht hatte. Er fand das kurios.
»Jetzt haben Sie ein gutes Pferd«, sagte Plön.
»Ja, aber...« meinte Moser.

»Gar nicht aber. Ein besseres Pferd finden Sie nicht. Halten Sie auf das Pferd!«

Hm. – Moser brummelte verstimmt vor sich hin.

»Wie ist's nun: Werden Sie Junker?« fragte Plön.

Nein. Moser lehnte wieder ab. Er würde es auch so schaffen.

»Wie Sie wollen«, sagte Plön.

Eine kleine Stadt tauchte vor ihnen auf. Sie ritten ein und lachten über alles, was sie sahen, über so viel ungewohnte Gewöhnlichkeit.

Das war ihnen ein rechtes Nest des Friedens, mitten im geordneten Leben. Kaufläden standen offen und verlangten regelrechte Bezahlung. Viel Militär lief herum und hatte nichts zu tun. An allen Ecken waren Tafeln und Anschläge mit Wegweisern und Gesetzen.

Sie stellten ihre Pferde ein und trennten sich. Lux ging, die höhere Kommandostelle zu suchen, zu hören, was es gab, was weiter aus ihnen würde.

Plön wanderte mit dem Fähnrich gemächlich durch die Straßen. Sie wunderten sich über das viele Grüßen, über steifbeinige Majore, die grimmig Plöns hängende Stiefel musterten und, im Vorbeigehen sich reckend, auf die Achselstücke schielten.

Plön lachte: »Guckt ihr nur! Wir haben keine Nummer.« Denn sie hatten einen Namenszug auf den Achselklappen.

Sie sahen in die Schaufenster und sahen nach den Mädchen, die der schöne Abend aus den Häusern trieb. Die Mädchen wiederum staunten über den großen Mann, der, ein Riesenglas im Auge, feixend durch die Straßen wanderte. Witzleben, der Fähnrich, sah zu ihm auf und wünschte, ihm gleich zu sein.

Das Bummeln gefiel ihnen sehr, sie zogen es endlos in die Länge. Die Mädchen wurden immer zahlreicher, Plön guckte ihnen ins Gesicht, nickte, lachte sie wie alte Bekannte an. Gefiel ihm eine, machte er kurz kehrt und heftete sich an ihre Fersen. Witzleben fand das ein wenig genant.

Sie trafen viele Soldaten. Sie trafen endlich auch ihre Ulanen, Moser und Osterloh und die anderen Begleiter, die auf die gleiche Art den Abend feierten.

Plön blieb stehen. »Der Hase ist rege!« sagte er, auf die vielen Mädchen deutend. – Die Ulanen verstanden die Jägersprache und lachten. »Wo ist hier was los?« fragte Plön.

Ostermann wußte das: »Am Markt, zehn Schritt hinter der Kirche, wird getanzt.«

Plön war sehr zufriden: »Gute Meldung!«

Sie trafen den Regimentsarzt, den ernsten Mann mit dem schwarzen Bart, und nahmen ihn zum Essen mit in ein Lokal. Es lag neben der Kommandantur und war von Menschen überfüllt.

»Aha«, sagte Plön, »hier schlemmen sie, die Schweine!«

Sie suchten Platz, mußten sich endlich an einem zur Hälfte besetzten Tisch niederlassen. Die Graubärte, die schon dort saßen, rückten verdrossen zur Seite und erwiderten den legeren Gruß der Fremden so kühl wie möglich. Sie tranken langsam ihr Bier und sprachen miteinander, als seien die Neuen gar nicht gekommen.

Der schwarzbärtige Doktor ließ seine ernsten Augen vom einen zum anderen gehen. »Uns fehlt die Kinderstube, Plön«, sagte er mit stillem Sarkasmus, »wir hätten uns wohl vorstellen müssen.«

»Stelle mir jetzt ein Beefsteak vor, weiter nichts«, ant-

wortete Plön. Er befunkelte die Graubärte unverschämt durch sein Monokel und bestellte Nahrung nach der Karte. Die Auswahl war groß, Witzleben konnte sich nicht entschließen.
Bier hätte ihnen geschmeckt, aber Plön ließ, die Graubärte zu ärgern, Wein kommen. Sie tranken und fühlten sich bereits nach dem ersten Glas betrunken. Dann aßen sie, stumm, hingegeben an eine Lust, der sie ewige Dauer wünschten.
Aber die Lust endete, weil sie satt waren. Dafür tranken sie nun, trinken konnten sie nun erst recht. Einer tat es dem anderen zuvor, und bei jedem wirkte es anders.
Plön glänzte auf wie die Morgensonne. Er legte sich in den Stuhl zurück, knöpfte den Kragen auf und stieß die Füße unter den Tisch. Er puffte dabei mehrmals die Langehosenbeine des einen Etappenoffiziers. »Hoppla«, sagte er dann mit verbindlichem Lächeln, »verzeihen Sie mir, verzeihen Sie mir vielmals, Herr Kamerad!«
Der Doktor saß gerade und still, aber seine schwarzen Augen glühten, und das spöttische Lächeln kam ihm nicht mehr vom Mund.
Witzleben war in großer Erregung. Der Wein zog ihm eine Haut nach der anderen von der Seele, und es zeigte sich endlich, wer er war, es zeigte sich, daß er ein Kind war. Es gluckste und gickelte und redete in einem fort große Worte, unverschämte Worte von Fernpatrouillen, von Warschau, von Krieg und Sieg.
Die grämlichen Bärte am Tisch kamen nicht zur Ruhe ihres Herrenabends, kein Thema wollte fesseln; ihre Unterhaltung versiegte in dünnem Plätschern, wäh-

rend Witzlebens Redefluß nebenan großmächtig den Berg der Lüge herabgerauscht kam.
Mit der Hälfte ihres Ohres lauschten sie dem bubenfrechen Schwadronieren, mit einem Auge zählten sie die Gläser, die Plön und der Doktor in sich hineingossen. Sie versuchten, die Etiketten der Weinflasche zu lesen und die Zeche zu berechnen. Sie kamen zu Resultaten, die ihnen das Blut in den Adern zu gelbem Neid gerinnen ließen. Ihre Abneigung wuchs zu Haß, gleichzeitig aber wuchs auch das Interesse.
Einer hielt es nicht mehr aus. Gerade der, den Plön immer noch in Abständen gegen das Hosenbein stieß. »Ich meine«, fing er an, »wir einigen uns nun über den Raum für unsere Beine, Herr Kamerad!«
»Bitte, bitte!« antwortete Plön.
Da stand der Herr auf, machte eine Verbeugung und sagte: »Ich höre eben ganz beiläufig, die Herren waren bei Warschau – wenn Sie gestatten: Oberleutnant Markgraf.« Die anderen erhoben sich und verbeugten sich gleichfalls mit feindlicher Höflichkeit.
Der Fähnrich stand sporenklirrend stramm und warf einen Stuhl um, der Doktor nickte zivil und gütig, Plön lachte allen ins Gesicht.
»Plön«, sagte er, »sehr angenehm – Plön«, jedem die Hand schüttelnd.
Sie nahmen wieder Platz, rückten etwas näher zusammen und warteten, wie es nun käme. Plön schwieg, er kam ihnen nicht entgegen, er trank, lächelte und wartete ab.
Herr Markgraf nahm das Wort: »Die Herren kommen von vorn, vermutlich 19. K.-D. – wie war es bei Warschau, Herr Kamerad?«

Ja, wie war es bei Warschau?
Plön wußte es und erzählte es. Er wurde todernst, nahm kein Blatt vor den Mund und log das Blaue vom Himmel. Er kniff das Monokel ins Auge und tat, als könne er nicht bis drei zählen. Er lispelte, stieß mit der Zunge an und redete trottelhaftes Zeug, ein ganz und gar ärgerliches, hochrenommistisches Gequassel. Er redete vom Krieg wie ein Buch.
Die Herren hörten zu und wunderten sich.
Witzleben versank hinter seinen Gläsern, des Doktors schwarze Augen aber lachten selig über Plön; was war ihm das für ein Kerl! Sah man je einen solchen Komödianten! Wenn diese Etappenherren von heute an nicht wissen, was sie von diesem preußischen Kavalleristen zu halten haben, will ich Bäcker werden und keiner Diagnose mehr trauen! Ein Fressen für ein Witzblatt, der Kerl, wie er da lügt und dumm tut und das Monokelauge aufreißt, wenn Herr Markgraf ihm die großen Zusammenhänge dieses Heereszuges auseinandersetzt!
Jawohl, denn Herr Markgraf kannte die großen Zusammenhänge wie keiner. Und vor allem wußte er längst, daß er klüger war als sein Partner.
Es kam bald so weit, daß nur er noch redete. Und als er die großen Gedanken dieses Feldzuges auf den Tisch geworfen hatte, griffen die anderen Langhosen sie auf, kauten sie durch und tranken dazu ihr Bier. So kamen sie denn doch noch zu ihrem gemütlichen Abend, und der diesmalige war, nach anfänglichem Ärger, verschönt durch die Anwesenheit dieser Frontleute, denen man einmal eine gehörige Lampe anzünden konnte.
Die Frontleute waren auch dankbar dafür, wie man sah.

Sie saßen still bei ihren Gläsern, und der Monokelfritze, der gewiß nichts konnte als reiten, stellte eine dumme Frage nach der anderen. Und der Arzt sah nach seinem Mund, als müsse er über einen Patienten wachen! – Die Herren stießen sich heimlich an.

»Sie sind natürlich Zivilarzt, Herr Doktor? Jaja, man sieht es Ihnen an, haha.« Und wo dann bitte im Frieden, wenn man sich diese Frage erlauben durfte? In Leipzig! Schau, es stellte sich heraus, auch Herr Markgraf konnte sich rühmen, aus Leipzig zu sein. War das eine Freude! Er besaß in Leipzig ein Geschäft, er sprach nun von seinem Geschäft, bestellte Wein statt Bier, um zu zeigen, daß es etwas Ernstes war mit seinem Geschäft. Der plötzliche Wechsel der Getränke schien ihm die Gedanken zu verwirren, es kam ihm wohl vor, er säße in Leipzig am Stammtisch unter lauten Bekannten, er hielt auch Plön für einen Kaufmann.

»Und Ihre Branche, mein Freund?« fragte er.

»Öle und Fett«, antwortete Plön ohne Besinnen. »Vertreter der Firma Angst und Bange in Celle.«

»Kenne ich nicht. – Aber Celle kenne ich. Recht kleiner Platz«, sagte Herr Markgraf mitleidig.

Ja ja, die Geschäfte! Auf Jahre hinaus alles aus, verdorrt die schönsten Weiden. »Hier machen wir schlechte Geschäfte. Haha. Doch immerhin ...« Herr Markgraf erinnerte sich der Gegenwart und verlor sich in ein kaufmännisches Gespräch über ungenutzte Etappenwerte. Er sprach leise, ganz leise, und Plön hörte mit offenem Munde zu. Plön hörte vorzüglich zu und verstand es, mit der Zeit einen ganzen Wagen von Unrat aus dieser durchtriebenen Seele abzufahren.

Plön hatte einen schlimmen Tag. Der Doktor fürchtete,

nun würde es noch böse enden, denn Plön war ohne Zweifel schwer betrunken. Statt aber die Arme auf den Tisch zu legen und zu schlafen, wie der Fähnrich, das Kind, fing er jetzt wieder das Reden an und log einen entsetzlichen Unsinn zusammen,. Von Warschau log er, wie er ganz allein mit drei Mann die Russen aus den Puffs vertrieben habe. Die Deckenbalken ächzten unter seinen Lügen und bogen sich auf den Tisch herunter.
Die Langhosen lauschten voll Gier, jetzt begann ihnen erst das Vergnügen. Sie tranken, warfen ihre Gläser um, schlugen auf den Tisch und jagten allen Verstand zum Fenster hinaus. Nach mehr schrien sie, nach Mädels, von Plöns Mädels wollten sie hören, von Plöns Warschau. Das war ihnen etwas anderes als der trübe Freudenhimmel dieser elenden kleinen Stadt, das gab es auch nicht zwischen Leipzig und Berlin! Los denn, von Warschau erzähle!
Im Nu war man bei allgemeiner Verbrüderung angelangt. Herr Markgraf machte den Anfang, kreuzte mit Plön die Arme und trank Bruderschaft. Er löste die Arme, verneigte sich und nannte ernst seinen Vornamen: Kurt.
»Kurddi!« stimmte die Runde brüllend bei. »Unser Kurddi!«
»Bonifazius«, nannte sich Plön.
Wie das? – Welch ein Name, haha.
»Schöner Name, denken Sie an Bonifazius Kiesewetter!« – Sofort erzählte Plön eine Anekdote vom sagenhaften Bonifazius Kiesewetter. Sie war so saftig, daß das Holz der verbogenen Balken glänzend und die Menschengesichter fettig wurden vor Lüsternheit, daß der dicke Zigarrenrauch zu einer Wand aus Stein erstarrte.

»Genug!« sagte der Doktor leise, »ich hätte Lust, nun abzufahren.«

Aber Plön schien noch manche Teufelei zu planen, ehe er das Faß zum Ausritt bestieg. Die Herren sollten noch singen, wollte er.

Der Doktor wand sich verzweifelt und dachte an Flucht. Dann fiel ihm ein, daß das Leben kurz war und voller Schinderei. Was mochte morgen werden? Gerien und die anderen erfuhren es ja eben beim Befehlsempfang. Rollten gar wohl schon die Wägelchen zu einem Zuge zusammen, der sie morgen nach dem Westen bringen würde? Möglich nicht nur, sehr wahrscheinlich. Alle sprachen davon.

»Armer Kerl«, dachte der Arzt in seinem unendlich guten Herzen. »Erhol du dich vom Leben, ich sehe gerne zu.«

Die Herren sangen nach Plöns Willen, ein Prosit brachten sie der Gemütlichkeit. Dann behaupteten sie es laut singend, heut gingen sie gar nicht mehr zu Bett.

Der Lärm wurde unerträglich, der Doktor hatte es schwer mit seinem guten Herzen: Lieber würde ich mir am Abend vor meinem eventuellen Tode schöne Bilder besehen, noch einmal etwas Quattrocento, noch einen einzigen Filippo Lippi!

Witzleben wachte auf, und an der krummen Balkendecke zeigten sich Risse: Die Herren schlugen mit den Biergläsern den Takt auf dem Tisch...

Da fuhr ein kalter Blitz in die Korona, ein eisiger Wind ging durch den Raum und fegte die ganze schwindelhafte Ekstase der Biedermänner in die Ecke.

Da stand auf einmal mitten unter ihnen, keiner wußte, woher er gekommen, ein kleiner Herr mit glattem, strengem Gesicht.

»Herr Graf«, sagte er zu Plön, »guten Abend! Sie trinken sich etwas Trost?« Er machte eine knappe Verbeugung.

Plön zog staunend die Brauen hoch und mußte sein Monokel entfernen.

»Sie werden sich meiner erinnern!« sagte der kleine Herr mit Schärfe. Er hieße Messerschmidt.

Nein, Plön erinnerte sich keineswegs, tat aber hocherfreut und zog Herrn Messerschmidt an den Tisch. »Hinsetzen, trinken!« befahl er.

Herr Messerschmidt kniff die Lippen zusammen, setzte sich, trank aber nichts. Er warf einen scharfen Blick in die Runde.

»Sie wissen, daß Sie verladen werden?« sagte er zu Plön. Nein. Plön wußte von gar nichts.

»Ja. Nach dem Westen!«

»Sehen Sie mal an!« Plön war wirklich erstaunt.

»Prost!« sagte er und trank dem Doktor zu, »Prost, in alter Frische!«

In der Runde war es totenstill. Die Herren saßen wie Steine. Sie griffen nach ihren Gläsern und stellten sie wieder auf. Sie schauten dienstlich drein wie Herr Messerschmidt, der einen nach dem anderen mit kaltem Blick tötete.

Kein Wort fiel. Der Zigarrenrauch schwebte in die Höhe, die Balken saßen wieder gerade in der Decke und das Fett der Lüsternheit gerann zu kaltem Talg.

»Wir sangen eben«, sagte Plön, »wir waren eben beim Singen.«

Ganz recht. Herr Messerschmidt nahm davon Kenntnis ...
Die Luft wurde immer eisiger. »Gehen wir«, sagte Plön, »hier ist es zu kalt. Zehn Schritte hinter der Kirche, dort gehen wir hin.« Er hob den kleinen Witzleben vom Stuhl hoch, wünschte eine allerseits glückliche Nacht, zog die Mütze übers Genick und stapfte breitbeinig aus dem Lokal. Der Doktor zahlte die Zeche und folgte ...
»War denn das ein Graf?« wagte man nach langem Schweigen Herrn Messerschmidt zu fragen.
»Ja«, antwortete Herr Messerschmidt, »ein echter, kein Markgraf! – So sehen die aus.«
Hm. Wer hätte das gedacht. Er hielt uns zum besten!
»Ein recht vertrottelter Mensch!« meinte Herr Markgraf, »arrogant und dumm. – Und dieser Doktor, sein Genosse, er war doch ein Jude!« Hm. Sie kannten sich nicht aus.
Zitternd saßen sie um Herrn Messerschmidt, um diesen eisigen Streber, der Gott und die Welt in der Tasche hatte, und suchten ihm zu gefallen, indem sie geringschätzig von Plön sprachen.
»Diese Kavalleristen, was sollen sie? Was braucht man sie noch in diesem Kriege?«
Herr Messerschmidt löste die Frage: »Man wird ihnen die Pferde nehmen. Sie werden im Schützengraben verschwinden, da wird ihnen manches vergehen. – Die Zeit braucht diese Leute nicht mehr.«
Damit hob er die Tafel auf ...

Nicht weit von der Kirche, in einem kleinen Saal am Markt, tanzten die Soldaten mit den Mädchen der Stadt, tanzte auch Osterloh, tanzte auch der kleine

Moser mit einer jungen Schönen, in die er bereits herzlich verliebt war. Sie hieß Stascha und sang mit einer entzückend klaren Stimme zum Tanz.
Und da sah man auch Lukas sitzen und mit anderen Herren über den kleinen Moser lachen und recht von Herzen vergnügt sein.
Und dann sah man Plön erscheinen. Er packte den Fähnrich Witzleben zum Weiterschlafen in einen Stuhl, nahm ein Mädchen und tanzte.
Der Doktor erzählte unterdessen von ihrem Abend, vom schönen Abend mit Herrn Markgraf, und dann von Hauptmann Messerschmidt: »Irgendein Zwei-A, machttoller Sklavenhalter, eiskalter Streber, zum Schaden aller guten Menschen in Uniform gesteckt. Der Teufel hole alle dürren Herzen! – Schade, Plön hat vor ihm das Feld geräumt, hat sich überhaupt zu dumm gemacht vor den Leuten.«
Gerien lächelt: »Sie haben eine Schwäche für Plön!«
Für Sie erst recht – das hätte der Doktor gar zu gern gesagt, aber er schämte sich. Und was denn nun mit ihnen würde, morgen? Ob sie verladen würden und wohin? Das wollte der Doktor gar zu gern fragen, aber er schämte sich.
»Sie haben eine Schwäche für Plön«, wiederholte Gerien, »und weiß der Kuckuck, wohl gar auch für mich.«
»Ja«, fuhr es dem Doktor heraus. »Der Teufel hole alle dürren Herzen!«
»Sehen Sie den da!« Gerien drehte seinen Stuhl und wies auf den tanzenden Moser.
»Ja, ein netter Kerl«, sagte der Doktor, »und?«
Gar nichts und! »Wie geht das zu«, fragte Gerien, »der

christliche Adel deutscher Nation findet Gnade beim geistigen Judentum?«

»Gehört nicht ins Programm, meinen Sie. – Hat es aber immer gegeben. Ich liebe die Nachkommen des alten Stechlin, ich liebe sie . . .«

»Wie nett der tanzt!« sagte Gerien mit Hinweis auf Moser.

»Jaja, reizend«, sagte der Doktor, »mit Schwäche ist das nicht mehr gesagt, ich liebe sie! Aber sie werden selten. Plön, sehen Sie, Plön hat noch allerhand, hat den Schneid, ist doch aber schon einen Schritt vom Wege. Dagegen . . .«

»Aber ein Dickkopf ist das! Ein richtiges Kind!« schimpfte Gerien über Moser.

Nun hol doch der Teufel diesen tanzenden Ulanen, dachte der Arzt, jetzt sag' ich's. ». . . dagegen Sie, Gerien, Sie gehören noch ganz dazu!« So.

»Unsinn«, schimpfte Gerien, »bei uns ist vieles faul. Wir sterben, auch wenn wir am Leben bleiben, was sollen wir machen? Das Reiten nimmt ein Ende, unsere Art zu leben hat nirgends mehr Raum . . .«

»Nana!« meinte der Doktor.

». . . hat nirgends mehr Raum!« tobte Gerien. »Was sollen wir tun? Schmollend neben dem Weg vermodern oder hinein mit Kopfsprung ins Geschäftemachen. In beiden Fällen werden wir ausgelacht.«

»Ich lache nicht!« sagte der Doktor sehr ernst, »nur Kinder und Schufte lachen über den Hingang von Rasse und Tradition. Ich werde nie darüber lachen können.«

Sie schwiegen.

»Übrigens«, meinte Gerien, »ich bin kein Muster, ich bin ein Einzelfall, ein Unfall, oberfaul!«

»Ich lobe mir den Einzelfall«, antwortete der Doktor.
Sie schwiegen und rauchten und sahen in das tanzende Gewimmel. Die Tanzmusik war dürftig. Ein blasser Landsturmmann spielte Klavier, ein langhaariger Jüngling kratzte auf der Geige.
»Musik möchte ich hören«, sagte Gerien plötzlich. »Wirkliche Musik! Ich bin ein ungebildeter Weltläufer, aber ich liebe die Musik. Stille Musik im Zimmer, Streichquartett. – Zum Lachen: Wenn ich an den Frieden denke, wenn ich mal Wünsche habe für diese Zeit, wünsche ich mir für den Tag die Felder von Lugau mit einem Schwung von Arbeit in Roggen und Kartoffeln, und für den Abend – Kammermusik.«
»Nun ja«, sagte der Doktor, »warum zum Lachen?«
»Weil die Zeit nie kommen wird. Wenn dieser Schwindel hier wirklich mal endet, geht irgendein anderer an. Das große Abenteuer schließt, wir wissen nicht wo. Die größte Menschennarrheit ist die, das Leben stückweise in Schachteln zu packen und zu beziffern, Etikette drauf: gute Zeit, schlechte Zeit. Immer ist es so und so.«
»Hm«, meinte der Doktor, »mir ein bißchen zu heroisch. Ich warte meinerseits auf manche guten Tage.«
»Ich nicht«, sagte Gerien.
»Warum nicht? Sind Sie hoffnungslos? Haben Sie etwa . . .?«
»Keine Spur. Ich bin nie mehr hoffnungslos. Ich weiß, es wartet etwas, hier oder da. Ich gehe drauf zu. Alles andere ist lächerlich.«
Sie schwiegen wieder.
Der Doktor stand auf, wie verklärt ragte seine hohe Stirne aus dem schwarzen Bart, wie ein Seher des alten Bundes stand er da und schaute mit glücklichen Augen

auf die Menschen. Er wollte Gerien die Hand drücken. Aber das ging nicht, weil es nicht üblich war. Nun, so nahm er einen Abschied zum Vorwand. »Gute Nacht«, sagte er, »ich gehe, es ist spät.«

Und dann schüttelten sie sich die Hände ...

Wetter, wurde das ein Fest! Moser tanzte, als sei es der letzte Tanz seines Lebens, und die braune Stascha trällerte ihm manch trauriges Lied.

Auch Plön sah man in immerwährender Bewegung, er ruhte nur, um den Schweiß zu wischen und ein Glas zu trinken. »Einmal noch gelebt!« faselte er, und die anderen taten es ihm nach.

Die Schreiber und Etappenkutscher waren selig, sie hatten es noch nie so gemütlich gehabt. Und die beiden dürftigen Musiker kamen in ein Feuer, das ihnen selbst unheimlich wurde. Plötzlich brachen sie ab und verschwanden. Draußen blies man den Zapfenstreich, der Saal leerte sich. »Geht uns nichts an«, meinte Plön.

Doch, ging auch sie etwas an, ohne Musik ließ es sich nicht tanzen. Eine Patrouille erschien und erinnerte an Ordnung, und dann kam auch der Doktor zurück und sagte, daß Gerien längst abgeritten sei. Das riß die Festesfreude in Stücke ...

Statt das noch einmal vergnügliche Leben zum letzten Ende zu leben, trabten sie eine Weile später auf ihren Pferden durch die stillen Straßen der Etappenstadt. Das Hufklappern schallte von den Häusern wider, die Funken fuhren aus dem Pflaster. Ein Herr kam des Weges, ein höherer Herr, zumindest ein Major, blieb stehen unter einer Laterne und fragte erstaunt, was sie denn ritten.

»Die Russen kommen«, rief Plön, »die Russen kommen!« jubelten die Ulanen, und schon waren sie um eine Ecke verschwunden.

Der Übermut juckte ihr Glieder. Der Doktor vermochte es nicht, Plön von der Absicht abzubringen, Herrn Messerschmidt noch einmal zu besuchen. »Ich muß ihm noch melden, daß die Russen kommen«, sagte Plön. »Mal sehen, was er dann macht.«

Zum Glück war das Lokal längst geschlossen und die Tafelrunde der Langhosen in alle nächtlichen Winde verstreut. Die Gasse lag stockdunkel, nur aus einem Fenster kam ein Licht. »Dort wohnt Messerschmidt!« Plön war von dieser Absicht nicht zu entfernen. Er ritt mit Wanderer ein paar Treppenstufen hinauf und trommelte an die Türe. Ein Fenster öffnete sich, ein roter Schein fiel auf die Straße, und eine Frauenstimme flüsterte schmeichelnde Worte herab. »Ach nein«, sagte der Doktor, weiterreitend, und die anderen mußten mit. »Nicht immer hält das rote Licht, was es dem jungen Mann verspricht«, erklärte ihnen Plön.

Der Lärm, den sie vollführten, jagte eine Landsturmpatrouille um die nächste Ecke. Mit Mühe fanden sie den Weg aus der Stadt.

Draußen fuhr ein kühler Nachtwind über die Felder und brachte sie zur Ruhe. Wie Männer trabten sie nebeneinander her, der kleine Feierabend war zu Ende. Nicht für Moser. Er dachte an die braune Stascha und ihre Lieder und an den einzigen Kuß, den er ihr gegeben, und es überkam ihn ein ungeheurer Stolz. »War sie nicht schön?« mußte er den neben ihm reitenden Osterloh fragen. »Und so rein?«

»Alles eine Sorte«, gab der Ulan verdrießlich zur Antwort.

Oho! Nein, das wußte Moser besser, sprach es aber zur Vorsicht nicht aus. Zwischen Stascha und den anderen, beispielsweise Hummels Bäurin daheim, lag eine ganze Welt. Was übrigens mochte heute geworden sein? – Wie eine vergessene Pflicht drückte ihn nun die Erinnerung an die Mutter und an das Kind mit den riesigen Augen...

Im Quartier saßen sie, trotz später Nacht, bei nützlichen Verrichtungen noch auf. Sie wollten wissen, was Moser aus der Stadt brachte, aber Moser brachte kein Wissen von morgen, keinen einzigen vernünftigen Gedanken, überhaupt nichts.

Wo ist denn der kleine Junge? wollte er immer wissen.

Geh du mit deinem Jungen, er ist mit der Mutter verschwunden, ward nicht wieder gesehen, Hummel blies nicht mehr die Trompete – – was aber wird denn aus uns?

Moser wußte es nicht, konnte es ihnen nicht sagen.

Drittes Buch

I

Wohin reisen wir?
Niemand weiß es, keiner weiß etwas. Wir sind so dumm, daß wir nur handeln dürfen, nichts denken und wissen.
Bepackten sie da also mit sich und ihren Pferden einen endlos langen Güterzug, sechs Pferde in einen Wagen, sechs Sättel, sechs Lanzen, sechs Mann. Der ganze Zug, von hinten bis vorn, nur Güterwagen, deutsche Wagen mit Städtenamen und exakten deutschen Anschriften, die keiner ganz verstand.
Als sie mit dem Einladen fertig waren, wurde es schon Nacht. Sie fuhren ins Dunkel. Keiner wußte etwas, nicht einmal wohl der Führer auf der Lokomotive. Der fuhr, wie die Weichen gestellt waren. – Wie waren die Weichen gestellt?
Wer stellte die Weichen? . . .
Sinnlos, zu grübeln, wer erster Weichensteller ist über dem Leben. Also legten sie sich lang und schliefen im polternden Geschuckel der Nacht.
Als sie die Augen öffneten, fiel in den dunklen Wagen durch die Lukenspalte ein schmales Licht. Der Morgen ist da, dachten sie, schoben das Tor auseinander. Aber es war nur die Bogenlampe eines Bahnhofs. Sie hielten zwischen tausend Geleisen, und nirgends sahen sie ein Schild, nirgends einen Menschen, den sie fragen konn-

ten. Der Nachtnebel zog in den Wagen, also schlossen sie wieder das Tor und fanden sich mit dem Nichtwissen ab.

Als sie abermals aufwachten, stand das schmale Licht wieder in der Luke, jetzt aber war es wirklich der neue Tag.

Sie öffneten nur einen schmalen Spalt und guckten einander über die Köpfe, neugierig in die Welt. Mit Wiesen, Wäldern, weit offenem Land zog sie an ihnen vorbei, zum Greifen nah. Hieß sie Deutschland? Himmel, Erde, Stoppeln und Weiden, dunkelgrüner Nadelwald, das ist so wie überall, und doch sind sie sich alle im stillen einig, daß es nur Deutschland sein kann.

Ein Bahnhof schiebt sich langsam an ihnen vorüber, kein Holzbau mehr unter brauner Farbe, nein, Steinhäuser, hoch und nüchtern. Eine Uhr hängt da, und ein großes weißes Schild. Es trägt einen deutschen Namen. Lang ist der Name, etwas sonderbar umständlich, das Maul in die Breite ziehend:

Ostpreußen ist es, ein erstes, ein letztes Stück von Deutschland. Wir wußten es.

In welcher Richtung aber fahren wir? Der Morgen ist dunstig und allerwärts gleichmäßig grau. Kein heller Glanz hinter Wolken verrät den Stand der Sonne im Osten. Niemand wagt, aus dem Trüben die Richtung ihrer Fahrt zu bestimmen.

Moser sagt: »An meiner Uhr hatte ich einen kleinen Kompaß. Schade, aber meine Uhr ist weg. Wenn ich meine Uhr hätte, wüßten wir, wohin wir fahren!«

Jaja, Moser, wenn dies und jenes wäre, wenn beispielsweise meine Großmutter Räder hätte – wenn Frieden wäre!

»Ja, wenn Frieden wäre, täte ich jetzt den neuen Roggen drillen«, sagt Osterloh.

Sie fahren nämlich durch ein Stück Heimat, sehen deutsche Bauern auf den Feldern hinter Pferden und Ochsen gehen, sind mitten drin in der altvertrauten Gewohnheit, gehören aber nicht dazu. Es geht sie nichts an, die Heimat mit ihrer Arbeit ist für sie da, sie liegt bloß als Bilderbuch vor ihnen, zum einmal Hineinschauen geöffnet... Die Bilder wurden blaß, das kleine Freudenleid der Erinnerung endete. Sie sahen Felder, auf denen kein Pflug die unkrautverwachsene Erde schälte, und Dörfer, die schwarze Ruinen waren, und dann eine Stadt, die nur noch ein Trümmerfeld war.

Jaja, das Bilderbuch hat man uns wieder zugeschlagen; hier, so scheint uns, werden wir weit eher beteiligt sein, bald genug wieder um unser Zugreifen gebeten werden. O weh über diese schlechte Welt! Immer wieder geht der Frieden im Kriege unter.

Ein verbrannter Bahnhof, ein dichtes Netz von Geleisen nannte sich Wirballen, und das bedeutet ihnen wieder die Grenze, den Übergang nach Litauen. Miehl wird munter und erinnert sich seiner strategischen Studien aus den allerersten Wochen dieses Krieges. »Dies Land sah schreckliche Tage«, erklärt er.

Sind wir also wieder hinter der Grenze. Die Heimat war uns ein Bilderbuch, man schlug es wieder zu. Nicht Westen also, in den Norden sind wir geraten! Was sollen wir hier, ist hier auch Krieg?

»Was sollen wir wohl hier?« fragen sie Plön, der den haltenden Zug entlanggeht.

»Abwarten, was kommt«, sagt Plön. Tut er dumm, ist er dumm? Keiner weiß das.

Moser faßte sich ein Herz, sprang aus seinem Wagen. »Gestatten ein Wort!« sagte er. Er manövrierte so geschickt, daß Plön ihm nachgab und einige Schritte auf die Seite trat. So konnten die Kameraden, wenn sie auch ihre Ohren weit aus der Wagentür hängen ließen, nichts von seinem Anliegen vernehmen.

Die Sache war die: Moser wollte ein anderes Pferd. Servus war für ihn zu groß, er hatte nichts als die elendeste Schinderei, und das ewige Gelächter der Kameraden ärgerte ihn zu Tode. Ganz bitter sprach Moser das Wort »Kameraden«.

»Unsinn«, sagte Plön, »Servus ist das beste Pferd der Schwadron.«

Nein, das wollte Moser nicht glauben. Auch so mager war er und putzte sich so schlecht, sah immer wie ein Ziegenbock aus.

»Sie sind schon wieder auf Schönheit aus, hatten an Ihrem Jammerlappen wohl noch nicht genug?«

»Nein«, wehrte sich Moser, »das nicht. Es ist wegen des ewigen Lachens!«

»Wie das? Grämt Sie das Lachen der anderen? Lachen Sie selbst! Lachen ist schön.«

Er hat kein Verständnis, dachte der kleine Moser verzweifelt, er will mir nicht helfen! Noch einmal begann er seine Litanei.

»Warum werden Sie nicht Junker, warum reichen Sie kein Gesuch ein?« Plön kam wieder einmal auf das zu sprechen, aber Moser ging nicht darauf ein. Er hat es dem Herrn Grafen ja schon zweimal auseinandergesetzt, daß er das nicht wolle, nicht könne. Und bekommt er nun statt Servus ein anderes Pferd?

»Sie haben das beste Pferd der Schwadron und wollen

es loswerden? Gut, werden sehen, was sich machen läßt.« Plön hatte kein Interesse mehr an dem Knaben, ging geradeaus seines Weges – blieb aber noch einmal stehen und sagte, den Mund bis zum Ohr verziehend: »Servus macht niemals schlapp, Servus springt wie ein Reh. Es können Gräben kommen, kleiner Mann, es können viele Gräben kommen, der Krieg ist noch lange nicht aus.«

Wenn schon, dachte Moser, er will sehen, was sich machen läßt, gut...

Vorläufig ließ sich gar nichts machen, die Reise ging weiter.

Auf freier Strecke, mitten in einem Walde, luden sie sich aus den Wagen. Nein, nicht auf ganz freier Strecke, eine Rampe war schon da, auch eine kleine Station. Was aber hieß ihnen tief im Wald so ein russischer Name!

Während sie neugierig in das neue Land hineinritten, das vorläufig nur Wald war, kam ein Gerücht auf und ging durch den langen marschierenden Wurm wie die Nahrung durch die Schlange: Wir kommen in Stellung. Wir kommen in die Gräben und werden wieder Wurzeln schlagen, es ist Stellungskrieg hier oben im Norden!

So? – Mag es sein, kann nichts schaden. Wie lange hängen wir jetzt in der Luft? – Rechneten sie es sich also einmal aus, wie lange sie jetzt ritten, seit sie aus den Gräben an der Rawka gestiegen waren, drunten im Süden, im russischen Polen. Sechs Wochen, acht Wochen gar, achtmal sieben Tage und sieben Nächte, jeden Tag und jede Nacht woanders, selten nur an einem Ort zwei Nächte. Wo gab es dergleichen im

Leben – als höchstens bei den Zigeunern? Als Bauern wurden wir geboren, Zigeuner sind wir jetzt. So will es das Schicksal. Nehmen wir es hin, so und so! Sind wir zufrieden? – Nein.

Die Meinungen gingen, aber das Gerücht vom Stellungskrieg blieb. Nun, könnte nichts schaden, wenn es einmal wieder anders käme, mit festen Quartieren für die Pferde hinter der Front, mit klotzigen Unterständen im Graben, Postenstehen und einmal ordentlich schlafen. Könnte nichts schaden, es wurde Herbst und kalt. Hier oben beginnt der Winter, eh der Sommer endet, meinen sie. Es sieht ganz danach aus: Auf Miehls Kalender steht noch September, aber die Nächte werden immer kälter und die Tage dunkler, keine Sonne steht am Himmel, in schweren Wolken sammelt sich Regen, unendlicher Regen, vielleicht wird es gar Schnee?

Die Meinungen kamen und gingen. Landwehr-Maier maulte schon gegen den Stellungskrieg: Wieder Stalldienst und schwere Brocken, wieder Ordnung und Wurzeln schlagen und Anknüpfen aller abgerissenen Bande? Nein, lieber noch Vormarsch, lieber noch Zigeunerleben, täglich an einem anderen Ort!

Maier wurde ausgelacht, täglich lauter. Denn die Gegend sah nicht nach Stellungskrieg aus, und das Tempo ihrer Tage war nicht geeignet, Wurzeln zu schlagen. Keine Kolonne, keine Kanone, nicht ein einziger Fußsoldat ließ sich sehen.

Aber Reiterscharen sahen sie in riesigen Mengen. Wenn sie so über das freie Hügelland ritten, dann öffnete ihnen sich rechts und links die Welt wie eine Landkarte, und sie durften einmal einen Blick tun in die sonst immer verborgene Breite ihres endlosen Marsches. Da sahen sie fern links einen ziehenden Wurm Kavallerie, da sahen sie fern zur Rechten einen endlosen Zug, sahen sie ringsum nichts als ziehende Reitermassen im einsamen Land. Alle hatten sie die gleiche Richtung, marschierten miteinander parallel, einem ungekannten Ziel entgegen.

Wie Stellungskrieg sieht das aus, in der Tat, Maier, wie Winterquartier und Einzug in ruhige Gräben!

»So nichts und so nichts«, meint Maier, »alles ist ein Dreck, wir sind für den Dreck geschaffen, andere fürs Vergnügen.«

Was sie sahen, das kannten sie: Reiter und Reiter und nichts als Reiter und mal eine reitende Batterie – das ging um eine Sache, die dick war und rund, die sehr fix gehen sollte, gewissermaßen im Trab und Galopp. Darum holte man sich viel Menschen zu Pferde. Soviel Reiterei sahen wir noch nie auf einem Haufen!

Nichts mehr von warmem Unterstand in menschenfreundlicher Stellung – es geht weiter, es bereitet sich etwas Unerhörtes vor!

Vielleicht werden wir reiten, vielleicht werden wir durch Lebenstage reiten, hinter denen die acht polnischen Wochen vom Sommer wie ein Spazierritt mit Mütze und Zigarre verschwinden? Wer weiß es ...

Kam dann auch bald das neue Gerücht durch die Reihen, nämlich: Es gibt etwas mit Kavallerie, mit nichts als Reiterei, es geht in den Rücken von Wilna! – Wilna, eine große Stadt, heute noch vom Russen gehalten, soll umgangen werden wie ein heißer Brei. – Die russische Armee, das ganze russische Heer, ja, alle Russen überhaupt sollen in einen riesigen Kessel aus Feuer gesetzt

werden. Wurden sie geschnappt, dann ging der Krieg hier oben zu Ende, dann ging aller Krieg zu Ende!
So? –
Wieder ist es Miehl, der diesen Gedanken aufgreift. Es ist seltsam, er greift nach allen Dingen des Tages, nach den guten und nach den schlechten, er läßt nichts am Wege liegen. Eben ist er ausgeruht und voller Hoffnung; gesteigert durch die Aussicht auf so viel deutsche Kavallerie sieht er den Sieg nicht mehr fern. Mit Hilfe seines geographischen Gedächtnisses löst er alle Fragen, er weiß natürlich von Wilna, von Weißrußland, von Minsk und Smolensk und erinnert sich zur rechten Zeit daran, daß den Weg nach Moskau hinter Smolensk oder so ein Fluß sperrt, der einst großes Übel über einen anderen Heereszug gebracht hatte. Er hieß die Beresina.
Ja, von der weiß sogar noch Moser, obgleich er ein miserabler Schüler gewesen ist und deshalb vor der Zeit freiwillig Soldat wurde.
Und da die anderen nicht viel auf Miehl hörten, konnte er doch wenigstens mit Moser reden auf dem Marsch und vergaß für einige Zeit seine Verachtung für Mosers geringfügiges und leichtherziges Leben. Von Napoleon sprach er und von der Lust, die Welt zu besiegen.
Für seine Überlegenheit hatte er den kleinen Moser, und für seine Verachtung von nun an den armen Schacht.
Denn während Miehl, nicht eben zum Kampf mit sich selbst geboren, sondern ausruhend gar oft auf der Entschuldigung, die er seine labilen Nerven nannte – während Miehl doch immerhin da blieb und zäh den Wettern entgegenstand, gewissermaßen nicht totzukriegen

schien, hatten die Wetter des abenteuerlichsten aller Leben den Schacht wirklich getötet.
Schon in Polen war es angegangen. Seit aber hier oben, im täglich weiten Raum fressenden Reiten die Feldpost mit Geld und Zigarren ganz ausblieb, lag Schacht im Sterben.
Nicht sein Körper! Nein, der fraß und schlief und stimmte besser denn je in allen seinen Funktionen. Und daß er Wunden hatte, der Körper, an den Beinen hoch hinauf, besonders um die Fesseln, das hatte der Körper nicht schuld. Der Körper konnte nichts dafür, daß Schacht ihn nicht wusch.
»Er wäscht sich nicht mehr«, sagten die Kameraden, »er ist schmutziger als irgendein Panje und riecht drei Meilen gegen den Wind. Es läßt sich nicht neben ihm schlafen, kaum noch reiten.«
Ja, im täglich warmen Baden hatte Schacht es vergessen, wie man sich richtig wäscht. Die Läuse hatten ihn, und er saß des Nachts viele Stunden wach und kratzte sich Löcher in die Beine. Die wurden wund, entzündeten sich im Schmutz und verdarben das ganze Blut. Der Körper trug daran keine Schuld. Schacht kannte keine Beherrschung mehr, er wusch sich nicht und kratzte sich hemmungslos Tag und Nacht, sein Leben bestand nur noch aus Kratzen.
Die Alten sahen ihm verdrießlich zu, wenn er sich kratzte, wenn er sich den Körper rieb und vor Lust stöhnte, und wiesen ihm als Gegenbeispiel beim Waschen ihren makellosen Leib.
»Manche waschen sich«, belehrten sie Schacht, »manche baden sich auch, manche sogar die Füße!«
Der Wachtmeister ritt die Schwadron herunter und

hielt neben Schacht. »Wie seht Ihr aus«, sagte er heiter, »tragt Ihr Handschuhe?«
Nein, Handschuhe trug Schacht nicht, aber seine Hände waren grau, fast schwarz vor Schmutz.
Wann sollte auch Schacht sich waschen! Wann soll ein Mensch wie Schacht sich waschen, wenn man nur reitet, reitet und immer wieder reitet und nebendem sein Pferd versorgt und für den Beritt den Laufjungen macht! Wenn nirgends im runden Tageskreis eine Stunde dem Menschen geschenkt wird für sich und seinen Körper! – Schacht fand sich damit ab, der Hohn packte ihn nicht an, es wuchs ihm unter Schmutz ein unsäglich dickes Fell.
Über die Handschuhe lachte der Wachtmeister, und die Schwadron, soweit sie das hörte, lachte mit. Aber dann sah der Wachtmeister, daß Schacht ohne Kinnkette ritt. Er sah es daran, daß das »S« der Kandare senkrecht zum Pferdemaul stand, bückte sich ein wenig und vermißte dann die Kinnkette.
Der Sturm ging schlimm, jeden anderen hätte das Toben des Wachtmeisters vom Pferde geworfen, aber Schacht saß gelassen und ließ sich von seinem Braunen tragen. Nichts griff ihn an. »Er kratzt sich und frißt für drei«, meinten die Leute. Keiner wollte mit ihm aus einem Kochgeschirr essen, und beim Empfang sahen sie ihm scharf auf die Finger. Denn – es ging etwas um, ein stilles Gemunkel, ein noch ganz und gar unbewiesenes Gespräch: Schachts Finger waren lang, o weh, recht lang. Kurz, der Sohn reicher Leute stahl, nahm jetzt, da er nichts hatte, dem armen und einfachen Mann, nahm, wo er fand, und fraß es auf. Die Alten sprachen mit Verachtung davon, der Landwehr-Maier legte es darauf

an, ihn zu erwischen. Maier freute sich wahnsinnig darauf, einen reichen Mann beim Stehlen zu erwischen.

»Ein ganz trauriger Mensch!« sagte Miehl, der eben ja ausgeruht ist und zu den besten Hoffnungen gesteigert. »Er bringt uns gebildete Menschen in einen schlimmen Verruf!«

Moser mußte sich wieder einmal über Miehl wundern: immer war Miehl auf jemanden böse, den er einer Schuld gegen die Allgemeinheit überführt hatte. Miehl war ein Mensch des verantwortlichen Denkens, für jedes Wetter suchte er sich einen Schuldigen unter den Menschen.

Und achtete man seines Wissens und Redens nicht viel, und schimpfte man ihn hie und da einen kreuzverkehrten, unbrauchbaren Soldaten, so traf die Schuld daran nur den Schacht, der mit seinem Schmutz die Freiwilligen in Verruf brachte.

»Ja«, sagte Moser mitleidig, »ich finde, Schacht ist, wie mein Rappe damals war: Er mag nicht mehr.«

»Für sich kann er ja machen, was er will«, ärgerte sich Miehl, »aber all seine Schweinereien haben auch wir dann zu büßen. Er trägt die Schuld, wenn wir geschunden werden!«

Wie komisch, dachte der kleine Moser, immer muß einer schuldig sein, wenn Miehl sich nicht wohl fühlt.

»Herr Miehl?« fragte er dann schlau.

»Nun?« Miehl hörte sich Herr genannt, er glaubte zu träumen, so schön fand er das.

»Herr Miehl«, fragte Moser scheinheilig, »sagen Sie, wer ist nach Ihrer Ansicht daran schuld, daß wir hier reiten?«

Daraufhin erzählte es Miehl dem kleinen Moser, wer daran schuld hatte. Wir wissen nicht, was es war, denn der kleine Moser hat es uns nicht wiedererzählt. Er hatte wohl selbst nicht gut hingehört.
Er dachte an Schacht, ging beim nächsten Halt zu ihm hin und redete ihm leise zu: »Schacht«, sagte er, »wenn du nicht satt wirst, sag es mir!«
Schacht verkniff sein Gesicht und schaute auf den Boden.
»Schacht, sieh dich vor!« warnte Moser dringend, »sie sprechen über dich!« Er schämte sich, deutlicher zu werden. Schacht wandte sich ab und zuckte die Achseln. Keine Warnung ging durch seine dicke Haut...
Sie ritten Tage und Tage, die große Einsamkeit der Erde verschlang sie.
Hin und wieder noch schauten sie in der Ferne das Ziehen ungezählter Kavallerie, langer, grauer Schwadronen, die den gleichen Weg hatten wie sie, die genau so aussahen wie sie. Nur einmal kreuzte ihr Blickfeld ein Reiterregiment, das die Lanzen senkrecht am Arm trug und bunte Fähnlein im Wind flattern ließ. – Ja, was war das? Lanzenflaggen hier draußen, welch schmukker Sport? Weiß und blau, hatten einige gesehen – die Bayern, hatten einige gesagt. Die Bayrische Kavalleriedivision, auch sie hier oben? Fand sich hier denn alles ein!
Die Bayern verschwanden wieder in ihrer Ferne, ohne daß man sie aus der Nähe gesehen, tauchten in Hügel und Mulden hinein. Die Einsamkeit der großen Erde stieg aus Wäldern und Seen und nahm die reitenden Menschen in ihre Arme.
Manchem bedrückte sie das Gemüt, so Miehl, dessen

Körper wieder zu ermüden begann. Seit er die Marschkolonnen zur Seite vermißte, seit sie ganz allein ritten durch das unter grauem Regenhimmel schweigende Land, glaubte er nicht mehr an Sieg. Immer finsterer schien ihm die Zukunft; von Napoleons Lust, die Welt zu besiegen, sprach er nie mehr ein Wort. Aber von dem Fluß sprach er, der irgendwo hinter Wilna über ihren Weg liefe. Beresina hieße er und sei ein dunkles Symbol.

Moser lachte verständnislos, wenn Miehl so sprach. Also kehrte Miehls Zorn sich wieder gegen den dummen Gymnasiasten Moser, er schüttelte ihn ab und schenkte seine Gesellschaft nun dem Schacht. Schacht reichte ihm willfährig beide Ohren. Er trank alles hinein, was Miehl aus schwarzen Gefühlen zusammenbraute. »Ich habe ein schlechtes Gefühl«, sagte Miehl, »wir reiten und reiten in den Osten hinein – wir werden uns zu Tode reiten.«

»Ja«, sagte Schacht.

»Sicher sind wir für unser Unternehmen wieder viel zu schwach. Und bis wir an den Feind kommen und kämpfen müssen, sind unsere Gäule vom langen Reiten erledigt. Und wir selbst nicht minder.«

»Ja«, seufzte Schacht.

»Was der Mensch alles aushält! Ich hätte es nimmer gedacht. – Aber manchem wird es zuviel, er geht zugrunde. Ich hörte da von einem Dragoner, Müller hieß der Mann: er schoß sich eine Kugel in den Kopf, weil er die Schinderei nicht mehr ertrug. Es war ein Gebildeter, die Leute haben ihn gequält, wie sie uns quälen. Ich verstehe ihn. – Bloß, warum gleich in den Kopf!«

»Jaja«, sagte Schacht, »warum denn gleich in den Kopf!«

»Sehen Sie doch diesen Moser«, sagte Miehl, »er hat doch wahrlich nichts zu lachen, mit seinem riesigen Pferd, unter dem ewigen Hohn der Leute! Aber er lacht! Er lacht, weil er nicht denkt. Er denkt nicht, weil er nicht denken kann! Das richtige Kanonenfutter!« ...

Nun, der kleine Moser lachte gar nicht so viel und echt, wie Miehl es annahm. Er hatte immer noch seine tiefinnerliche Qual, denn er hatte immer noch Servus, hatte immer noch fürchterlichen Spott und Umstand zu tragen. Nur gut, daß er wenigstens wieder ein zweites Hemd hatte, zum Wechseln. Die Mutter hatte es ihm gesandt, mit tausend besorgten Grüßen und frommen, frommen Wünschen.

Aber sonst fehlte ihm viel, eigentlich alles. Auch er war sterbensmüde vom vielen Reiten. Seine einzige Lust war der Abend. Er grub sich ins Stroh, daß ihn keiner mehr sah, daß er völlig verschwunden war. Und manchmal kam dann der kleine Wunsch aus dem Herzen herauf ins Gehirn: Schlafen, nie mehr erwachen! Er stieg meist zu allerhöchst in den Getreidebansen hinauf, hob ein paar Garben aus dem weichen Polster, bettete sich umständlich im Woilach und zog die Garben hoch um sich zusammen. Wenn sie ihn doch beim Abreiten vergäßen! Er bliebe dann liegen zum Schlafen, zum Schlafen, bis er tot war.

Der Schlaf war sein ganzes Glück, der Schlaf war noch mehr als Essen, der Schlaf war der süße schwere Rausch einer einzigen Minute. Schade, daß man die Seligkeit des Schlafens nicht empfand, während man schlief! Moser wußte sich einen Rat: Wer auf Posten zog des

Nachts, mußte ihn bei der Rückkehr wecken, damit er noch einmal einschlafen konnte, noch einmal die Seligkeit erlebte.

Verrückt war das schon, alle lachten, verstanden es aber dennoch ganz wohl.

Überhaupt, sie hatten es gar nicht schlecht vor mit dem kleinen Moser, die Alten. Gern lachten sie über den Streich, den er einst Hummel gespielt, drunten im fetten Quartier. »Moser, ha, als er mit dem kleinen Pepo stiften ging und dem Hummel das Vergnügen raubte!« Oft lachten sie noch über das, was ihnen ein gelungener Scherz war, dem Moser eine ernste, heilige Handlung, die Rettung einer Mutter aus dem Schwirren einer leichten Fliege! Hummel, ein Windbeutel, ein Musikus – was bedeutet einem Musikus eine verheiratete Frau! So – und so, Hummel war die Erinnerung ein Verdruß. Er sagte es nicht, aber er ließ es den Moser fühlen. Ja, Hummel war wohl Mosers eigentlicher Feind, und darum war es ein großes Glück, daß der kleine Ersatztrupp kam, seltsam gescheit den ziehenden Heereshaufen zu erreichen wußte und viele jungen Reiter mitbrachte, grüne Gesichter auf mäßigen Pferden, und schließlich auch den Unteroffizier Moos! Ausgeheilt schon – seit der Pilica und dem dunklen Knäul zwischen den Handpferden waren manche Tage vergangen! Willkommen, Moos – sind noch die Alten, einige fehlen. Makrot fehlt, hast du Makrot gesehen unterwegs?

Unteroffizier Moos übernahm wieder seinen Beritt, und Hummel trat in den zweiten Zug hinüber. Daran hätte Moser sich freuen sollen, denn mit Hummel verlor er seinen einzigen Feind. Aber nein, Moser hielt eben den Servus für seinen Feind, das große Pferd sollte an seinen Qualen die Schuld haben; er wünschte sich ein anderes, Plön würde es ihm verpassen. Plön wollte doch sehen, was sich machen ließ! Und Plön sah immer alles, was sich machen ließ!

Unteroffizier Moos kletterte des Abends in der Scheune herum und besah sich seine alte Schar. Er benutzte wieder seine Taschenlaterne, sie hatte nun eine neue Batterie und warf einen grellen Lichtkegel an die Garben im Bansen. Auch andere Schätze hatte Moos sich mitgebracht, zum Beispiel einen Karton voll Speck und Butter.

Das grelle Licht der neuen Batterie fiel auf Schacht, der eben bereit stand, sich seiner Sachen zu entledigen. »Wie seht Ihr aus!« staunte Moos.

Das Wildleder der Breeches war nur noch ein Lappen voll Schmutz, und der Extra-Tschapka, dies leichte Hütlein aus Lack und Seide, hatte den Hals gebrochen, sein Deckelquadrat hing schief nach der Seite, nur noch vom Überzug gehalten. So sah Schacht aus.

Bald weiß Unteroffizier Moos genug über Schacht. Sie setzen sich zueinander und erzählen vom vergangenen Leben und fragen nach Deutschland, wie weit es jetzt ist, wie lange der neue Ersatz reiste. Und erzählen dann wieder vom Leben: als wir ritten und an der Weichsel einen Flußübergang markierten! – als wir Warschau sahen, eine schöne Stadt! – als wir einen Tag lagen und eine Nacht vor Siemiatow, den Kopf tiefer als die Füße, und Plön uns aus der Hitze in den Schatten zog – – ! Als Rohrmann fiel, und Bartels und Suhl, und Pabst und Kohrs, und der und der, – als Makrot am Morgen vom Pferde geschossen wurde und am Nachmittag wieder aufstand aus der Bodenfalte, um zum zweitenmal

geschossen zu werden! Den Servus hatten sie wieder im Beritt, dort stand er in der Ecke, Moser ritt ihn, ein kleiner Mann auf einem großen Pferd, haha.
Überhaupt Moser! Dem die Uhr genommen wurde, drunten auf der Patrouille im Walde von Gora Kalwarja! Immer wieder spricht er von seiner Uhr. »Ich sage«, beginnt der Landwehr-Maier, »er soll zufrieden sein, daß er die Uhr los ist. Die Uhr ist der Teufel ...«
Jaja, Maier, wir wissen schon. Du erzählst oft dasselbe. Weiter aber mit Moser: als Hummel die Trompete blies vor der Bäuerin, drunten im fetten Quartier, und Moser ihnen das Vergnügen störte, indem er den Jungen nahm, den rotznäsigen Pepo, und im Dorfe versteckte, so daß die Frau ihn suchte, eine ganze Nacht! Haha.
»Ist nicht für die Liebe«, sagt Klingspor gutmütig, »ist nicht für die Liebe, der Moser.«
»Oho«, sagt Moser, »in der Stadt Kolno, eh wir verladen wurden, da tanzte ich mit Stascha, sie sang immer zum Tanz!«
»O weh, Moser, hast dein Herz an eine Stadthure verschenkt, haha.«
Ausgeschlossen! Moser wehrte sich wild gegen diesen Verdacht: »Das war ein Mädchen, rein wie ein Kind, mit einer Stimme, so süß ...«
Hm, so und so. Sie lachen gutmütig, aber glauben wollen sie das nicht.
Moser schiebt das Thema beiseite, will zeigen, was er kann, wer er ist: »Ich bekomme ein anderes Pferd«, sagt er, »Plön verpaßt mir ein anderes Pferd!«
Plön? – Keine Verbindung mehr, Plön ist fort, von der Fläche unseres Bildes verschwunden. Abkommandiert oder versetzt? Keiner weiß es, keiner weiß, wohin.

Moser kauert wie erschlagen auf seinem Sattel, spricht von nun an kein Wort. – Aber die anderen äußern sich über Plön, gedrückt und verdrießlich: Plön, von Anfang an bei ihnen, Freund eines jeden Mannes, eines jeden Pferdes, Virtuose des sachten Reitens auf Patrouille, des hinterwitzigen Indianerspiels, der selten einen Mann verlor! Plön war nicht mehr da! Eine große Leere ist da, manch bange Frage an die Zukunft. Wer nahm uns Plön?

Und wer wird fortan mit uns reiten auf Patrouille?

Witzleben gar? Der kleine und dumme, der heute Leutnant geworden, obwohl er ein Nachtwächter ist? … Wir danken.

Oder der andere gar, der den Ersatz eben brachte – wie wir glauben: ein zweiter Bäsch. Ist ein Reserveoffizier, auch kürzlich erst befördert, wurde verwundet an der Rawka, damals noch Vizewachtmeister. Ein gelehrtes Haus, mit großen Sprüchen im Mund, heißt Kestenberg.

Was, Kestenberg? – Tausend, den kennen wir. Den kennt jeder. Der jetzt Offizier! Der jetzt an Plöns Stelle unser Führer!

»Den habe ich ausgebildet«, sagte Sergeant Hennjes vom ersten Zug, der gekommen war, von Moos aus der Heimat zu hören. »Den habe ich ausgebildet, er taugte nicht viel, er war langsam und faul.«

Der jetzt unser Plön, unser Führer auf Patrouille! – Miehl, sie könnten auch dich zum Offizier machen!

»Danke«, sagte Miehl, »mir liegt jeder Ehrgeiz fern.«

Wie das? Sie verstehen Miehl nicht, wenn er auch manchmal redet wie sie, von »bedeutend mehr«, von »Kompetenzen« und von »feststellen«, wenn er auch manchmal trachtet, mit Worten der Ihre zu sein, ihnen zu gefallen. Ihr Herz versteht nichts von Miehl. Einmal ist er so, einmal so – zuweilen will er siegen, zuweilen mault er über jeden Dreck und fragt: Wer hat die Schuld?

Nun, wer hat schuld, daß Miehl reitet?

»Die Mutter«, sagt Klingspor, »die Miehl geboren hat.«

Ja, das ist richtig. Sie scheren sich wenig mehr um Miehl …

Ihre Gedanken kehren zurück zu Plön: Wer nahm uns Plön?

»Ein schlechtes Vorzeichen«, sagte der Landwehr-Maier, »wir reiten da eben in eine neue Sache hinein, dunkel ist sie, wie der Tod. Und wir haben keinen Führer mehr, wenn wir auf Patrouille gehen!« …

Wirklich, mit starkem Tempo ritten sie in die Dunkelheit, Bagagen und aller Kram blieben zurück, und von der Feldpost war keine Rede mehr. Lachend dachten sie an die Kolonnen, die ihrem Wege im Anfang mit Autos gefolgt waren. Wo saßen die Benzinstinker jetzt? Gossen sie Brunnenwasser in ihre Tanks? Banden sie den Rädern Kommißbrote als Reifen um? Hier waren sie nicht zu brauchen, im tiefen Sande der Einsamkeit und des Ziehens ohne Wege und Brücken brauchte man Pferde, brauchte man Leute, die reiten konnten, brauchte man uns!

Sie lachten, denn das Leben wurde allenthalben neu. Das Gesicht des harmlosen Marsches legte sich in Falten, und die alte Spannung stieg vom Magen herauf und trieb Verdruß und Müdigkeit zum Teufel. Sie ritten wieder mit Vorhut und Seitendeckung, genau wie

einst unten in Polen, als läge kein Bahntransport dazwischen, keine halbe Ewigkeit.
Aber das Land hier um Wilna war anders, war bunter und reicher und ein Paradies der Einsamkeit. Und auch das Wetter hier war ein anderes, war nicht mehr halsdörrende Hitze am Tag, nicht mehr sternfunkelnde Nacht, sondern schwerer grauer Herbst unter Bergen von Wolken. Selten nur brach die Sonne hervor, um müde und traurig die Welt zu vergolden, damit sie doch ein wenig schön blieb.
Und doch, auch das Marschieren ging anders als drunten einst in Polen, vor langer, langer Zeit, wenn es auch nicht alle so empfanden wie Lux, der still vor seiner Schwadron ritt mit Witzleben und Kestenberg, der Plön vermißte und froh war, wenn der Doktor zuweilen seinen gelben Fuchs an seine Seite lenkte. Nebeneinander reitend sprachen sie manch seltsames Zeug, über das Abenteuer im Reiten, über den Herbst und die Einsamkeit.
Das Reiten ging anders: Um die Nahsicherung wurde nicht viel Wesens gemacht, aber Fernpatrouillen ritten ab, starke Trupps, oft ein ganzer Zug. Nach Tagen erst kehrten sie zum Regiment zurück. Der Raum mußte sehr groß sein hier oben, und menschenleer.
Die Patrouillen ritten und ritten, schwenkten Kurven und Kurven unterm Himmelszelt, von West über Nord nach Süd, und trafen nirgends einen Feind. Wenn sie viel gesehen hatten, war es ein in der Ferne krumm und verbogen untergehendes Häuflein Kosaken gewesen. Wenn sie viel taten, war es die Sprengung irgendeiner Bahnlinie mittels geballter Handgranaten, eines Schienenstranges, der stumm und seltsam durch den Urwald

lief und sie durch sein Vorhandensein verblüffte. Moser, als er das einmal erlebte, dachte an die Geleise der Pazifikbahn und kam sich wie ein Sioux vor.
Sie ritten gerne in diesen Patrouillen, sie liebten die spannungsreichen Tage, deren gehäufter Inhalt den Menschen vergessen ließ, was ihn je drückte. Sie vollbrachten gelegentlich ein wildes Jagen hinter oder gar auch vor den Kosaken. Sie trugen Speck und Butter ein in großer Fülle, aus dieser Gegend, die noch nie den Krieg gesehen. Die Tage brachten Spannung und hitzige Strapaze und hie und da die kurze, starke Erregung im Zweifel um den Ausgang, die man allgemein Schwindel nennt. Sie leben lieber täglich einmal im Schwindel, als zehn Tage in der drückenden Last der Einteilung, des hirn- und gefäßzerstörenden Reitens in der Kolonne. Auf Patrouille, ja, kommandiert das Leben! In der Marschkolonne der Schwadron aber, da kommandiert der Wachtmeister, hält abends Waffenappell ab und bringt die Berittführer in einen Schwindel, der schlimmer ist als der draußen vor den Kosaken. Unteroffizier Moos, sonst kein schlechter Mann, wird zum Teufel vor einem solchen Appell, bei dem dann der Wachtmeister das Aussehen von Mosers Servus mit starken Worten tadelt – bei dem es sich auf einmal herausstellte, daß Schachts Karabiner kein Schloß mehr hat! Es führte dies zu einer Katastrophe, die Schacht um ein kleines nicht überlebte.
Schacht nämlich, als Mensch schon irgendwie gestorben, war heimlich hingegangen und hatte aus des Gefreiten Osterloh Karabiner das Schloß genommen und in den seinen geschoben. Damit glaubte er die Sache erledigt zu haben, dieser verlassene Mensch.

Ein jeder Karabiner hat seine Nummer, eine vielstellige, klein ins Metall gepreßte Zahl. Auch auf dem Schloß steht irgendwo diese Nummer. Der wortlos suchende Osterloh fand ohne Schwierigkeiten sein Schloß wieder und stellte Schacht vor eine schwierige Wahl: »Soll ich's melden, oder willst du Prügel?« fragte er. Schacht war gerade dabei, sich für die Prügel zu entscheiden, und Osterloh hob schon den Arm – da kam Berittführer Moos hinzu und machte die Angelegenheit kriminell: »Wer heute stiehlt, hat auch gestern gestohlen«, fand er. Schon lange stahl einer im Beritt, man kannte den Dieb, Maier hatte es darauf angelegt, ihn zu erwischen. Heute hatte man ihn gefunden. Unteroffizier Moos vermißte aus seinem Heimatkarton eine Dose mit Wurst. Der Landwehr-Maier erschien, klagte um seine gestohlene eiserne Ration und hetzte zu einem sofortigen Gericht.

Schacht sagte nicht ja, nicht nein, sprach schließlich nur etwas von einer zu erwartenden Geldsendung und von Zigarren.

Osterloh spuckte auf die Tenne, und Moos ging, die Sache zu melden. Vor dem immer noch drohenden Maier flüchtete Schacht sich hinter die Scheune. Er stand da allein und dachte. Nichts fiel ihm ein.

Er stand, rieb sich den Rücken an der Scheunenwand und wartete.

Nichts fiel ihm ein.

In der Scheune hörte er Miehl sprechen. Miehl maulte wieder mit dem kleinen Moser. Aber was Miehl sprach, das war dem Schacht gleich. Miehls Stimme jedoch ging wie ein Funken durch sein dunkles Hirn und entzündete einen Plan.

Er wartete, bis es in der Scheune still wurde, bis Miehl und Moser gingen, den Empfang zu holen. Dann schlich er hinein zu seinen Sachen. Auf dem Sattel lag das Koppel mit Patronentaschen und Seitengewehr. Am Koppel hing ferner noch ein kleines Lederetui, eine Mauserpistole enthaltend, solch eine winzige Salonwaffe, ein gruseliges Ding, wie es auch damals Bäsch getragen, als er vom Pferde fiel.

Schacht steckte die Pistole in die Tasche, drückte sich, da er sprechen hörte, hinter die Scheune und knöpfte zum Schein die Hosen los. Er lauschte. Niemand kam.

Er schlich den wilden Garten hinunter, bis das weite Feld sich öffnete.

Unterdessen standen die Reiter oben vor der Scheune und lauschten in den Abend. Er war totenstill, der Wind trug den Holzrauch aus allen Gehöften zusammen, und von fern her bellten die Hunde. »Ich weiß nicht«, sagte Klingspor, »riechen wir nur unseren Rauch aus den Kaminen oder...«

Schacht saß auf einer Zaunlatte, hinten im Garten, und drehte die Pistole in den Händen. Er zog eine Patrone in den Lauf, spielte mit der Sicherung, drückte sie auf und zu. Sie war ein Mechanismus, den man mit einem Druck der weichen Hand zwischen Daumen und Zeigefinger auszulösen hatte, wollte man schießen.

Er hielt die Pistole unter die Nase, schaute in die Mündung hinein; ein kreisrundes Loch mit glatten Rändern. Rost saß an den Rändern. Er drückte es sich an die Schläfe: Kälte spürt er.

Der Wind ruhte, der Abend hielt den Atem an. Auch die Hunde schwiegen, nur der Rauch blieb in der Luft.

»Ich weißt nicht«, schnüffelte oben Klingspor, »oder brennt irgendwo ein Dorf!«...

Schacht kicherte und setzte die Pistole ab. So war's mit dem Dragoner, dachte er. – Er befühlte seinen Schenkel und trat sich mit dem Absatz auf den Fuß. Es tat sehr weh, der Fuß hat viele Knochen, Knochen splittern, geben schmerzende Wunden, heilen schwer und krumm.

Nein, nicht in den Fuß. Nochmals preßte er den rechten Schenkel, versuchte, die Lage des Knochens zu bestimmen, drückte die Pistolenmündung in den weichen Muskel, richtete sie mit beiden Händen so, daß es einen glatten Fleischschuß geben mußte.

Alles fertig. – Langsam zog er den Finger krumm, wartete auf Knall und Schlag.

Der Finger krümmte sich – war schon ganz krumm – fand endlich Widerstand. Aus.

Nichts, kein Schuß, kein Schlag. Die Sicherung war nicht eingedrückt worden. – Nichts, vorbei – kein zweites Mal...

Es brannte wohl ein Dorf, die Kosaken waren nahe. Mitten in der Nacht riß der Alarm den Schlaf in Stücke. Sie ritten los, niemand kümmerte sich um Schacht. Der ganze Zug sollte mit Leutnant Kestenberg auf Patrouille.

Die Dragoner waren im Quartier überfallen worden.

2

Der Kommandeur selbst erteilte Kestenberg seine Weisungen an Hand einer Karte, auf der eine verwirrende Menge von Ortsnamen die Landschaft mit ihren Wegen und Bächen verdeckte. Mehr Namen enthielt diese Karte als Ortschaften dieses Land um Wilna – so schien es.

Aber die Natur der Erde war dreihunderttausendmal verjüngt auf das Papier geworfen, und darum war diese Karte so bunt und wirr voll Namen und undeutlich wie alle Zukunft.

Kestenberg durfte die Karte behalten, obwohl es nur wenige Karten gab beim Regiment. Gewiß war die Aufgabe groß und schwer, eine Arbeit, kompliziert wie das Leben, mit hart bestimmtem Ende, umgeben von tausend Wenn und Aber.

Er sagte nichts davon. Sie ritten ihren Weg, ließen das ziehende Regiment in ihrem Rücken und begannen, sich im Raum zu tummeln. Die Kosaken waren nah, die Dragoner waren in der Nacht von ihnen überfallen worden, schon die nächste halbe Stunde konnte Neues bringen!

So dachten sie, während sie hinter Kestenberg ritten. Bedenklich wiegten sie den Kopf: der Herr, der uns führt – wir kennen ihn nicht. Wir kennen ihn nur als ungelenken Anfänger im Reiten und Leben. Sergeant Hennjes bildete ihn aus, er war langsam und ungeschickt, er bekam beim Putzen sein Pferd niemals blank. Er redete klug wie ein Buch und war als Reiter kein Held. Ist es auch heute noch nicht mit seiner Figur, geboren, am Schreibtisch zu sitzen! Er führt uns –

wohin wird er uns führen? – Hinter Plön ritten wir lieber, ja, wo ist Plön!
So reiten sie jetzt, der dritte Zug, ganz allein unter Leunant Kestenberg, und vertrauenschwankend dem Mann, der sie führt. Er hat nicht Glanz noch Schmiß, aber er hat die Ruhe, das muß man sagen. Er reitet dahin, als sei es im tiefen Frieden, obgleich es längst heller Tag wurde und wir Stunden schon vom Regiment entfernt sind und von Gott und den Menschen nichts wissen in unserer rand- und uferlosen Einsamkeit! – Er hat große Ruhe im Herzen, dieser kleine Herr. Pomadig und privat trabt er da auf seinem Apfelschimmel, den ein kleines Kind reiten könnte, und lutscht an einer leeren Zigarrenspitze aus Weichselholz ...
Nun, also die Ruhe. Gut ist die Ruhe, sie geht vom Hirten aus und breitet sich um die Herde, teilt sich den Reitern mit und zieht vom Reiter aus in die Pferde ein. Gut ist die Ruhe, eine mächtige Kraft, mag auch anderes fehlen ...
So ritten sie ihren Tag, in einfacher Marschkolonne zu zweien, ohne Spitze und Sicherung, und es begab sich nichts Böses und nichts Gutes. Bei Dunkelheit erreichten sie ein kleines Dorf und nahmen dort Quartier. Die Pferde blieben in den Scheunen gesattelt, Fußposten standen weit draußen in der Nacht. Daß sie ganz allein waren in der einsamen Welt, das wußten sie alle.
Moser stand als Einzelposten auf einem weichen Acker, von einem dichten Nebel eingehüllt, der ganz weiß war, vollgesogen mit Mondlicht. Ganz licht war es um Moser, und dennoch Finsternis, denn der helle Nebel verdeckte die Erde und alles, was sie auszeichnete an Bäumen und Sträuchern. Nirgends war ein Halt für das

suchende Auge. Rund um ihn schwankte ein helles Nichts.
Moser hat sich einmal gedreht und weiß schon nicht mehr, wo vorne und wo hinten ist, aus welcher Gegend er kam. Es sorgt ihn das. Er möchte die Richtung wissen, auf die er als Posten zu achten hat. Er lauscht auf ein Geräusch des schlafenden Dorfes, aber kein nächtlicher Hund bellt in die Stille. Die weiße Nacht schweigt wie ein ewiges Rätsel.
Moser erfährt nicht, in welche Richtung er spähen und lauschen soll, und es beunruhigt ihn sehr. Er hilft sich, indem er nach allen Seiten späht, sich immerwährend dreht und die ganze runde Welt im Auge behält...
Wie ohne einen Raum, so stand er ohne alle Zeit: War er schon Stunden hier, kam er eben erst her? Er wußte es nicht. Irgendwann also, nach stunden- oder minutenlangem Stehen, fiel ihm etwas auf, ein schwarzer, hoher Umriß im grauen Dunst. Das war ein Mensch!
Die Luft ruhte, lag schwer als ein feuchtkalter Nachtatem und brachte kein Geräusch: nein, kein Mensch, sondern ein Strauch!
Moser stand unbeweglich, rührte sich mit keinem Muskel, starrte, verlor sich ganz und gar ins Starren, klammerte seine Augen an den Schatten: Da! – er war nicht mehr dort, er war jetzt hier, mehr rechts, wie es schien, weit größer als vordem! – Nun war es erwiesen, ein Mensch also doch!
Moser krampft die Hände um den Karabiner, er hebt ihn, er senkt für eine Sekunde die Augen und findet, als er sie wieder aufschlägt, den dunklen Menschen nirgends mehr. Er wendet sich und schaut und erblickt überall nur Weißes.

Wieder dreht er sich, immerfort; und schaut, zuweilen taucht der Mann aus dem Nebel, zuweilen scheint ihm alles toller Trug und Spuk, er selbst und die ganze weiße Welt. Er verliert seine Gedanken, wird krank und irr im Schauen ...

Die Luft geht still und feuchtkalt über den Acker, bringt zarten Holzrauch mit und endlich auch ein Geräusch, ein langsam schrittweises Näherkommen in der weichen Erde.

Dort, wo eben das dunkle Ungewisse im Nebel hing, steht ein riesengroßer Mensch. Moser reißt den Karabiner hoch, schreit Halt – und dann ist es der Landwehr-Maier, der als Ablösung kommt.

Moser zeigte ihm sofort das Ungewisse; der Landwehr-Maier stellte sich auf und sah sich fest, schaute sich seinerseits fest und starr für die Zeit seiner Postenstunden. Er hatte sich einmal umgedreht und wußte es schon nicht mehr, daß er selbst eben erst aus der Richtung des Ungewissen gekommen war und – daß das Ungewisse wohl der Weidenbusch war, den er vorhin streifte. Und dem Nächsten wird es wohl nicht anders gehen in dieser Nacht, die hell ist und finster zugleich, die tausend Gespenster aus der Erde jagt und dem Menschen alles Wissen raubt ...

Zu irgendwelcher Stunde dieser Nacht wurden die Reiter durch Schüsse aus dem Schlaf gejagt, durch drei Schüsse, die ganz in ihrer Nähe fielen. Nicht die Posten draußen auf den Äckern, sondern die Alarmwache hatte geschossen, die am Ausgang der Dorfstraße stand, die keiner so wichtig genommen. Klingspor hatte geschossen, weil er etwas gesehen hatte. Man glaubte es ihm, denn Klingspor schoß nicht auf Gespenster.

Sie liefen zusammen und schwärmten am Dorfrand aus. Kestenberg ordnete es mit ruhigen Worten an.
Sie lagen bereit und warteten, bis der Morgen käme. Die Kosaken liebten zum Überfall den angehenden Morgen. Sie sollten keine schlafenden Ulanen treffen!
Der Morgen stieg aus der Erde, und der Nebel wurde hell. – Klingspor, war es diesmal doch ein Gespenst gewesen?
Drei verließen das Dorf, schritten die Straße ins Freie hinaus und fanden, was sie suchten. Eine Strecke weit draußen lag ein totes Kosakenpferd und ein Reiter daneben, bärtig und wild. Ein kleines Loch saß ihm über der Stirne. Neben dem Wege stand ein Busch, und aus dem Busch holten sie einen lebenden Russen. Er fuchtelte mit den Armen und sprach in einem fort. Osterloh mußte heran, mußte übersetzen, was der Leutnant fragte. Er brachte große Dinge zutage, Nachrichten über die Russen, mehr als genug.
Kestenberg glaubte sie nicht. Er ließ den Gefangenen durch Osterloh gehörig verwarnen: Osterloh verwarnte und fügte eigene Drohungen hinzu.
Da wurde der Kosak bescheiden und antwortete ohne allen Aufwand auf jede ihm gestellte Frage. »Mein Pferd!« sagte er schließlich zu Osterloh und betrachtete den toten Gaul. »Sein Pferd«, übersetzte Osterloh, »nicht das des Toten!«
Sie ließen den Kosaken mit seinem toten Pferde lieb tun, sie verstanden das. Derweil gruben sie den Bärtigen in die Erde.
Dann nahmen Klingspor und Schaper den Gefangenen in die Mitte und machten sich auf den Weg. Mit einer langen Meldung im Kopf begannen sie ihren schwieri-

gen Rückweg zum Regiment. Immer nur Schritt mußten sie reiten. »Wenn es dick kommt«, sagte der Leutnant, »laßt den Kosaken laufen, bringt aber die Meldung durch!«
»Heinrich, laß dich nicht fassen!« sagten die anderen ...
Die Patrouille ritt in den Nebel hinein.
Kestenberg saß klein und gemütlich auf seinem Schimmel –, nichts, so schien es, focht ihn an. Ruhe ging von ihm aus. Er hatte an Ansehen gewonnen seit dieser Nacht. Er saß schlecht zu Pferde, nicht schön, aber fest. Er war kein geborener Reiter, aber er hatte Grips im Kopf. Und vor allem hatte er die Ruhe. Die Ruhe baut um den Menschen ein vertrauenswürdiges Haus.
Der Tag war kurz und dämmergrau, ließ die Sonne nicht mehr sehen. Der Nebel ruhte auf der Erde, zwar nicht mehr als dicke Watte, aber doch als ein grauer Dunst, als ein den Boden berührender Wolkenhimmel. Schwer reitet es sich im Herbst, der einsam ist wie das hohe Meer.
Einmal kam aus den Wolken ein Kanonenschießen, niemand konnte berechnen, wie fern es war. Es stand ihnen zur Seite erst, am Abend kam es noch einmal und stand ihnen dann im Rücken. Das rüttelte ein wenig an ihrem ruhigen Hause: »Wo sind wir? Wo sind wir, wenn sie hinter uns schießen! – Wo reiten wir hin? Wollen wir ganz allein bis Moskau reiten? Ist das nicht doch ein wenig viel gewagt!«
Wenn sie einmal einen Bauern trafen, unterhandelte Osterloh, und Kestenberg hörte sich die Antworten an. Etwas dunkler wurde sein Gesicht. Auch stellte es sich heraus, daß Osterlohs Sprachkunst von keinen guten Eltern war und längst nicht mehr reichte. Osterloh

sprach kein Russisch, kein Litauisch, nur Polnisch. Er gab es zu, daß er schon beim Kosaken am Morgen mehr geraten als verstanden habe. Er gab es ungern zu.
Des Führers Gesicht blieb ernst, immer vorsichtiger ging sein Reiten. Was mochte es sein, was die Bauern erzählten? Osterloh, der es ja weiß, kommt nicht mehr von des Führers Seite, man kann ihn nicht fragen...
Wieder ritten zwei mit Meldungen ab. Nach nur kurzer Zeit, als sie gerade ein wenig hielten und die Pferde tränkten, waren die beiden schon wieder da. Sie wären nicht durchgekommen, der Wald im Südwesten sei lebendig von Kosaken –, sagten sie. Einer von ihnen war Unteroffizier Hummel. Ja Hummel, der überzählig war und nicht gut tat im zweiten Zug, den der Wachtmeister darum an die frische Luft schickte. Der Wachtmeister war des Schicksals schwere Hand.
Der Wald im Südwesten war gesperrt, und das ferne Kanonenschießen stand ihnen jetzt, bevor es gänzlich einschlief, genau im Rücken. Im halben Kreis hatte die Welt sich geschlossen.
Kestenberg, der den ganzen Weg geschwiegen, hielt an und erklärte die Lage. »Wir sitzen im Loch«, sagte er, »was wollen wir tun?«
»Zurück, und im Karacho durch!« sagte einer.
»Nein«, sagte Kestenberg, »das wollen wir nicht tun. Wir wollen das Gescheite tun. – Hinter uns«, sagte er, »ist die Schranke geschlossen. Dort steht der gewisse Feind. Vom Osten, vor uns, wissen wir dagegen nichts. Wir reiten also ins Ungewisse, weil es besser ist als das gewisse Übel.«
Ja nun, und das Ziel, das Ende? »Richtig«, sagte der Führer, »wenn wir immer nur nach Norden reiten,

kommen wir schließlich auf Petersburg, dort wird es uns Männleins nicht gut ergehen. Und deshalb biegen wir einmal nach Süden ab, und, wenn wir Glück haben, treffen wir auf das Regiment.«

So kraus und quer beschloß Kestenberg, es hörte sich bedenklich an.

Aber wirklich, das Ungewisse schien vorerst das kleinere Übel, und sie kamen unbehelligt, wenn auch mit nur wenig Mützen voll Schlaf durch die folgende Nacht, ritten auch zu ihrem Erstaunen unbehelligt am nächsten Morgen ein gutes Stück voran. Seltsam sind die Augen des Schicksals, sie scheinen oft dort geschlossen, wo es am meisten zu sehen gibt: Saßen sie doch da im Herzen des feindlichen Landes, eingeklemmt zwischen zwei Heereszüge. Die Wälder ringsum waren gewiß von Menschen voll, aber immer blieben sie noch ungesehen. Niemand schaute dorthin, wo sie ritten. Niemand dachte daran, daß sie hier reiten konnten.

Einmal aber mußte es kommen, daß man sie sah, einmal mußten sie einander finden. Kam dann auf die Umstände an, für wen sie günstiger waren und wer sie verstand; kam darauf an, wessen Augen schärfer, wessen Gedanken schneller waren. Miehl ahnte nichts Gutes.

Er ritt mit Moser zusammen. Da Schacht nicht dabei war, beim nächtlichen Alarm und Abritt der Patrouille nicht zum Vorschein gekommen war, hatte Miehl wieder nur Moser für seine Gedanken. Seine Gedanken waren schwarze Ahnungen. »Glauben Sie an Vorgefühle?« fragte er.

Ja, es zeigte sich, Miehl litt unter der Empfindung, daß dieser Ritt sein letzter wäre. »Und die vernünftige Über-

legung«, sagte er, »sie bestätigt ja nur mein Gefühl! Wir werden Entsetzliches durchzumachen haben; wir werden, wollen wir durch den Feind, attackieren müssen. Im Handgemenge bin ich verloren. Wie kann ein Mensch wie ich im Handgemenge bestehen!«
»Nana«, suchte Moser zu beruhigen, »man weiß nicht, wie es kommt; schwarz wird oft weiß, und weiß wird schwarz, ich gebe nichts auf Vorgefühle.«
»Sehen Sie den!« fuhr Miehl fort, gereizt auf Unteroffizier Hummel deutend. »Sehen Sie nur diesen Menschen! Sein Leben ist Reiten und Trompetenblasen, er windet sich durch jedes Handgemenge lebendig hindurch!«
Moser verstand wieder nicht, warum Miehl nun dem Unteroffizier Hummel böse war. Hummel war doch auch ein Mensch; wenn ihn eine Kugel traf, war er tot...
Als sie gegen den Abend ihres dritten einsamen Tages vorsichtig aus einem Walde traten, sahen sie ein hügeliges Land breit und kahl bis an den Himmelsrand gehen und hochgelegen ein Dorf. Dem Führer schien es gut zur Ruhe in der Nacht, weil es leicht zu bewachen war. Er zeigte es den Reitern, und sie schmunzelten schon im Gedanken an ein gutes Quartier, – und sie schickten sich gerade an, in gelöster Ordnung den Wald zu verlassen und dem Dorfe zuzureiten –, da quoll drüben zwischen den Höfen ein Reiterzug hervor und kam ihnen entgegengeritten.
Im Nu staken sie wieder tief in den Bäumen. Ein Mann hielt vier Pferde, die Schützen kauerten sich am Waldrand nieder.
»Ruhe!« sagte Kestenberg. »Heut machen wir es einmal wie sie. Abwarten, bis sie ganz nahe sind!«

Der Reiterzug rückte heran. Die Spitze hatte schon den halben Weg hinter sich, und eben erst kamen die letzten Reiter aus den Häusern hervor. Ein langer Wurm, eine ganze Schwadron? »Ruhe!« sagte Kestenberg.
Die Spitze rückt näher, man sieht die Pferde. Es sind keine struppigen Tierchen aus irgendwelcher Steppe, nein, es sind große und glatte Pferde, und die Reiter sitzen breit und gerade: »Dragoner!« weiß einer zu sagen. Mächtige Schirmmützen stehen ihnen schief vom Kopf. Und viele sind es, eine Schwadron, gar ein Regiment? – »Ruhe!« sagt Kestenberg.
Schau, sie machen es wie wir, sie traben an und eilen dem Walde entgegen, aber sie reiten wie im Frieden, denn sie wissen sich ja in ihrem eigenen Reich ...
Erst als sie so nahe waren, daß man die Pferde schnaufen hörte, gab Kestenberg ein Zeichen, und dann schossen sie. Die paar Männer schossen, luden und schossen so schnell, daß es wie ein mächtiger Sturm aus dem Walde ging.
Was wirkt stärker als die Überraschung durch niemals gedachtes Geschehen? – Ein Floh könnte einen Elefanten verjagen. – Der wohl hundertköpfigen russischen Schwadron prasselte eine Riesengefahr aus dem Walde entgegen. Sie flog auseinander auf ihren vierhundert Pferdebeinen und zerstäubte in der Luft. Nach ein paar hundert Herzschlägen war nichts von ihr da als kleine Trümmer und Fetzen, als unzählbare, vom Wege fort im Wind zerwehende, einsam-einzelne Reiter.
Die gefährliche Einheit war zertrümmert. Es gab nur noch auf Pferden flüchtende Menschen im offenen Feld, die wild vor sich hinjagten und nicht an Umschauen dachten.

Hätten sie, bevor sie nach Norden am Himmelsrande verschwanden, sich nur einmal umgesehen, hätten sie die fünfundzwanzig deutschen Reiter sehen können, die nun in gelöstem Trupp die Straße lang dem Dorfe entgegenbrausten. Was wollten die nur?

Sie tauchten in das Dorf hinein, rasten die lange Straße hinunter. Schreiend liefen Menschen vor ihnen davon, braune Gestalten mit Gerät in den Händen, fort von friedlichen Verrichtungen.

Schreiend kamen andere aus den Höfen gelaufen, stellten sich in den Weg, schossen, wurden umgestoßen, mit Lanze und Säbel zur Seite gefegt, vom stürmischen Anlauf der Pferde überwältigt.

Die Straße war endlos, das Gewimmel hörte nicht auf, immer neue braune Menschen kamen gerannt, schrien, stellten sich hin und schossen. Wie ein Gewitter knatterte es zwischen den Häusern.

Die Straße ist endlos, nie kommen wir mehr aus diesem Dorf! Pferdchen du, renn! Pferdchen, laß nicht nach, wirf deine Beine nach vorn, tritt nicht in ein Loch, mach dich lang und ganz flach, mein Pferdchen, laß dich von keiner Kugel treffen!

Pferdchen du, renn! Ich werde es dir ewig danken, mein Pferdchen! Und Lanze, halt fest, brich nicht, flieg mir nicht aus der Faust! Lanze, meine einzige Waffe ... Brauner Mensch, aus dem Wege, bist du ein Mensch, ist es mir gleich – willst mir ans Leben, will ich dein Leben – fort, brauner Kerl, Gefahr meines Lebens, stumm gleichgültige Nummer ...

Endlich weichen die Häuser auseinander, mit einem Schrei der Freude stürzen sie hinaus ins freie Land, stürmen einen Hang hinab, einem Flusse entgegen. Auf

halbem Wege werfen sie die Pferde nach der Seite, denn abwärts schien ihnen eine Furt.
Schräg den Hang hinunter ist das Galoppieren eine Schinderei für die Pferde, und für die Reiter eine Angst; Gewicht und Schwung der sausenden Masse liegen allein auf der Vorhand. Ihr armen Tiere! Sie atmen stöhnend bei jedem Sprung.
Achtung, Vorsicht auf rechts! – Ja, von rechts fegte ein reitender Sturm heran und warf sich in ihre Mitte, riß den kleinen Reiterhaufen in zwei Stücke. Sein Verderben konnte es sein, wurde aber seine Rettung: Während ein Teil zwischen den Russen steckte, sie lanzenschlagend sich vom Halse wehrte, gelangte der andere durch die Furt ans jenseitige Ufer, sprang drüben von den Pferden und schoß einen wütenden Hagel hinüber. Recht so! Kestenberg, der kleine Professor, hatte auch in der Hitze des Lebens seine kalte Ruhe behalten!
Das Geschieße ging zwar hoch in die Luft, aber die Russen stutzten, wunderten sich, wunderten sich eben lang genug, daß das zweite Häuflein Zeit fand, sich in den Fluß zu stürzen. Eine Furt hatten sie nicht, sie mußten ins tiefe Wasser hinein. Zwei Gäule verloren die Beine, ihre Reiter fielen in den Fluß, schwammen, hingen sich an, saßen bei anderen hintenauf, stiegen an das andere Ufer. Weiter, weiter, welch ein Wunder war dies!
Weiter, weiter –, keine Zeit zu denken, welch ein Wunder dies war! Als Helfer kommt die Nacht, kommt ein Wald, aber Nacht und Wald bringen neue Tücken. Ein Weg läuft durch den nächtlichen Wald, aber der Weg ist mit Menschen, Pferden und Wagen verstopft, eine Kolonne rollt da durch den Wald!

Rechts sind Bäume, links sind Bäume, mitten auf dem Weg rollt die russische Bagage einher und läßt zwischen den Bäumen noch einen ganz schmalen Raum. Die Bäume werden vor uns nicht weichen, eher noch die Bagagen. Reiten wir also durch sie hindurch!

Sie brechen zu einem ab, huschen in schnellem Trab den schmalen Weg neben den Wagen entlang, überholen Wagen auf Wagen und haben ein schier unmenschliches Glück. Die duselnden Kutscher auf den Böcken haben keine Zeit, sich über den sachte an ihnen vorüberstreifenden Reiterzug zu wundern. Am Ende erst stellte sich ihnen jemand in den Weg und rief auf russisch eine Anfrage in die Nacht. Dann stieß er einen Schrei aus, und von einem Wagenbock fiel ein Schuß.

Das war aber schon die Spitze der Kolonne gewesen. Nach ein paar Galoppsprüngen lag der Weg vor ihnen frei. Die Letzten hatten sich mit der Lanze Bahn schaffen müssen.

Sergeant Behr, der als Allerletzter ritt, rannte dem vordersten Kolonnenwagen von hinten her in die Pferde. Sie erschraken und preschten zur Seite, verkeilten die Deichsel zwischen den Bäumen und stellten den schweren Wagen quer über die Schneise.

Das eben hatte Sergeant Behr gewollt.

Krachend prellte die Kolonne auf das Hindernis auf, während die Reiter den freien Weg voran fegten. Aus dieser schwarzen Tinte zog sie ein neues Wunder!

Aber immer noch war keine Zeit, über Wunder nachzudenken. Der Weg zwar lag frei, aber der Wald stand dunkel und ungewiß rings um ihr Reiten. Kein Mensch wußte, wo er endete und was er noch zwischen seinen

Bäumen verbarg. Und die Pferde hatten keinen Atem mehr.

Sie bogen also in eine Querschneise ein, bohrten sich tief in das Dunkel und hielten. Die Pferde standen wie festgewurzelt, keuchten erbärmlich, und ihr Leib schwankte im ruckweisen Luftholen vor und zurück.

Sie saßen ab, schauten nach der Sattelung, lösten die Gurte und zogen den Woilach nach vorn. Miehl hatte seinen Woilach verloren und mußte die Schlafdecke unter den Sattel legen.

Von den Reitern fehlte nur Hummel. Im Dorfe geblieben unter seinem getroffenen Pferde, sagten die einen. Nein, die anderen behaupteten, er sei im Fluß gestürzt und abgedrängt worden. So und so, es blieb eine strittige Frage, aber Hummel fehlte.

Einen Streifschuß hatte auch Servus, lang über seine magere Kruppe. Wie ein Vogel war das riesige Pferd über die Felder geflogen, seine langen Beine hatten jeden Vordermann überholt, und Moser war immer an der Tête geritten. Servus, mit einer Lunge aus elastischem Gummi, einer unermüdlich arbeitenden Maschinerie, war nicht schön, aber das beste Pferd auf Patrouille!

Der Führer saß auf und ritt auf den Hauptweg zurück. Er kam wieder und wußte etwas: »Weiter hinunter, in einer Lichtung, brennen Feuer. Der Wald ist sehr groß, ist überall besetzt. Wir müssen uns noch einmal an den Russen reiben.«

Hm. Andere Nachricht hätten sie lieber gehört.

Ja, sie müßten noch einmal, ein drittes Mal, durch schwarze Tinte schwimmen, vorerst aber sollten sie ruhen, eine kurze Rast, den Pferden zur Erholung!

Denn sie werden noch manch liebes Mal laufen müssen.
Also blieben sie halten, sahen und horchten auf die Pferde. Das bittere Keuchen ließ nach und ging wieder in ruhiges Atmen über, der Leib schwankte nicht mehr vor und zurück, und die steif-müden Beine rührten sich und wechselten ungeduldig ihren Stand.
Es war warm im tiefen Wald. Langsam fing es zu regnen an. Es rieselte in den welkenden Blättern, und nach einer Weile erst drang die Nässe bis zu ihnen herunter. Sie legten die Zeltbahn über Sattel und Pferdenieren, zogen die Mäntel an und schlugen die Kragen hoch. Osterloh trat an Kestenberg heran: »Gestatten ein Wort?«
»Vielleicht setzen wir Mützen auf«, sagte er; mit Plön auf Patrouille, bei Breszinn damals, als sie ritten und ein ähnliches Schlamassel erlebten, da hätten sie es ebenso gemacht, Waren durchgekommen, weil sie der Russe für Russen gehalten!
Ja. Sehr gut. – Setzen wir Mützen auf, hängen wir den Tschapka an die Packtaschen, vergnügen wir uns mit einer bescheidenen Maskerade!
Fertig. – Reiten wir jetzt?
Nein. Der Leutnant sagte noch nichts von Aufsitzen, ritt vielmehr nochmals allein davon, das Geheimnis des Waldes zu belauschen.
Derweil hatte der Regen das Blätterdach ganz und gar durchdrungen und sank nun, eine dichte Wasserwand, den Reitern auf Köpfe und Schultern. Sie stellten sich eng zusammen und machten den Rücken krumm.
Die gefährliche Hitze des Lebens, sie hatte ihre Stimmung nicht gedrückt; aber das Stehen im Regen, das

frierende Warten im dunklen Wald, das griff ihnen nach dem Herzen, machte sie müde und hoffnungsarm.

Nie finden wir mehr aus dem Kessel ein Loch, das uns heimführt ins Leben, in das Leben, wie wir es meinen, das da glatt ist und immer schön. In das Leben, das es nirgends gibt. Dieser Regen! Seit Wochen hing er in dunklen Wolken am Himmel unseres herbstlichen Reitens um Wilna, der Regen, das graue Verhängnis. Nun sinkt er herab, zerweicht Leiber und Herzen, wie auch Wege und Stege, und macht ein Ende mit uns.

So dachten sie wohl, und Miehl, natürlich Miehl, sprach es aus: »Es regnet sich endgültig ein!« Immer auch fand er Worte für das, was sie dachten, dieser Miehl.

Die Zeltbahn wollte keiner von den Pferden nehmen, so standen sie also mit gebeugten Rücken und zogen die Hälse in den Kragen. Moser tastete über die Kruppe seines Servus und fühlte, wie immer noch ein wenig Blut rann und sich mit dem kalten Regenwasser mischte. Servus aber focht das nicht an, er bog den Hals und erwartete, daß Moser ihm zu fressen gäbe. Und Moser ließ ihn die harten Krumen aus seinem Kompetenzenbeutel kauen. Davon nicht befriedigt, ließ Servus den Kopf auf die Erde hängen, fraß Laub und Holz –, was er fand.

Daß der Leutnant nicht wiederkam! Ob er irre ritt? Ob sie ihn schnappten?

Was mit Hummel jetzt war? – Ist er tot, dann friert er nicht mehr in dieser traurigen Nacht des Lebens.

So seufzten sie, vor Spannung, vor Unlust; die Pferde

rührten sich nicht. Der Regen lief in Bächen an ihnen herunter…

Endlich tauchte Kestenberg wieder aus dem Walde. »Fertigmachen!« sagte er.

Sie zogen die Gurte fest und hoben die wasserbeschwerten Beine in den Sattel. Sie warteten, bis alle oben waren, bis auch Moser auf Servus saß. Dann ritten sie an.

Mit Mützen und langen Mänteln kamen sie sich wirklich als halbe Russen vor. Um noch mehr dazu zu tun, steckten sie die Lanzen in den Bügelschuh und ließen die Spitzen aufrecht in die Luft ragen, ein wenig nach hinten. Sie legten den Oberkörper auf den Pferdehals vor, sie ritten wie halbe Kosaken.

Vor ihnen blitzten Funken auf zwischen den Bäumen und wurden Lagerfeuer, von einem unklaren Gewimmel umgeben. Der Weg weitete sich zu einer großen Lichtung, Wagen standen dort und Pferde in langen Reihen. Sie ritten mitten hinein.

Sie wurden angerufen. Osterloh, neben dem Führer reitend, warf ein Wort als Antwort hin. In ruhigem Trabe ritten sie über den freien Platz, streiften hart den Lichtkreis der Lagerfeuer, legten die Oberkörper vor und ließen die Lanzen nach hinten stehen.

Wie ein Traum huschten sie durch die Nachtruhe der lagernden Russen. Noch einmal rief sie jemand an, und Osterloh quatschte seine Antwort zurück. Dann verschlang sie der Wald und der rauschende Regen.

Der Weg vor ihnen lag frei, sie ließen den Trab zum Galopp werden. Sie lachten still vor sich hin. »Osterloh, das hast du gut gemacht! Was hast du ihnen denn erzählt, Osterloh?«

Haha, das war es ja: Osterloh konnte gar nicht Russisch! Osterloh sprach bloß etwas Polnisch! Aber auch das hatte hingeholfen. Rußland war groß, hatte viele Menschen und Sprachen, und der Regen hatte auch den Posten dort das Hirn gedrückt. Für diesmal langte es hin. Das Leben ist ein Spiel, laßt uns lachen!

Nicht zu laut! Mit diesem Mal war das Leben noch nicht aus! – Der nächste Russentrupp, den sie trafen, saß zu Pferde und schien nicht vom Regen dumm und stumm gemacht. Ein paar Lanzenreiter kamen von der Seite in die Quer, gesellten sich zu Osterloh an die Spitze und maulten drohendes Zeug. Man mußte ihnen die Lanzen um die Ohren schlagen.

Der Wald endete. Auf freiem Hang standen rechts und links vor ihnen die Lichter zweier Feldlager, durch eine Bodensenke getrennt, die schwarz und tief schien wie eine Schlucht. An ihrem Ende schimmerte im matten Licht der monderhellten Regennacht das Wasser eines großen Flusses.

Verdammt seien die Flüsse! – Doch den Leutnant freute der Fluß. »Die Richtung stimmte«, sagte er zufrieden, »ich ließ mich nicht täuschen. Noch einmal müssen wir schwimmen, dann sind wir, denke ich, durch.«

Hm. – Wie ist es, Miehl? Ist das wohl der Fluß, von dem du sagtest, daß er einmal eine Armee verschlang?

Miehl wußte nicht, Miehl war tot und ausgeleert, wußte nicht, ob das die Beresina war.

»Nein«, sagte Kestenberg, »die Beresina ist es nicht. Die sehen wir ein andermal. Die Wilja ist dies.«

Wilja? Der Name eines hübschen Mädchens, ja. Wilja, der erste Name für einen Teilbestand dieser verwunschenen Gotteswelt, die wir Tage und Nächte, in einsamem Abenteuer reitend, durchstreiften! Der erste Name, den wir erfahren, und gleich erinnert er an ein Mädchen.

Die Bodenfalte hinab zu dem Fluß war tief genug, daß sie ans Wasser kamen, ohne die beiden Feldlager aus dem Schlaf zu wecken. Eine Furt fanden sie nicht, nicht überall konnten ja ihretwegen Furten sein in den Flüssen! Sie waren zufrieden, als sie eine Stelle mit festen und flachen Ufern fanden, drängten ins Wasser und schwammen und schritten, abwechselnd, durch den Fluß, der bald flach war, bald tief, wie ihn die Strömung geschaffen. Ein Pferd verfing sich mit den Beinen in den Zügeln, stampfte sich ab und versank.

Das Plätschern und Baden gehörte nicht zu den gewöhnlichen Geräuschen dieser Nacht. Durch den rieselnden Regen drang es wohl bis an die Ohren der Lagerposten. Schußlichter spritzten aus dem Dunkeln. Aber kein Kugelzischen streifte die Ohren der Reiter, als sie drüben ans Ufer stiegen: Wohin die wohl schossen? Nicht ein Peitschenschlag knallte zwischen ihren Köpfen: Wir sind, trotz Regen und hundertstündigem Reiten, des Glückes Freund!

Sie ritten dahin und trabten sich die Nässe vom Leibe. Es schien ihnen, als hätten sie mit diesem Fluß, der eines schönen Mädchens Namen trug, die Brücke zum Leben gefunden, zum Leben, wie sie es meinten, und nun ginge das Feiern an.

Da aber kamen sie an einen Sumpf: Zu ihren Seiten wurde der Boden zu einem Schwamm, mochte keinen Reiter mehr tragen. Verdammt seien die Sümpfe! Noch lauter verdammt als alle wegversperrenden Flüsse!

Bloß Kestenberg wettert nicht auf den Sumpf. Er ist

auch mit dem Sumpf zufrieden: »Ei«, sagt er, »ein Sumpf! Sehr gut, dann sind wir richtig geritten. Wir mußten noch einen Sumpf treffen.«

So, mußten wir! – Kleiner Herr, uns scheint, du bist mit allem zufrieden. Würden wir eben zufällig mal auf die Hölle stoßen, du würdest sagen: »Ei, die Hölle, sehr gut, wir sind auf dem rechten Wege, wir mußten noch auf die Hölle stoßen«, – würdest du sagen!

Der Führer ist nicht unempfindlich gegen die Gedanken derer, die hinter ihm reiten. Ein Führer liest alle Gedanken und verwendet sie in seiner Rechnung. »Südlich des Sumpfes geht der Marschweg des Regiments. Wir müssen noch durch diesen Sumpf, dann sind wir durch.« Sagt er.

Haha, wir müssen durch, um durch zu sein, das ist unser Lied. Wir müssen durch dies, wir müssen durch das –, durch was müssen wir denn wohl noch? Feuer, Wasser,Sumpf und Wald –, alles war da!

Wir müssen durchs Leben, das ist es wohl.

Aber wohin? –

Der Sumpf brachte ihnen noch schwere Not. Zwar gab es feste Wege, ein wippendes Pflaster aus rundem Holz, auf denen die Pferde sich die Beine brechen wollten, ritt man einmal schneller als Schritt.

Als sie aber noch einmal von Kosaken gejagt wurden, ritten sie sogar Galopp auf den brüchigen Bohlen, und siehe, ein neues Wunder ließ kein Pferdebein Schaden nehmen.

Ein andermal wurden sie vom Knüppeldamm abgedrängt, verleitet durch den Schein eines festen Bodens, ritten querfeld zwischen niedrigem Kiefern-

gestrüpp und standen endlich ratlos vor undurchdringlichem Moor. Zwei Pferde verloren sie dort, die sich angstverrückt immer tiefer in den Modder traten.
Furchtbar war dies Reiten im Moor, sie wünschten sich wieder Flüsse herbei und den großen Wald und Attakken und einen sichtbaren Feind. Ein Nebel legte sich um sie und machte alles, was sie lebten, zu einem Traum. Die Muskeln taten ihre Arbeit, ohne daß die Gedanken davon wußten. Die Faust hielt die Zügel, der Körper fuhr in die Bewegung des Pferdes hinein wie der Kolben der Maschine in den Zylinder, das Hirn wußte nichts von alldem.
Das Hirn schlief oder träumte. Moser zum Beispiel lag in Kindheitsträumen gefangen, empfand das ewig furchtbare Fliehen mit gefesselten Gliedern, die keinen Schritt vorankommen vor einer näher und näher rükkenden Gefahr; träumte reitend das uralte Erlebnis angstgefolterten Menschenträumens. Er fürchtete, allein zu bleiben, und stieg überhaupt nicht mehr vom Pferde, wenn sie für eine kurze Atempause irgendwo hielten. Magenleere und Erschöpfung ließen ihn plötzlich sich auf dem Schulwege finden.
Das Reiten im Moor nahm kein Ende, die Gewohnheit allein hielt Menschen und Pferde dazu an, in der Bewegung zu verharren. Kestenberg allein zehrte von der angespeicherten Ruhe seines kleinen Körpers und blieb, der er war. Während die hinter ihm ritten die Augen schlossen, während Moser fürchtete, daß er zu spät in die Schule käme, tastete sein kaltes Denken sich durch das krüppelige Kiefernholz, um Tümpel und Moorfelder herum, und verlor dennoch nicht das allerletzte Ziel…

Sie ritten auf festem Boden, von hohem Baumwuchs umgeben – sie merkten es nicht.
Sie trafen einen frischen Hufschlag – es machte ihnen wenig aus. Sie bereiteten sich auf ein neues Anreiten gegen Kosaken oder Dragoner, mochte es sein was es war – mochte es das Allerletzte sein! Sie waren fürs Leben zu müde.
Sie wurden angerufen. Wie Teufelsnarrheit kam ihnen da eine Sprache entgegen, die so klang wie Deutsch.
Es spannte sich im Dämmern des Waldes zwischen den sich Begegnenden eine kurze, mißtrauische Befremdung. Dann brach Klarheit herein: Es waren die Bayern, der Spuk ging zu Ende.
Sie ritten gemeinsam ein Stück, trafen das Gros der bayerischen Patrouille, saßen ab, fielen hin, wo sie standen, und schliefen.
Die Bayern übernahmen die Sicherung.

3

Die Bayern standen Posten, streiften beritten umher und sicherten gegen den Feind. Es konnte nicht in alle Ewigkeit so bleiben. Durften sie hier, ein versprengtes Häuflein Reiter, Winterquartier nehmen in diesem fremden Wald?
Der bayerische Führer stellte das fest, und Kestenberg, der längst ausgeschlafen hatte, gab ihm recht. Also saßen sie auf und ritten mit den Bayern. Heiter wurden sie im Reiten, und einen großen Empfang dachten sie sich aus. Hallo, würde man sie begrüßen beim Regiment, – hallo, ihr seid da! Die Fernpatrouille mit Leut-

nant Kestenberg ist wieder da! Habt ihr schöne Tage gehabt?
Ja. Und dann würden sie erzählen. Von der großen Fernpatrouille an der Wilja sollten die zu hören bekommen, der Atem würde ihnen im Halse stecken bleiben, ersticken sollten sie vor Spannung!
Dieser Art bestimmten sie sich ihren Empfang beim Regiment...
Aber wiederum kam es ganz anders. Von der Seite her fügten sie sich still in den marschierenden Wurm. Nicht eine Minute Aufenthalt entstand durch ihr Kommen. Vorne hoben sie die Lanzen, das Regiment trabte an, das Leben ging weiter.
Kaum eine Notiz nahm man von ihrem Wiederauftauchen aus tagelangem Verlorensein; man gliederte sie ein und zog mit ihnen kurzerhand davon. Wenig Atempausen bot dies reitende Leben.
Die Reiter der Patrouille, sie hatten gedacht: Wir haben unser Teil Leben geschafft, wir ritten die große Patrouille an die Wilja, nun werden wir feiern!
Was denkt sich der Mensch immer vom Feiern! Vorne heben sie die Lanzen, und von neuem geht es an, hinein in den Trab. Das Leben ist Trab.
Das Regiment war nicht Kaserne und Heimat, sondern eine sehr mobile Truppe, vom langen Reiten geschunden, hungrig und müde wie sie, angehalten zu einer weiteren Aufgabe, die keiner recht kannte. Es machte keinen Trara um die Rückkehr dieser paar Männer. Vorne hoben sie die Lanzen, und von neuem trabte man an...
Gerien ritt sorgenvoll vor der Schwadron. Seine Sorge äußerte sich nicht in Seufzern, keine Rede. Von allen

Narrheiten des Lebens war ihm das Schwarzsehen und Dunkelmachen, das miese Reden aus bedrücktem Gemüt am allermeisten verhaßt. Wenn er sich innerlich sorgte, wurde er wild, tobte mit einem lachenden, einem weinenden Auge. Der Doktor kannte das und wußte auch ein Mittel, den Krampf zu lösen. Er kam angeritten auf seinem gelben Fuchs, richtete es so ein, daß Gerien über sein ziviles Reiten lachen mußte, und dann ritten sie nebeneinander und sprachen über das Leben.

Kestenberg fand keine gute Aufnahme bei Gerien. »Noch zwei Patrouillen mit Ihnen, und wir haben bloß noch Fußgänger bei der Schwadron!« sagte Gerien. »Wären Sie so findig wie unsere alten Leute, aus Ihnen würde vielleicht noch ein Soldat. Klingspor ist seit zwei Tagen schon bei uns. Er versteht das Reiten.«

Wirklich, Klingspor und Schaper hatten sich, die Meldung und den Gefangenen gesund und munter abgeliefert. Einen Bauernwagen, mit Hafer und Kompetenzen beladen, hatten sie auch noch mitgebracht.

Auch sie hatten es nicht leicht gehabt. Auch sie waren durch eine Gegend gezogen, die kein Durchkommen mehr bot und ganz dick war von Russen und Gefahr. Eine Weile waren sie immer noch weiter geritten, bis Klingspor dann feststellte, daß mit Schneid allein der Teufel nicht zu besiegen wäre, daß dem Menschen noch eine andere Waffe geschliffen sei, der man zur rechten Zeit sich erinnern müßte. »Eine russische Kavalleriedivision können wir zwei nicht in die Flucht schlagen«, hatte er zu Schaper gesagt, »wird niemand von uns verlangen.«

Also versteckten sie sich im tiefsten Stroh einer großen

Scheune, nachdem sie die Pferde in den dunkelsten Stall hinter des Bauern Kühe gestellt hatten, und verschwanden für eine Zeit ganz und gar aus der Welt.
Und dann rollte da ein kleiner Bauernwagen durch die Landschaft, von zwei Pferden gezogen, beladen mit Säcken und Krimskrams, gefahren von einem schmutzigen Panje. Hinter diesem Kutscher saß ein russischer Soldat, hinter diesem ein zweiter Panje im grauen Schoßrock, mit Stricken gegürtet, die Fellmütze auf dem struppigen Kopf.
Langsam, aber klar seines Zieles, fuhr das Wägelchen über Hügel, durch Täler, ruhte in der Landschaft wie ihresgleichen, dem Sande und der einsamen Wildnis entstiegen. Einige Male fuhr es an russischen Kolonnen vorbei, und wenn jemand vom Pferd herab fragte, antwortete der russische Soldat verdrießlich ein Wort von Requisition für die und die Dragoner, Regiment des Großfürsten Michael. Keiner hörte sich die Antwort richtig an.
Keiner sah es, daß der kutschierende Bauer aus Weißrußland in Wahrheit südlich des Deister geboren, und daß der andere Lausepelz da zwischen den Säcken der Gefreite Klingspor war, der dem mißmutig redenden russischen Soldaten das Seitengewehr in den Rücken drückte. Keiner weiß es, wie diese beiden, unkundig der Sprache, den Gefangenen zum vollendeten Spiel dieser Komödie veranlassen konnten. Es scheint, in gewissen Fällen sprechen ein paar Zeichen die Sprachen aller Welt, Tod und Leben sind überall bekannt und bedürfen keines Dolmetschers.
Keiner der vorbeireitenden Russen hatte es für möglich gehalten, daß unter den Säcken nicht nur Säcke lagen,

sondern zwei Kavalleriesättel und zwei Tschapkas und zwei lange deutsche Lanzen.

Die Fahrt hatte ein gutes Ende genommen. Lux freute sich noch heute an dem Streich. »Da können Sie was lernen!« sagte er zu Kestenberg. »Privatdozent für Kunstgeschichte, lernen Sie etwas vom Gefreiten Klingspor, der ein Bauer ist aus der Lüneburger Heide und den Teufel bei den Ohren zu kriegen weiß!«

Gewiß, Kestenberg lachte ganz gerne ...

Derweil gingen wieder die Gerüchte von vorne nach hinten und nährten den ziehenden Wurm mit ihrer Speise. Es hieß, sie wären, nachdem sie zum Jagen ausgezogen waren, nun selbst die Gejagten. Die Parolen stiegen aus den Latrinen und überschlugen sich vor bangemachender Teufelslust.

Aber auch die Zeichen des Marsches redeten für den, der sie verstand, eine drohende Sprache. Es begab sich ein unruhiges Schwanken in der Richtung ihres Reitens, ein zitterndes, kurviges Auf und Ab nach Nord und Süd, ein Vortasten nach rechts und links, nach hier und dort, und ein immer wieder Aufgeben der eingeschlagenen Richtung. Es stiegen Rollsalven im Nordosten aus den Wäldern, und Artilleriefeuer grollte im Süden. Und man sprach von Fernpatrouillen der Division, die nie mehr zu ihren Schwadronen zurückgefunden hätten. Bei den Husaren kamen einmal nur zwei Männer zurück und meldeten, daß sie in einem Dorf von Kosaken ausgehoben worden wären, in einem Dorf, das jetzt weit in ihrem Rücken lag.

Es hieß, sie wären ausgezogen, einen Kessel zu bauen, und säßen nun selbst mitten im Kessel.

Die eben mit Kestenberg geritten waren, sie hatten noch

viel Glück gehabt auf ihrem Weg durch Wälder und Wolken. Sie konnten zufrieden sein. Sie waren es auch: Gegen den Führer war nichts zu sagen, Respekt vor dem kleinen Herrn! Als Reiter ist er kein Held, aber im Kopfe sitzt ihm ein kaltes Gehirn, nicht einmal verlor er die Ruhe zum Denken. Alle Achtung! Wenn wir auch mit Plön lieber ritten, der uns kannte und verstand, uns und unsere Pferde. Teufel, wohin wohl war Plön gegangen? Mit Plön hätten wir auch nicht diesen Hunger gelitten, hätten immer und überall etwas gefunden, unsere Taschen mit Kompetenzen zu füllen. Warum nahm man uns Plön!

Unterwegs hatten sie von dicker Reissuppe geträumt, von endlich wieder etwas Warmem. Und nun kochte die Feldküche nur noch Wasser! Der Koch saß mürrisch auf der Protze und mochte aus Runkelrüben und faulendem Herbstlaub keine Suppe brauen. Da man laut auf ihn schimpfte, schimpfte auch er, nämlich auf die Patrouillen, die keine Kompetenzen mitbrachten, auf Klingspor, der natürlich nur an die Pferde gedacht und nichts als Hafer durch die Russenfront gefahren hatte, auf den Vormarsch überhaupt und auf das ganze Leben.

»Horch!« sagten die anderen und wiesen dem Koch das trockene Kanonenrumpeln im Süden, die knatternden Rollsalven in Ost und West, – »horch, bald brauchst du nicht mehr zu kochen!«

»Bald darfst du hinter Stacheldraht über neuen Rezepten sinnen, lieber Koch!«

Sie gingen, wenn sie hielten, auf die Äcker hinaus und rupften sich aus der Erde, was sie fanden. Wenn es Kartoffeln waren, war es Sonntag, – meist aber war Werktag, und sie fanden nichts als Rüben, die sie roh

aßen. Sie stöhnten dann über die Steine, die ihren Magen beschwerten. Das Dorf, das ihnen nachts Quartier bietet, ist arm und tot, ausgeraubt bis auf den letzten Fatz: Ein schlimmer Heereszug muß ihnen vorausgegangen sein. Sind es die Spuren deines Napoleon, von dem du immer sprachest?
Nein, Miehl erinnerte sich, daß das mit Napoleon vor hundert Jahren gewesen war.
»Sehen Sie«, wollte Moser ihn trösten, »sehen Sie nun, wie Ihr Vorgefühl trog! Sie sind da, und Hummel ist fort. Schwarz wird oft Weiß, und Weiß wird Schwarz.«
»Schweigen Sie doch!« sagte Miehl. »Hören Sie, wie es hinten schießt und vorne, rechts und links. Wie sollen wir hieraus entrinnen?«
Dieser Art seufzte Miehl, dann verstummte er wieder. Manchmal auch schlief er ein, nickte Schritt reitend auf dem Pferde und ließ sich bewußtlos weitertragen. Sein Rappe, ein überaus gutes Tier, marschierte unter den lockeren Zügeln einen freieren Schritt und holte langsam neben der Schwadron nach vorne auf. Wenn ihn nicht irgendwo ein Lanzenschlag auf den Tschapka weckte, wäre Miehl endlich an der Tête geritten. »Miehl wird zum Rittmeister befördert«, sagten darum die Kameraden, und Miehl wünschte sich stöhnend auf die andere Seite der Erde. Er beneidete auch Schacht, der zur Bagage versetzt war und jetzt irgendwo hinten auf einem Wagen durch das Land rollte.
Über Schacht, das hatten sie nach ihrer Rückkehr erfahren, war das Gericht hereingebrochen, nachdem er an jenem Morgen das Abreiten der Patrouille versäumt hatte. Der Wachtmeister war als Kläger aufgetreten, Gerien jedoch, seltsam milde gestimmt, hatte Schacht

zur Bagage kommandiert. Er sollte auf dem Bock fahren, sich ordentlich ausruhen und vor allem sich zu waschen lernen. Und Miehl glaubte nun, er hätte Anlaß, den Schacht zu beneiden.

Seltsam dünkte es ihnen, daß das Marschieren sich alle Tage gleich blieb wie im Frieden. Die ganze Welt ringsum schien feindlich, aber ihr Ritt blieb von morgens bis abends der gleiche, ein Reisemarsch in geschlossenen Schwadronen. Nichts Neues fiel ihnen in den Weg, nur in die Ohren schlichen ihnen die Nachrichten, die von den Patrouillen herangeschleppt wurden.

Der Landwehr-Maier wußte schon wieder von einem Zug der Dragoner, der nachts in seinem Quartier von Kosaken überfallen und massakriert worden war. Maier erwähnte dieser Tage wiederum viel seinen Freund in der fernen Heimat, dem er dies und jenes schreiben müsse, wenn noch einmal zum Schreiben die Gelegenheit käme. Maier schimpfte vor allem gegen den Regen an, für den Regen fand er bald auch einen Verantwortlichen, nämlich den lieben Gott. – Maier war schwer zu ertragen: Reitet man da in pitschnassen Kleidern, die Knie vor den Sattelpauschen liegen unter eiskaltem Umschlag, – und dann spricht da einer immerfort, daß es regnet! Daß es wirklich und wahr zu naß sei in der Welt und daß er keinen trockenen Faden mehr am Leibe habe. Und daß es, da wir ja im Herbst sind, überhaupt nie mehr anders kommen werde, nie mehr!

Beschwere dich, Maier, über den Regen! Beschwere dich beim Reichstag über den lieben Gott, Maier, – mach alles, was du willst, aber halt dein Maul, wenn du zwischen uns reitest!

Singen wir vielleicht ein Lied? Wie wäre es mit Gesang! »Die Reise nach Rußland, die fällt uns so schwer«, das singen sie, nicht alle, nein, nur in Gruppen, ein paar vorne, ein paar hinten in der Marschkolonne. Einen gemeinsamen Takt haben sie nicht. Vorne sind sie am Ende des ersten, hinten am Anfang des zweiten Verses. Beim Lied von Malawies singen sie alle mit. Es ist traurig wie ihr zielloses Reiten im regnenden Herbst...

An einem Tag aber hörte plötzlich der Regen auf, und ein Sonnenblick fiel auf die Erde. Und gerade diesen Tag über hatten sie Ruhe, blieben liegen in ihrem Quartier und genossen die Zeit. Der Horizont war stiller geworden, die Rollsalven schwiegen, nur von ganz weit her trug der Wind ein paar Fuhren Kanonendonner heran. Sonnenblitze fielen durch Wolken und ziehenden Wasserdunst. Das Leben war nicht schlimm.

Am Abend zog mit unzähligen Wagen die große Bagage ein, der gesamte Fuhrpark der Division. Sie brachte wieder einmal Empfang, brachte die Post, brachte eine riesige Freude und ließ für einen Augenblick uralte Beziehungen wiedererstehn. Mochte der Teufel wissen, woher die Bagage kam, sie brachte Fressen und Freude. Die Kompetenzen waren hartes Brot und Konserven, die Post war uralt, und dennoch wurde es ein schöner Tag.

Das hastende Leben kam für einen Augenblick zur Ruhe, besann sich auf sich selbst und rechnete mit zurückgestellten Dingen ab:

Da wurde Moser zum Rittmeister gerufen, der ihn stumm betrachtete – was will er von mir? dachte Moser – und zum Regimentskommandeur führte. Schon wußte Moser, was kommen würde, und machte sich zur Abwehr bereit.

Der Kommandeur, umdüstert sonst von der Sorge um den grollenden Horizont und das dunkle Ende des Reitens, hatte soeben das Hemd gewechselt und sah ganz zufrieden aus. Er besah sich den Moser. »Werden Sie Fahnenjunker!« sagte er. »Wir sind mit Ihnen zufrieden. In drei Monaten sind Sie Offizier.«

Nein. Moser sagte gehorsamst nein.

Wie das? Der Kommandeur tat erstaunt. »Ihr Vater wünscht es«, sagte er.

Moser bedauerte. Der Wunsch seines Vaters sei ihm diesmal kein Befehl. Es stoße gegen sein grundsätzliches Gefühl von Ehre und Anstand, in eine Verpflichtung einzugehen, bloß um sich den Augenblick zu erleichtern.

Eben jetzt, sagte der Kommandeur, sei aber eine Gelegenheit, wie sie nie wiederkäme: Moser dürfe mit einer rückwärtigen Kolonne westwärts fahren, heimwärts, bis nach Deutschland hinein! Er bekäme einen hinreichenden Urlaub, seine Reifeprüfung nachzuholen, einen Kursus abzumachen, um dann sehr bald befördert zu werden!

Nicht einen Augenblick schwankte der kleine Moser. »Nein«, sagte er, »ich möchte nicht aktiv werden, weil ich nicht aktiv bleiben will. Ich weiß noch gar nicht, was ich werden will.«

Der Kommandeur wurde kühl, wandte sich ab und bückte sich mit Gerien sorgenbeschwert über eine Karte. Moser mußte vor der Türe warten. Als sie gemeinsam zu ihrem Quartier zurückgingen, begann Lux:

»Sie sind ein Esel!«
Moser bockte mit rotem Kopf.
»Sie sind ein selten dummes und unverbesserliches Kind«, sagte Gerien, »ich rühre für Sie nie mehr eine Hand.«
Moser bockte weiter. Sie gingen schweigend nebeneinander her.
»Ich habe dem Kommandeur gesagt, daß Sie sich die Sache noch überlegen werden. Sie haben Zeit, bis es dunkel wird. Dann fährt die Kolonne ab.«
»Gestatten«, sagte Moser, »ich schaffe es auf meine Art.«
Unsinn! Gerien hielt es für einen Unsinn, daß es der Mensch im Leben alleweil schaffen könne, ohne des Glückes helfende Hand zu ergreifen. »Sie müssen das noch lernen«, sagte er, »viel müssen Sie noch lernen. Und was denken Sie in die weite Ferne? Denken Sie in die Nähe, nehmen Sie die Ferien mit, Ferien tun immer gut. Nach drei Monaten kommen Sie wieder, und wir sind derweil aus dem Schlamassel heraus. So oder so.«
Moser hatte Ohren, um zu hören, was Gerien damit sagen wollte. »Wenn hier die Luft jetzt dick wird«, sagte er, »kann ich erst recht nicht gehen. Alle würden glauben, ich wollte mich drücken!« ...
Am Abend fuhr der Transport ohne den kleinen Moser ab. Der wurde vielmehr zum Wachtmeister gerufen. »Servus ist für Sie kein passendes Pferd«, sagte der Wachtmeister, »Sie haben sich ja immer über den Servus beschwert. Bringen Sie ihn zum ersten Zug!«
Und Moser tauschte auf des Wachtmeisters Befehl seinen großen Servus ein gegen das schöne Pferd Chartreuse, bis jetzt einem Unteroffizier gehörend, der ruhr-

krank nach hinten gerollt war. Den Servus bestieg der Gefreite Noltemeyer, dessen Pferd in der Wilja geblieben war. Noltemeyer machte ein zufriedenes Gesicht, der Wachtmeister lachte gefährlich, und die anderen begrüßten Moser, als er die schlankbeinige Chartreuse zwischen ihre Pferde stellte, mit Staunen und Zweifel.
»Na na!« riefen sie, »wenn das bloß gut geht!«
»Das Pferd kannst du nicht reiten«, sagte Klingspor, »du bringst es über keinen Graben. Es klebt wie Leim.«
Ach was, Moser war glücklich. Er hatte das schönste Pferd im Beritt. Alle standen um sein neues Pferd.
»Du wirst es schon erleben«, sagte Klingspor, »du mußt erst lernen, was du schaffen kannst.«
Die schöne Chartreuse war gefährlich, sie bewies es schon jetzt. Sie legte die Ohren an, riß das Maul auf und schnappte nach den fremden Pferden. Zuweilen auch keilte sie hell quietschend aus. Niemand wollte sein Pferd neben der Chartreuse stehen lassen. Moser mußte sie an die Wand stellen, auf die andere Seite kam Miehl mit seinem Tier: »Miehl, du dorthin! Dein Rappe verträgt einen Stoß.«
Miehl war es gleich. Er ging, nach der Post zu fragen.
Die Post war uralt, aber reichhaltig und hochinteressant. Es waren auch Stöße von Zeitungen da, in denen sie nachsahen, was in der Welt geschehen war, und ob nicht von ihnen die Rede war und von ihrem Reiten im hohen Norden, von dem, was sie wollten bei Wilna.
Ja, da stand es: ein Korps Kavallerie hatte zum Stoß nördlich Wilna angesetzt, bereits war ein beträchtlicher Raumgewinn erzielt.
Raumgewinn? Nicht übel, wir haben also Raum gewonnen!

Was wir weiter wollen und sollen, das sagen die Zeitungen nicht. Übrigens waren die Zeitungen alt, vierzehn Tage alt die jüngsten. Was wir seitdem getan, wir können es nicht in der Zeitung lesen.

Da seine Frau alle Briefe numerierte, konnte Miehl es leicht feststellen, wieviel Briefe fehlten. Viele fehlten. Die anderen dagegen verstanden oft nicht, was sie lasen. So Moser, dem die Mutter Langes und Breites schrieb vom Gedeihen des kleinen Karl Gustav.

Wer war denn das?

Keiner war da, und keine Nachricht kam, dem kleinen Moser zu erzählen, daß seine Schwester längst einen Knaben geboren hatte. Sie ritten in der Einsamkeit, – inzwischen traten neue Menschen in die Welt, trugen Namen und eigenes Gewicht.

Die Feldpost schüttete aus ihren Jutesäcken manch seltsame Erinnerung. Das reitende Leben ruhte für einen Tag, besann sich auf sich selbst und rechnete mit zurückgestellten Dingen ab. Die hauchdünne Beziehung, die ein jedes Herz an die Heimat band, erglänzte wie ein Seidenfaden im Sonnenlicht dieses einen Ruhetages. Er war nach langen Wochen der erste, und er wurde der allerletzte vor einer schweren Zeit.

Gerien zeigte seinen Herren auf der Karte ihre Lage. In den Norden von Wilna waren sie gezogen, jetzt standen sie tief im Nordosten dieser Stadt, so etwa da und da. Genaues wußte man nicht.

Genaues weiß man nie, man rechnet und schließt nach den Umständen, das ist alles. Einen riesigen Kessel bauten sie um Wilna, hinreichend groß, drei russische Heere zu fangen. Der kleine Witzleben zitterte vor Aufregung, als er die Größe ihres Unternehmens an Hand der Karte erkannte.

»Kommt alles darauf an, daß man uns vom Norden her nicht in den Rücken fällt«, sagte Gerien. Was sie bisher in den Wäldern begleitet und wie ein Reifen rund um ihren Marsch gelegen hätte, das könnten auch bloß streifende Kosaken gewesen sein. Das Resultat von Kestenbergs Fernpatrouille gegen die Wilja mache ihm jedoch Sorgen, sagte Gerien. »Wir wissen nicht wo und wie, aber wir wissen von einigen Korps, die der Zar sich um Petersburg festgehalten hat. Es soll sich um die Gardetruppen handeln. Ließ er sie marschieren, geht es uns schlecht. Von vorne und hinten kneift uns die Zange.«

»Wir trafen auf Dragoner, stramm reguläre Truppen«, stimmte Kestenberg bei.

»Das ist es: Reißt der Zar sich die Garde vom Herzen und schickt sie von Nordost gegen Wilna, dann sind wir statt Jäger die Gejagten. – Warten wir ab, sehen wir, was morgen mit der Großen Bagage wird!«

Ja, das war es: Solange die Bagage nach rückwärts entlassen wurde, um neuen Empfang zu nehmen, solange war die Gefahr noch nicht groß. – Der Doktor kam zu Besuch in ihr Quartier und fragte Gerien, ob er Nachricht aus Lugau hätte.

Jawohl, die Nachricht war da und klang gut. Der Verwalter schrieb, daß die Ernte unter Dach, daß auch die Hackfrucht schon zur Hälfte aus der Erde geholt und wieder unter Erde geborgen war. Kestenberg konnte nicht Roggen von Weizen unterscheiden, aber der Doktor hörte mit Begeisterung zu, als nun Gerien vom Lande erzählte und den Zaren mitsamt seiner Garde

vergaß. »Sie sind zu beneiden, Gerien!« sagte er. »Des Menschen Arbeit an der Erde ist die sauberste Arbeit.«
»Wenn ihm das klar wird, ist es meist leider zu spät«, meinte Gerien. Er dachte wohl an sein schweifendes Leben . . .

In der Nacht kamen einschneidende Befehle: Die Bagage fuhr nicht mehr zum Empfang.
Nein, sie blieb geschlossen zusammen, und Geriens Schwadron erhielt den Auftrag, die hundert Vehikel auf dem Zuge durch die Gegend zu begleiten, Richtung auf ein ziemlich unbestimmtes Ziel im Süden!
Die Schwadronen zogen ostwärts davon.
Mit uns können sie's machen, sagten die Leute der ersten Schwadron, nun werden wir in den Landsturm versetzt und müssen Trainkolonnen hüten. Bedeutend mehr Stumpfsinn und eine kleine Schande!
»Den Stumpfsinn wird euch einer vertreiben!« schimpfte Lux, als er das Maulen hörte. »Den Stumpfsinn vertreibt euch der, der diesen heutigen Befehl bei uns erzwang!«
Was meinte er, Lux? – Wir verstehen es nicht. Auch er scheint ärgerlich über den Auftrag, er fühlt ganz wie wir. Reiten wir also mit der Großen Bagage.
Die Schwadronen waren im schlanken Trabe abgeritten, die Erste allein wartete, bis die Kolonne marschbereit war. Bis die hundert Wagen hintereinander auf der Dorfstraße standen und jeder Kutscher seine Leinen in der Hand hielt. Es dauerte dies eine lange Zeit.
Dann ritten sie, vor und hinter ihrer Kolonne, und fühlten sich einen Mühlstein am Halse hängen. Ihr Befehl war, die Bagage schützend zu begleiten. Die

Bagage fuhr immer nur Schritt, also mußten auch sie Schritt reiten, ewig nur Schritt. Für sie gab es nichts anderes mehr als Schritt.
Von morgens bis abends ritten sie Schritt, vor und hinter der Bagage. Es war schlimm, es plagte den Hintern mehr als ein Marschieren im vollen Saus und Braus mit hundert Kilometern am Tage.
Lux, der das Reiten liebt mehr als wir alle, dem das Reiten erst beim Karacho beginnt, der die Geduld nie erlernte im schweifenden Leben, – Lux hat es am schwersten. Aber niemand merkt es ihm an.
Er tut, als sei er für den Fuhrpark geboren. Er lacht und reißt Witze wie nie. Er läßt absitzen und zu Fuß laufen, er läuft selbst vorneweg neben seinem Pferde und verspottet Kestenberg wegen seiner kurzen Beine, wegen seines Polsters, geschaffen, um im Sessel zu sitzen.
Das Laufen war ganz gut, das Laufen neben den Pferden war eine Erholung vom ewigen Reiten im Schritt. Lux kannte sich aus.
Es regnete den ganzen Tag. Sie legten den Pferden die Zeltbahn über den Rücken. Die Pferde hatten nun Höcker wie Kamele, die Sättel blieben trocken.
Sie zogen neben der Bagage, heute wie gestern. Es regnete vom Himmel, den man nicht sah, heute wie gestern. Des Nachts standen sie Posten für ihre Bagage.
Dann kam der, der nach Luxens Worten den Stumpfsinn vertreiben sollte; die Zeit wurde bunt, und ein wunderliches Possenspiel begann.
Für ein paar Tage war Frieden gewesen, jetzt schien die Welt nicht geheuer, und dicker Unrat lag in der Luft. Die Panjes in den Dörfern machten freche Gesichter und quasselten höhnisch von vielen, vielen Pferden, –

dort hinaus, hier hinaus. Die tägliche Vorhut sah manchmal etwas Reitendes in die Wälder flüchten. Sonst sahen sie nichts, immer aber, so schien es ihnen, wurden sie gesehen. Tausend Augen lagen versteckt rings im Kreise und begleiteten ihren langsamen Zug.
In jeder Nacht erwarteten sie den Überfall. Sie standen Posten und streiften im Dunkeln und kamen nicht mehr zur Ruhe. Kein Licht brannten sie an in ihren Quartieren. Menschen waren sie nicht mehr, nur noch Posten. Sie hörten den Regen in der Nacht, zuweilen stieg aus der Schwärze ein heller Schein. Die Luft war vom Regen gesättigt und trug keinen Laut.
Er war da, der ihnen die Langeweile vertreiben sollte. Er füllte die ganze Welt. Die Reiter lachten nur selten und fanden sich nicht mehr zum Landsturm degradiert. Sie fanden ihr Dasein schlecht, da ihnen der schwerfällige Troß ans Bein gebunden war, da sie nicht aufsitzen durften, um zu reiten, zu reiten! Das Recht der frei fliegenden Bewegung war ihnen genommen, man riß sie aus ihrem Element. »Junge«, sagten sie, »mit Kestenberg an der Wilja war es doch ein ganz anderes Machen: Wir durften reiten, immer nur reiten!«
Er war da und füllte die Welt: Der Russe hatte den Braten gerochen. Auch der Russe fraß gern einen Braten. Diese Große Bagage, der Troß einer ganzen Division, war ein Braten von nicht alltäglicher Größe. Und frißt der Russe den Braten, so frißt er auch uns, pfui Teufel, mit Haut und Haar!
Von wo kam er, den Braten zu fressen? – Die Frage beschäftigte vor allem Gerien. Waren es bloß wieder die Kosaken, die Kosaken, die ganz Rußland mit ihrem Schweifen erfüllten? Oder riß der Zar seine Garde vom

Herzen und schickte sie, Wilna zu entsetzen? – Gerien sprach kein Wort seiner Meinung aus. Er sorgte für die gegenwärtige Stunde:
Für Wache und Posten des Nachts reichte die schwache Schwadron längst nicht hin. Es gab mehr Posten als Menschen. Immer sind wir zu schwach, unsere Aufgabe zu lösen! In der großen Sache um Wilna wird es ähnlich sein. – Lux sorgt für die gegenwärtige Stunde, läßt den Bagagekutschern die Erinnerung wiederkehren, daß auch sie noch Soldaten sind. Die Kutscher kramen verzweifelt aus den Planwagen ihre Karabiner heraus. Am Abend reinigen sie alle ihre Karabiner, und dann ist auf einmal eine Menge Schützen zur Hand und zieht mit der Schwadron auf Posten.
Lux holte sie alle heran; die Kutscher wünschten ihn zum Teufel, die Reiter der Schwadron liebten ihn um so heißer.
Trägen Schritts rollten sie durch ihren Tag, sahen nichts Böses, fühlten sich aber von allen Seiten gesehen.
Die schweigenden Regennächte wurden lebendig, die Posten hörten Reiten und Pferdeschnauben im Dunkeln. Manch Kutscher war entwöhnt, für sein Leben zu wachen, und schoß vor Aufregung auf einen Strauch. Immer jedoch war es nicht ein Kutscher, der schoß in der Nacht, einmal schoß auch Klingspor. Und Klingspor schoß nicht auf Gespenster.
Lux brauste auf Quinze durch den Tag und durch die Nacht und schlief nicht mehr eine Minute. Er sicherte den Tagesmarsch durch viele nach den Seiten spähende Patrouillen. Daß diese nie eine volle Gewißheit mitbrachten, machte ihn toll. Er lachte vor Erregung und handelte wie ein Genie. Keiner verstand, was er wollte.

Er schickte Sergeant Hennjes mit vier Reitern aus, die nie zu erreichende Gewißheit zu suchen, Meldung zu bringen über das Gesicht des Feindes, der sie immerfort ziehend begleitete.
Es war an einem besonders trüben Tag, die Regenwolken lagen dicht über der Erde. Bis zum Abend war Hennjes nicht zurück. Lux bezog als Quartier ein hochgelegenes Dorf und baute aus den Bagagewagen eine Burg. Die Pferde standen gesattelt, alle Mannschaft blieb auf den Beinen. Hennjes kam nicht zurück.
»Den Krempel zünden wir an«, sagten sie, »genießbar sollten sie den Braten nicht kriegen.«
Die Nacht würde die Entscheidung bringen ...
Aber die Nacht schwieg wie ein Grab, und die Spannung folterte sie umsonst bis in den Morgen hinein.
»Gib acht auf den grauenden Tag!« sagte Osterloh, als Moser ihn auf Posten ablöste. »Die Russen kommen immer kurz vor dem Morgen.«
»Ich habe keine Uhr«, sagte Moser. »In zwei Stunden soll ich wecken.«
»Was brauchst du eine Uhr!« sagte Osterloh, warf sich zwischen die Feldwache ins Heu.
»Wer leiht mir eine Uhr?« fragte Moser in den Schuppen hinein. Er wollte, was er wollte.
Ja, einer konnte leihen, gab ihm ins Dunkle hinaus eine Uhr in die Hand. »Vier ist es jetzt«, sagte der Fremde, »sie geht immer richtig.« Moser stellte sich beruhigt auf Posten.
Der Morgen besiegte die Nacht, langsam wurde es hell, die Einzelheiten stiegen aus dem Boden: Die Welt war die alte. Ungeduldig drehte Moser die Uhr in der Hand. Eine Narrheit war es, des Nachts auf Posten, man wußte

nichts von der Zeit. Sttunden waren Minuten, Minuten waren Stunden, Gewißheit gab nur eine Uhr.
Die Uhr lag in seiner Hand und füllte sie in vertrauter Rundung. Das leise Ticken war Gesellschaft und bot einen Heimatklang.
Moser lauschte, schaute, wartete auf das Licht, das ihn das Zifferblatt sehen ließ. Die Zeit schleppte sich mühend voran, jede Sekunde ein langsamer Schritt des Tages, wuchtend wie eine Ewigkeit.
Endlich leuchtete das weiße Zifferblatt auf, endlich hoben sich schwarze Zahlen darauf ab, römische Ziffern, eine Anordnung wie bei allen Uhren der Welt. Nichts Ungewöhnliches, kein Merkmal, und doch erkannte Moser auf den ersten Blick seine eigene Uhr, abhandengekommen vor unbegreiflicher Zeit auf der Patrouille mit Plön, drunten, weit drunten an der Weichsel. Auf der ersten Patrouille seines Lebens!
Kennt man doch seine Uhr! Kennt man die Uhr, die man ein Leben lang täglich zwanzigmal beschaute wie ein vertrautes Menschengesesicht. Unnötig, nach bestätigenden Einzelheiten zu suchen, zu prüfen, zu sagen: Diese Nase ist die Nase meines Freundes Hans, darum also ist der Mensch mein Freund Hans! – Unsinn, unter tausend gleichen Nasen und Mündern und Augen findest du ohne Schwanken deinen Freund Hans.
So ist es auch mit einer Uhr. Moser war genau, mißtraute der Magie und wehrte sich, an romanhafte Zufälligkeiten zu glauben. Er war für harte Beweise: Als es hell genug war, klappte er den Deckel auf und fand seinen Beweis, die eingravierte Widmung der Eltern. Er war so erstaunt, daß er das Wecken vergaß.

Und der Morgen, in Rußland die Zeit der größten Gefahr, war gekommen und blieb totenstill im regnenden Grau.

Sie dachten auf ihrer Feldwache, sie würden nun eingezogen, zu den Pferden gerufen, den täglichen Marsch zu beginnen. Sie irrten sich. Keiner kam, sie zu holen. Sie stellten ihren Posten weiter und weiter; wer abgelöst war, legte sich hin und schlief. Sie zogen die Nacht in den Tag hinein und schliefen. Sie holten nach von gestern und vorgestern und nahmen den Schlaf der Zukunft voraus. Alle zwei Stunden zog ein anderer auf Posten, die übrigen schliefen.

Auch am Nachmittag schliefen sie noch, als Lux kam, nach ihnen zu sehen, und ihnen in Kochgeschirren warmes Essen brachte. Lux fragte, schaute, sprach ein scherzendes Wort und ging wieder.

Was hatte er im Schild? Wollte er heute gar nicht weiterreiten? Er schien wenig geneigt, die Sicherheit dieses schönen Quartiers zu verlassen und in die schwarzen Wälder zu ziehen.

Wollte er hier warten, bis sich »die Gewißheit« ergab?

Hennjes war nicht wiedergekommen.

Wollte er hier warten, bis Frieden war?

Gut, wir warten mit ihm ...

Am Nachmittag schüttelten sie über Lux die Köpfe. Sie verstanden ihn nicht. Wollte er mit dem Teufel Schafkopf spielen? Wollte er mit aller Gewalt einen Angriff aus den Wäldern rufen?

Er zog, bis auf die große Feldwache, alle Posten ein und setzte was Beine hatte auf die Pferde. Sogar die Kutscher mußten ihre Karrengäule besteigen, ohne Sattel, mit Trense, wie es kam. Mit einem riesigen Trupp zog er aus dem Dorf. Draußen ließ er ihn aufmarschieren und führte ihn in breiter Zugkolonne durch die Gegend. Sie ritten einen weiten Bogen um das Dorf. Auf den kahlen Hügeln hielten sie an, weit sichtbar für die ganze Welt, eine prahlende Zielscheibe.

Dann tauchten sie zwischen den Hügeln unter, trabten eilig durch Mulden und erschienen plötzlich wieder auf einer anderen Höhe, stellten sich dort großartig zur Schau.

So trieb es Lux, bis es dunkel wurde. So spielte er sein seltsamstes Theater. Der Dümmste wußte jetzt, was sie wollten.

Überall waren sie, auf allen Hügeln standen sie und taten groß. Sie kamen sich selbst verdoppelt und verdreifacht vor, und den Augen der Wälder erschienen sie wohl als eine ganze Brigade. Kein Schuß störte ihr Komödienspiel...

In der Nacht brach Gerien auf und marschierte einen mächtigen, raumschaffenden Marsch ins Dunkel. Menschen und Pferde waren ausgeruht, der spähende Feind für Augenblicke verschüchtert, freiweg marschierte es sich in diese Nacht. Ja, Lux, er fand, was uns nottat. Behielten wir immer unsern Lux!...

Erst als die Feldwache eingezogen wurde und das ewige Schlafen ein Ende nahm, fand Moser die Gelegenheit, die Sache mit der Uhr in Ordnung zu bringen. Er hatte sich auf einen Tanz gefaßt gemacht, es lief aber auf eine ruhige Verständigung hinaus. Ein Bagagekutscher war es, der ihm die Uhr geliehen hatte. Er sagte: »Ist es deine Uhr? Wohl, es kann sein. Ich kaufte sie einmal von Hummel, der mit dem Pferde stürzte an der Wilja, du weißt doch: Hummel! Ist es deine Uhr, behalte sie!

Was soll mir eine Uhr.« Geringschätzig wandte der Kutscher sich ab, man machte sich hier wohl nicht viel aus Uhren.

Moser blieb lange Zeit benommen von dem Wunder mit seiner Uhr. Er erzählte es allen; man fand nichts dabei. Hummel hatte sie wohl damals festgestellt. Hummel war nicht mehr vorhanden. Erledigt.

Vielleicht ist es gar kein Glück, daß ich die Uhr wiederfand, dachte der kleine Moser...

4

Die Nacht ging herum, der Tag war hell, es schien, als wollte es auch heute nicht regnen. Sie hielten am Rande eines Waldes. Lux hatte Leutnant Witzleben weit nach Süden vorausgeschickt, den Weg zu erkunden, saß neben dem Pferde und las in der Karte. Plötzlich rief er nach dem Wachtmeister. – – –

Der Wachtmeister kam von Lux, schritt an der Schwadron herunter und blickte von Pferd zu Pferd. Man sah es, daß er einen Auftrag hatte. Er überlegte schwer und hielt strenge Musterung.

»Maier«, sagte er dann, vor Landwehr-Maiers kleinem Braunen stehend, »Maier, nach vorne, zum Rittmeister!« Maier ließ sein pralles Pferdchen stehen und ging nach vorne.

Der Wachtmeister schritt, Musterung haltend, weiter. Dürr waren die Pferde, krumm standen sie da und drückten die Knie nach der Heimat durch. Der Wachtmeister schüttelte unzufrieden den Kopf.

Da sah er das schöne Pferd Chartreuse. Er sah Moser

daneben, zweifelte einen Augenblick und entschied sich dann. Der Wachtmeister war des Schicksals schwere Hand, – nicht mehr als die Hand.
Auch Moser ging nach vorne, lief eilig an der Schwadron hinauf, wurde aber dennoch von Lux angeblasen. Ob es Moser jetzt gefällig wäre, fragte Lux. Aber der Wachtmeister hatte doch so lange Zeit gewählt!
Das kam hier nicht in Betracht. »Vorwärts«, sagte Lux, »hergesehen in die Karte, nehmt eure drei Gedanken zusammen!«
Es war keine Zeit zu verlieren, denn jeden Augenblick konnte Witzleben zurückkommen, und der Marsch mußte weitergehen.
Moser und Maier, beide starrten in die Karte, hörten und sahen, verstanden aber nichts. Maier: weil er dumm war und eine Karte nicht lesen konnte. Moser: weil er zitterte vor Aufregung und Atemnot nach dem schnellen Lauf. Gelaufen war er und doch zu spät gekommen! Lux hatte geschimpft, der Wachtmeister war schuldig. Moser war wütend auf die ungerechte Welt und hörte schlecht zu.
Lux sprach sehr schnell und schaute immer nach vorne, ob Witzleben noch nicht käme. Hier etwa, sagte er, ständen sie – dort etwa im Süden zöge die Division, mit ihrer Spitze heute wahrscheinlich hier. Dorthin sollten die beiden reiten, südöstlich sollten sie in vernünftigem Tempo reiten und dem Regiment folgendes melden: Die Bagage war noch vorhanden, wird heute gegen Mittag die große Straße bei Bubny – wie heißt es? Bubny! – erreicht haben, dann abmarschieren nach Süden, das Gros oder die Nachhut der Division zu treffen. Punkt. – Zweitens: Trotzdem sie nur in weitem

Kreise umdrängt wurden, trotzdem kein Angriff die Bagage geschluckt hatte, ist Rittmeister Gerien hinter die Gewißheit gekommen, daß nicht Kosaken, sondern große und geschlossene Einheiten von Norden her andringen.

Dies die Meldung. Verstanden? – Wiederholt. – Fertig.

Die Meldung ist leicht, schwieriger euer Reiten. Reitet nicht wie Scherenschleifer, reitet wie Reiter, abwechselnd Trab und Schritt! Ihr werdet einen Sonnentag haben. Wenn ihr so reitet, die Sonne stets zur Rechten, kommt ihr nach zwei Stunden etwa an ein Moor. Da biegt ihr nach Süden ab, Mittag wird es sein, behaltet die Sonne vor den Augen! Ihr stoßt dann auf einen Fluß, es ist die Wilja, die ihr schon kennt, und dort findet ihr die Division. –

Dies das Reiten. Verstanden? – So so. Maier sagte jawohl, Moser war sich klar, nur die Hälfte gehört zu haben, wollte noch etwas fragen – da kam Witzleben mit seiner Patrouille zurück und meldete, daß er den Weg weit in den Süden hinunter frei gefunden hätte.

»Fertigmachen!« befahl Lux.

Als Maier und Moser auf ihren Pferden saßen, war die Schwadron schon im Reiten, und die hundert Bagagewagen rollten ihren Weg nach Süden. Gerien ließ sie an sich vorüberziehen. Als er aufschaute, sah er die beiden Meldereiter fern in einen Wald tauchen. »Was hat da der Bengel für ein Pferd?« fuhr er auf. Als er hörte, daß es die Chartreuse war, tobte er auf den Wachtmeister und auf sich selbst. Dann fraß ihn eine andere Sorge: Kestenberg kam von der Nachhut, brachte ungünstige Meldung. Da der Weg gut war, fast einer Straße glich, ließ Gerien, um das Tempo nach Süden zu beschleunigen, für eine kurze Zeit traben. Das war der Bagage kaum je geschehen ...

Die zwei ritten ihren einsamen Weg. Bald zeigte es sich, daß sie schlecht zueinander paßten. Sie konnten sich über das Tempo nicht einigen. Moser hielt ein häufigeres Traben für nötig, es gehörte zum normalen Reiten, wie Lux es befohlen hatte. Und das normale Reiten gab ihnen doch den Maßstab für ihre Richtung: Nach zwei Stunden Reiten mußten sie südlich biegen, und Moser hatte auf seine Uhr gesehen.

Der Landwehr-Maier schimpfte auf die Uhr, auf den Auftrag, auf das Leben und gab nicht nach. So ritten sie viel Schritt, und Moser begann an seiner Zeit irre zu werden. Er war ärgerlich, wollte aber nicht streiten. Wenn Maier nicht schneller wollte, mußte es eben langsam gehen. Sie konnten sich doch nicht trennen, sich zanken und trennen! Sie waren doch kein Ehepaar, zum Teufel! – Möchte deinem Gaul Pfeffer unter den Schwanz streichen, Maier! – Maiers Brauner war rund und faul.

Schweigend ritten sie nebeneinander und wünschten sich gegenseitig zum Teufel.

Eine Stunde waren sie unterwegs. Da schrie Maier plötzlich auf. »Mein Pferd ist lahm«, sagte er. »Ich kann nicht weiter, mein gutes Pferd ist lahm.« Er saß ab und suchte am rechten Hinterfuß seines Braunen herum. »Ich kann nichts finden«, sagte er. »Es wird wieder in der Hüfte sein. Komm, Moser, wir kehren um!«

Moser dachte nicht daran. Haha, mit unerfülltem Auftrag zur Schwadron zurückzukehren, bloß Landwehr-Maier zur Gesellschaft! Lux würde ihn fressen, und mit

Recht. Nein, Moser ritt weiter, trennte gern sich von Maier. Wie aber dachte darüber das schöne Pferd Chartreuse? Das ein Herdentier war, bei all seiner Schönheit, und allein nirgends leben wollte!
Moser beschaute sich das lahme Bein und konnte nichts finden. Die Sehnen waren glatt und kühl, der Huf zeigte nicht die geringste Schmerzempfindlichkeit, wie man ihn auch drückte und schlug.
»Ich sage doch, es ist die Hüfte!« jammerte Maier. »Immer ist es die Hüfte. Ich reite zurück. – Bleib unten, Moser, warte, bis ich weg bin! Sitz dann erst auf. Dann wird deine Chartreuse nicht mehr kleben können, sondern ruhig ihren Weg gehen.« Maier saß auf und ritt den Weg zurück. Moser sah ihm lange nach. Er konnte nicht finden, daß der Braune lahmte. Aber es blieb nun einmal schwer, das Lahmen der Pferde in den Hinterbeinen zu erkennen. Moser traute sich nicht viel zu. Auch hatte er zum Beobachten keine Ruhe, denn die Chartreuse erregte der Abmarsch des Genossen bis zum Irrsinn. Sie klappte die Ohren vor und zurück, schnaubte durch die Nase, stampfte und drehte sich ein dutzendmal um Moser im Kreis. Ein gellendes Wiehern über das andere schmetterte sie in die Gegend.
Ferner und ferner antwortete der kleine Braune des langsam entschwindenden Landwehr-Maier. Endlich blieb es totenstill rings im Lande. – Moser versuchte das Aufsitzen. Es wurde ein wildes Machen, ein halsbrecherisches Zirkusstück aus grausamer Pferdeangst und tierischer Tücke. Ein Durcheinanderwirbeln von Beinen und Menschenkörper und Lanze. Der Sattel rutschte, die Lanze fiel um, das Pferd stieg auf die Hinterbeine. Aber Moser saß am Ende doch oben und

griff in alle vier Zügel. Er mußte noch einmal hinunter, die Lanze aufzugreifen, den Sattelgurt anzuziehen. Das zweite Aufsitzen gelang besser. »Beim drittenmal werden wir wohl einig werden«, schnaubte Moser. Läßt sich schlecht an, dachte er, es scheint, ich habe kein Glück. Und das war ein nichtsnutziges, böses Denken.

Die Chartreuse, das schöne Pferd, beschloß, dem entschwundenen Landwehr-Maier nachzusetzen. Moser preßte die Schenkel an den Gurt und zerrte an einem Zügel. Das Pferd ließ sich den Hals krumm ziehen, ohne von seiner Richtung abzugehen. Es stampfte auf des Landwehr-Maiers Spuren einher, einem kleinen Walde entgegen.

Diese Chartreuse, sie ließ sich den Hals krumm ziehen, so daß das schäumende Maul fast den Bügel berührte. Aber die stahlharten Beine – »mit den Fesseln wie Glas«, pflegte Meiners zu sagen, der sie vordem geritten –, aber die stahlharten Beine stampften weiter geradeaus, schoben den Leib in verbogenem Travers dem Walde zu, wo das Wiehern von Maiers Braunem verklungen war.

Der Reiter hat seinen Willen, das Pferd hat seinen Willen. Notwendig ist es, daß sie gleichen Willens sind; daß sie einen Bund schließen für die Zeit ihrer Gemeinsamkeit, für oder wider das Leben. Schwadron und Regiment, ja diese gesamte Heereskavallerie im Osten von Wilna, ist Reiter und Pferd. Kein Teil kann ohne den anderen bestehen.

Vorzüglich, wenn die Einheit eine alte ist, von gutem Schicksal geschaffen und von langen Leiden zusammengeschweißt! Das Gegenteil ist mißlich, wie zum Beispiel Mosers Gemeinschaft mit dem schönen Pferd

Chartreuse. Meiners, der sie vordem geritten, – der jetzt ruhrkrank in die Lazarette rollte, – er hatte sie poussiert und wie ein rohes Ei behandelt: »Beine wie Glas!« hatte er der schönen Chartreuse ins Ohr geraunt. Und heute bekam sie die Lanze um die Ohren geschlagen – von Moser, dem die Aufregung alle Sinne raubte.

Da brach ihr Pferdeverstand entzwei. Sie streckte sich in die Länge, legte die Ohren an den Kopf und ging durch. Sie brauste wie ein Ungewitter über die Erde. Sie machte den Hals steif und biß sich auf der Kandare fest. Sie ließ die kleine Menschenkraft ohnmächtig an den Zügeln ziehen. Ihr schlanker Leib streckte sich lang aus, und die Beine aus Stahl peitschten ohne Gewichtsschwere den Boden.

Das große Tier war in sausende Eile verkehrt, ward ein Strich, ein schneidender Wind – ward verkörperter Ursinn des Schöpfergedankens »Pferd« ...

Weil ihr kleines Pferdehirn erloschen, die Sinne untergegangen waren im brausenden Galopp, tat sie ihrem Feinde, dem Reiter, eben das, was er wollte. Sie ging durch in der Richtung seines Auftrages. Moser ließ sie laufen. Er gab weich nach, legte sich nach vorne und ließ sie laufen. Er dachte an die Zeit: Wie dient mir nach dieser Fülle von Unordnung und Aufenthalt wohl als Maßstab meines Reitens noch die Zeit? Dies sausende Tempo, vielleicht holt es auf und gleicht das Verlorene wieder aus? – In zwei Stunden sollten wir an das Moor kommen, nach Süden biegen. – Wenn sie ausgelaufen hat, schaue ich auf die Uhr. – Einmal wird sie ausgelaufen haben ...

Einmal hatte die Chartreuse sich ausgelaufen und ging, wie Moser wollte. Sie war heiß und naß bis an die

Ohren, sie zitterte noch im Schrecken und war nicht viel mehr als ein zuckendes Bündel mißhandelter Nerven. Bald ging sie einen so braven Schritt, daß Moser sie mit einer Hand reiten und seine Uhr befragen konnte: Die zwei Stunden waren schon hin!

Die Zeit machte ihn irre. Das Tempo, das er geritten, im ganzen genommen, mochte der Voreinteilung entsprechen: zu langsam am Anfang (wegen Maiers großer Faulheit!) – zu schnell am Ende, – ergab zusammen wohl die Norm des Reitens mit abwechselnd Schritt und Trab, die Lux seiner Berechnung zugrunde gelegt hatte. Aber der Sumpf?

War da – war auch nicht da. Wie sollte man diese Landschaft anders benennen als einen Sumpf! Und doch war das eigentlich noch nicht das wahre und richtige Moor, das Moor, wie es im Buch steht, das Moor, wie wir es uns denken – das Moor, wie es auf der großen Karte gezeichnet stand: Moor in endloser Weite, mit offenen Wassern, betupft mit niedrigem Latschengestrüpp. Das alles fehlte hier.

Nein, hier war noch nicht das ganz richtige Moor, an dessen Rande er nach Süden abbiegen sollte.

Nein, gewiß stimmte es auch mit der Zeit; furchtbar langsam waren sie geritten, Moser und Landwehr-Maier, ganz außergewöhnlich, unerhört langsam, gewissermaßen doch wie Scherenschleifer, Luxens Willen entgegen! Und der sausende Galopp mit Chartreuse, so ewig er auch geschienen, hatte doch wohl keinen großen Raum verschlungen.

Moser wurde ganz und gar irre an der Zeit. Er traute sich nicht mehr, verwünschte seine Uhr und neigte dazu, in dieser Landschaft eben doch das richtige Moor zu erkennen. Es drängte ihn, nach Süden abzubiegen. Er aber gehorchte seinem grüblerischen Rechnen mit der Zeit und entschied gegen das drängende Gefühl. Er behielt die halbgedeckte Sonne zur Rechten und ritt weiter geradeaus.

Nach einiger Zeit wußte er, daß er falsch geritten war. Sein Weg, der ein einfaches Wagengeleis war, lief vor ihm endlos in die gleiche Richtung hinaus. Nirgends stieß er an den Anfang eines Sumpfes, der ein Moor war, wie er es meinte. Nirgends auch bog ein Weg nach Süden hin ab.

Er wehrte sich gegen die Einsicht und ritt weiter...

Endlich wehrte er sich nicht mehr, hielt an und stöhnte. »Ich habe mich verritten«, sagte er. Die Zwergbäume und niedrigen Sumpfgewächse sagten nicht nein. Sein einsames Reden blieb ohne Widerspruch; seit das Pferd stillstand, gab die Gegend keinen Laut. Die Sonne brach durch die Wolken und warf schräg ihr gelbes Licht über das Moor. Einzelne Birken standen plötzlich goldbehangen in der Wüste. – Er hielt und überlegte: Er hatte sich verritten, irregemacht durch das unsichere Maß der Zeit.

Er hätte nicht halten sollen. Aus dem Stillhalten wuchs die Gefahr. Sie stieg rings um ihn auf aus dem Krüppelholz, sie war der Atem dieses Moores und drückte bleischwer auf das Hirn. Den Reitenden hätte sie nicht überwältigt. Er jedoch hielt da still auf seinem Pferde und fühlte, daß er verloren war.

Ein Kinderangsttraum wurde wach und schnürte ihm die Kehle zu: Er war allein gelassen in sinnloser Einsamkeit, um ihn nur Moor und Schweigen, eine fremde Welt, für die er nicht geboren war.

Der Angsttraum stieg hoch und nebelte das Denken ein. Mit dem Denken war es zu Ende. Nicht aber mit dem Lebendigsein, nicht mit dem Gefühl. Das Gefühl war Furcht, das Gefühl war Jammer.
Er hatte Lust zu schreien, die Stille zu sprengen. Eine aus dem Busch fegende Kosakenschwadron wäre ihm eine Wonne gewesen, eine Erlösung. Es wären Menschen, immerhin, – sie hätten Stimmen, hätten geschrien, wie er jetzt tatsächlich schrie.
Sein Schrei flatterte in die Wüste hinaus und weckte nirgends Leben. Aber seinen Willen weckte er auf zu einem letzten sinnlosen Tun. Er kehrte um und ritt seinen Hufschlag im Trabe zurück, links von ihm stand die Sonne. Sie hatte die Wolken besiegt und die Freiheit über den Himmel gewonnen. Sie spielte ein goldenes Spiel mit dieser wüsten Welt, sie spielte mit dem verlorenen Reiter.
Den Reiter, diesen vereinsamten Menschen, überkam ein ganz lächerlicher Verdruß, ein Widerwille. Er mochte den gleichen Weg nicht zurückreiten, endlose Zeit, um seinen Abgang nach Süden zu finden. Widerwärtig war ihm der Gedanke, er mochte ihn nicht. Narrheiten kamen ihm in den Sinn: »Mein Vater, so ist es, geht niemals den gleichen Weg heim, den er gekommen ist. Ein Erbteil von ihm, ich kann es auch nicht.« – Er ritt südwestlich, verließ linker Hand seinen Hufschlag und hoffte, irgendwo den Weg nach Süden zu treffen. Er hoffte, – anderen Teils war es ihm auch gleich.
Er bog von seinem Pfade ab und ritt durch die Büsche, den Weg nach Süden zu finden, den er vorhin verpaßt haben mußte. Wenn ich ihn nicht finde, geschieht es mir recht, dachte er.

Er ritt durch die Büsche. Manchmal planschte die Chartreuse im offenen Wasser, rohrte die Nase, setzte zögernd den Fuß. »Gutes Pferd, geh«! redete er ihr zu. »Schönes Pferd, geh! Sieh, wie herrlich reitet es sich bei dieser Sonne!«

Der Boden hielt, der Sumpf war gar nicht schlimm, war ein Kinderspiel, nichts von einem Moor!

Er ritt, und die Zeit ging voran. Die närrische, ungewisse Zeit fuhr dahin über die Wüste und den einsamen Menschen. Der Mensch ritt bald wachend, bald träumend, ein Spielzeug des Lebens.

Einmal schaute er nach der Zeit und prüfte den Stand der Sonne. Sie war mächtig groß geworden, sank tiefer und tiefer. Daß die Sonne nicht stillstand, daß sie nach Westen hin ging, das war in der Ordnung der Dinge. Der Reiter erinnerte sich an die Notwendigkeit, dies zu bedenken. Er wich von der Sonne ab und ließ sie zur Rechten liegen. Daß die Sonne nicht stehenblieb, war nach des Schöpfers Willen von Uranfang gerichtet. Wie schnell sie aber ging und die Landschaft veränderte, das wußte ein einsamer Reiter nicht zu erspüren. Er wich der untergehenden Sonne zur Linken aus und ritt erbärmlich ins Dunkle.

Lange Schatten warfen die Moorbäume, so klein sie waren. Die stille Welt wurde noch um vieles stiller: nicht lange mehr, und ihre nächtliche Grabesruhe würde in seinen Ohren sausen. Wie war doch die Meldung für das Regiment, wußte er sie noch? – Nein. – Was wird Lux von mir denken, wenn ich mich verritten habe! – Bin ich wie ein Scherenschleifer geritten? – – »Trotzdem ist der Rittmeister hinter die Gewißheit gekommen, daß nicht Kosaken, sondern große Truppeneinheiten von Norden her im Andringen sind.« Das war die Meldung. Er wußte sie noch!

Für eine kleine Zeit wurde er wach und streifte alle Erschöpfung ab. Vor ihm lichtete sich die platte Erde, – ein gewelltes Land tat sich auf mit Wiesen. Gar ein geackertes Feld glaubte der Reiter zu sehen. Am Rande des Sumpfes dünkte er sich, und den Weg nach Süden, auch den sah er schon: einen Sandweg aus festem Boden, leicht und sicher zu reiten, laufend geradeaus bis ans Ziel! In allen Einzelheiten sah er diesen Weg. So hört der Verdurstende das Rieseln der Quelle. Wie ein Paradies lag vor ihm die feste Erde, mit Wiesen und Äckern und hohen Bäumen. Er aber stieß an einen Bach, an ein dunkles, träges Gerinne mit schrägem Rand.

Er lenkte die Chartreuse heran. Das Wasser war nicht breit, mit einem guten Sprung zu gewinnen. Aber die Chartreuse lehnte den Bach ab, lehnte jedes Springen ab und drückte sich angstschnaubend zur Seite. Moser stellte sie abseits auf, klopfte ihr den Hals und sagte ihr falsche Worte der Liebe. Dann ritt er sie geradezu an und setzte sie kurz vor dem Bach in Galopp, er klemmte die Schenkel an und legte sich zum Sprunge nach vorn. »Hopp«, schrie er. Er glaubte sich schon hinüber.

Da lag er der Stute auf dem Hals. Sie war nicht gesprungen, stand angewurzelt und stemmte die Vorderbeine in den Boden. Sie ließ den Hals hängen und schnaubte furchtgequält über die Erde hin. Einen Fuß setzte sie zögernd vor, der Huf sank ein, – gleich zog sie ihn wieder zurück. Dem Schenkeldruck wich sie seitlich aus, sie marschierte im Quergang den Bachrand

hinauf, den Bachrand hinunter. An Springen dachte sie nicht mehr. Lieber starb sie auf der Stelle.
»Hopp!« schrie der Reiter. Hopp, hallo und hü, wie ein Kutscher auf seinem Bock, wie ein Irrer. »Spring!« schrie er, »wenn du nicht springst, sollst du verrecken!« Mit der Lanze schlug er zu, mit der Spitze zwischen die Ohren, mit dem Schuhende gegen die Schenkel. Ein Narrenspiel wurde es, ein grausiges Schinden. Aber an Springen dachte die Stute nimmermehr. Sie tanzte einen Höllentanz und schlug schwarze Torfklumpfen aus dem Boden. Blutigen Schaum warf sie dem Reiter vom Gebiß ins Gesicht, sie hatte etwas Neues gefunden: Sie steckte den Kopf zwischen die Beine, warf ihn in die Luft, zehnmal, hundertmal, immerfort, immerfort.
Die zusammengesetzte Einheit aus zweimal Lebendigem, die Voraussetzung jedes Reitens im Leben, war dahin.
An Springen dachte das Pferd niemals mehr, eher starb es auf der Stelle.
Die Sonne bereitete sich vor, in den fernen Wald zu tauchen und den Irrsinn des Lebens sich selbst zu überlassen. Langsam zog sie ihr Gold von der Erde zurück, denn sie hatte genug gespielt. Riesenrund und rot lag sie noch eine Weile über dem Walde. Hart sah sie auf das Ende ihres Spiels ...
Ihr blutiger Scheitel schwand hinter den Bäumen, das Land wurde grau und schwarz und tot. Kleiner Moser, Spielzeug der Sonne, gute Nacht!
Alles Leben endet in Nacht, am Rande der großen Einsamkeit. – Freiwilliger Mensch Moser, kurzes Spielzeug der Sonne, gute Nacht!

5

Der Zug der deutschen Heereskavallerie in den Osten von Wilna, im späten Herbst des Jahres 1915, war ins Stocken geraten und tastete sich unsicher zurecht. Das muntere Reiten gen Morgen, das siebenmal-wöchentliche Vorwärtsdringen hatte sein Ende gefunden.
Sie waren ausgezogen, einen Kessel zu schließen und eine große Armee zu fangen. Es sah nicht danach aus, als wollte das große Unternehmen gelingen. Es sah danach aus, als hätte die Aufgabe ihre Kräfte überstiegen, als würden sie nun aus Jägern die Gejagten, als fänden sie nimmermehr heim.
Und der Zar in Petersburg, er hatte sich seine Garde vom Herzen gerissen, sie nach Süd-West gesandt, seine Korps in Wilna zu entsetzen ...
Und die Garde marschierte und schob sich von Norden her als ein Keil zwischen die lockeren Haufen der deutschen Reiterei ...
Und aus dem Westen drängte die in Wilna eingeschlossene Armee, und aus dem Süden stieg eine dritte Gefahr herauf, und das Vorwärtsreiten fand sein Ende.
In den Nächten brannten die Dörfer, am Himmel des Ostens wie am Himmel des Westens, im Nord und im Süd. Kreisrund war der Horizont von Flammen rot, nirgends wies er ein schwarzes Loch.
In den Tagen ritten sie, bald so, bald so – bald ritten sie gar nicht mehr viel, sondern legten sich wieder in Schützenlöchern einem beharrlich andringenden, täglich in der Feuerstärke wachsenden Feinde gegenüber.
Der Tag war Gefecht – die Nacht war Reiten. – Im siegreichen Vormarsch durch das russische Polen – er

war uns ein Spaß gewesen, eine gelinde Vorbereitung für das hier um Wilna! – Ja, drunten in Polen ging es umgekehrt. Dort war die Hoffnung und ein festes Ziel. Hier brennen des Nachts im Kreise alle Dörfer, und wir suchen, wie es scheint, zum Entwischen ein Loch.

Aber nirgends findet sich diese Lücke, und die Verbindung nach unserer Heimat verloren wir ganz. Von Empfang ist niemals mehr die Rede, und die Feldküchen kochen nur noch Rüben vom Acker, Rüben ohne Salz, ein Fressen nicht einmal für Schweine. Und das Land um Wilna ist mager und arm an Kompetenzen. Ein hin- und herschwankender Heereszug, der hier mit seinem Schicksal kämpft, hat ihm das letzte Schmalz entzogen. Die Panjes sitzen stumpf und mager in ihren Hütten, denken nicht an Ackern, denn sie haben kein Pferd, – denken nicht an Dreschen, denn sie haben kein Korn. Denken auch nicht an Fressen, denn sie haben nicht einmal mehr Brot, nur noch ein pampiges Zeug aus Rüben und Dreck. Sie liegen zwischen ihren Öfen und schlafen.

Wir aber müssen nachts reiten, tags schießen. Und bei uns betteln die Panjes um Brot, von uns hungernden Reitern verlangen die Bauern ihr Brot! Ihre Frauen kommen und betteln für sich und ihre Kinder. Sie bieten dafür, was sie haben, bieten sich selbst.

Keiner hat zu geben, keiner hat zu nehmen – die Tage sind erdrückend schwer. Die Latrinen spucken ihre Parolen, daß sie Kobolz schlagen vor Widerspruch und Irrsinn. Man weiß dies, man weiß jenes, – das Unmögliche wird vom Unmöglichsten verdrängt. Der müde Mensch, er glaubt alles. Alles.

Bitte, sollte man es auch unter diesen Umständen nicht

glauben, wenn Leutnant Griesbart, der Held von den Handpferden damals in Russisch-Polen, bei der Feldküche klar davon sprach, daß sie tief in der Patsche säßen, daß eine große Armee der Russen, von Petersburg kommend, den Heimweg nach Westen abgeschnitten hätte? Daß im Osten von Smolensk her ein anderes Heer zöge! Und daß dann ja auch noch die Wilna-Armee, die wir fangen wollten, irgendwo auf der Gegend lag! Sollte man dies alles etwa nicht glauben? Wo hier herum doch ein Fluß sein Wasser aus dem tiefen Rußland dem Meere zuführte, der da hieß die Beresina!

Bitte, war es nicht ein Dutzend mal schon gewesen in diesem Krieg der Vielzuwenigen gegen die Immerzuvielen, daß ein Unternehmen mit Glanz und Trara begann und den Sieg versprach und dann von seinem Schicksal gefressen wurde! Daß aus dem atemfressenden Reiten und Angreifen ein Rückzug wurde, ein ganz großmächtiger Dreck der Hölle. Kannte man nicht einen Fluß, der die Marne hieß, – hatten einige von uns nicht diese Marne gesehen, nicht auch die Stadt Paris aus der Ferne gesehen! Hieß unser Schicksal vielleicht: Wir bereiten uns schlecht für das Leben und wählen unsere Aufgabe zu groß? ...

Auch dies Gerücht ging durch den Marsch: Die Große Bagage der Division ist den Russen in die Hände gefallen, mitsamt der sie beschützenden ersten Schwadron. Man glaubte es. Wie sollte Gerien, dem sonst alles gelang, einsam ziehend mit einem Klotz am Bein der Umzinglung entgangen sein! War es doch in diesen verquerten Tagen geschehen, daß ein Ersatz mit jungen Leuten und Pferden, mit einer Bürde von funkelnagelneuem Sattelzeug, bestimmt für die Husaren, in seiner ganzen Herrlichkeit den Russen in die Hände gefallen war. Ja, das war geschehen. Der Führer war mit ein, zwei Mann als einziger davongekommen, ohne Pferde, eine schwere Blamage. Vor ein Kriegsgericht käme er, wenn von Kriegsgerichten wieder einmal die Rede sei. Nun ja, auch seine Aufgabe war schwer gewesen. Man sprach verschieden über den Fall dieses jungen Offizieres. Es gab getrennte Ansichten über das Leben: Die einen brauchten bloß das Lebendigsein, die anderen hielten auch die Ehre für notwendig.

Und wie nun mit Gerien! »Lux«, sprachen die Leute im Regiment, »Lux, wenn ihm solch ein Unglück zustößt, wir sehen ihn nicht wieder, nicht wieder!« – Der Doktor sorgte darum sich krank um Gerien, als Schleier um Schleier über die Gegend sank, als der eilende Vormarsch von der Übermacht des Feindes endgültig zerbrach und umschlug in ein Tasten nach rückwärts, – als immer noch keine Nachricht von der Bagage kam. Eine Meldung hätte Gerien schicken können, einzelne Meldereiter winden sich überall durch, schlagen sich durch die ganze Hölle. Denkt doch nur an Klingspor und sein bauernschlaues Reiten!

Kein Meldereiter trabt heran, keine Nachricht über die Bagage drang aus den Wäldern.

Aber in der Nacht – man hatte den ganzen Tag im Feuer gelegen und ritt nun Hals über Kopf ins Dunkle –, in einer schwarzen Regennacht war Gerien selber da, und alle hundert Bagagewagen rollten unversehrt heran. Man wollte es kaum glauben, man hatte sie im Dunkeln für Russen gehalten und von der Seite attackieren wollen. Man glaubte nicht an Wunder, man glaubte eher, daß alles Lebendige in der Welt nur noch Feind war und das Leben bedrohte. Als aber Luxens Stimme aus dem Regen wetterte, als er da schrie: »Seht den Lukas! Reißt die Augen auf! « – da ging es als ein wärmespendendes Raunen durch den Marsch: Lux ist wieder da, die Große Bagage hat er gebracht. Einmal noch ist die Sache in Ordnung gekommen.

Zu großem Hallo und ausschweifender Freude war keine Zeit, war der Mensch zu beschäftigt, zu müde. Man ritt weiter in die Nacht, kreuz und quer durch Wälder. Man sah zu, daß man den Anschluß nicht verlor, daß man nicht von einem tiefhängendn Ast vom Pferde geworfen wurde, daß man nicht stürzte und liegenblieb. Es war Nacht, und die Kosaken waren hinterher.

Sie waren in sausender Eile hinterher. Wenn es am Morgen einen Halt gab und man sich eingrub zum Gefecht das Gesicht nach hinten, dem aufsteigenden Morgen entgegen, – dann dauerte es meist keine Stunde, und die erste Russen-Patrouille trabte schon heran. War sie mit Schüssen verjagt, dann dauerte es keine zweite Stunde mehr, und Artillerie funkte von irgendwo herüber. Wie das Ungewitter waren diese Kerle hinterher, der Tag, der kurze, immer nur regnende Herbsttag war Gefecht, sich ihrer zu erwehren. Die lange Nacht aber war Reiten, war nackte und tatsächliche Flucht. War ein wild gehetztes Jagen auf weglosen Pfaden, unter einem Nachthimmel der rundherum brannte.

Die Leute der ersten Schwadron waren zufrieden, weil sie wieder reiten konnten wie Reiter, nachdem man ihnen den Klotz vom Bein genommen hatte: Die Bagage waren sie los, sie rollte allein voraus, oder ein anderer schützte sie. Mochte sie immer rollen und glücklich werden, diese große Bagage! Uns taugt sie nichts, weil sie nicht einen Brocken mehr zu fressen hat. Und der Hunger war groß. Der Hunger war Dampf, war ein Feind geworden, gemeiner als tausend Kosaken. Denn er war immer da.

Wann hatte man je etwas Warmes gegessen? – Keiner konnte sich erinnern. Wenn wir noch so weit zurückdenken könnten! Haha.

Keiner hatte zu fressen, es ritt und hungerte die Schwadron, das Regiment, die Division, ja die gesamte deutsche Heereskavallerie im Osten von Wilna. So war es wohl. Es hungerten die Menschen und die Pferde, das war ihr Leben. Hunger und Flucht. Und hinter ihnen her waren die Kosaken.

Fragt man da noch nach Namen? Fragt man nach Miehl? – Wir wissen nichts von Miehl aus den Tagen. Er ist stumm, er ist ein Hauch, er ist ein Tausendstel der Einheit, die da hungert im großen Reiten. Später wohl hört man wieder von Miehl. Denn Miehl kommt nicht um. Nein, Miehl kommt nicht um.

»Heute gibt es Post!« sagt einer. Aha, man sollte wohl lachen. Hier die Antwort: »Ich kriege Mettwurst, ein Pfund. Willst du abhaben, Schorse, nimm Verbindung auf zu mir, gib mir eine deiner großen Zigarren!«

»Warte, bis wir wieder bei den Pferden sind! Der Wachtmeister, er verteilt heute Zigarren.«

Des Wachtmeisters Zigarren, die mögen wir nicht, lieber liegen wir mit Lux in den Löchern und warten, bis der Kosake aus den Wäldern reitet.

Wenn sie so am Morgen ihr Schützenloch gen Osten

beziehen, wenn sie sich ihre Kuhle, ihren geringen Lebensschutz in die sandige oder torfige Erde wühlen, dann ist das sehr schön, dann ist das die Ruhestunde des Tages, Ersatz – wie sie sagen – fürs Quartier. Ersatz für den Schlaf, Ersatz für jede Störung des Lebens. Wir verstehen uns jetzt auf Ersatz!

Denn es währt immer eine Weile, bis die erste Russenpatrouille aus den Wäldern dringt. Sie können einander sehen und sprechen.

Etwa dieses:

»Welchen Tag haben wir heute?«

– – –Keiner weiß es. Hängen die Kalender an den Bäumen? Und wer reißt sie ab?

»Wartet!« sagt einer, »wartet, vielleicht kann ich es euch sagen. Hier diese Zeitung, ich bekam sie mit der letzten Post. Sie ist vom 9. September. Als ich sie damals bekam, ich weiß es, war sie zehn Tage alt. Also bekamen wir die Post, die letzte Post am 19. September.« – – –Wann aber war das?

– – –Keiner weiß es. Wer lebt hier mit den Wochentagen?

Doch Klingspor weiß etwas: »Die Post bekamen wir am Tage, ehe wir bei der Großen Bagage zurückblieben. Ja. – Bei der Bagage ritten wir, ich weiß es, sieben Tage.«

Aha, und zwei Tage sind wir wieder beim Regiment, – aha, also haben wir heute etwa den 29. September.

In Miehls Taschenkalender, von Christine mit einem handgenähten Umschlag umgeben, steht: der 29. ist ein Sonntag. – Nicht übel, wir könnten einmal Stadturlaub nehmen!

Nein? Dann aber fettig frühstücken, das können wir. – Sie haben aus erkaltetem Lagerfeuer neben dem Wege sich ein paar gekochte Kartoffeln aufgelesen. Die verspeisen sie jetzt. »Eigentlich hätten sie unser Abendessen sein sollen. Aber weit ist das Abendessen, – einmal noch frisch gelebt!« ...

Sie schmausen ihre Kartoffeln, sie schlafen in ihren Löchern, es ist die Ruhezeit des Tages, Ersatz für des Menschen kleine Freuden am Leben. Und sie reden miteinander ein Wort, ein helles, ein dunkles, so und so: von Moser, der nicht mehr da ist. Auch von Landwehr-Maier, der ein Schwein ist. Er kam mit seinem lahmen Pferde allein zurück. Das Pferd hatte eine offene Wunde am Bein. Lux wollte aus der Haut fahren und schrie es heraus, Maier habe diese Wunde seinem Pferde selber beigebracht, sie sähe ihm ganz danach aus. Sie sah ganz danach aus. Maier war abgetan und erledigt, er war so gut wie tot; schlechter als tot, denn er lebte und hörte, daß man ihn verachtete.

»Moser und die Chartreuse!« sagte Klingspor, »es konnte nicht gehen. Das weiß jeder. – Schade um Moser, er war kein schlechter Kerl. Es gibt andere, die kommen nicht um.«

Maier, wenn er das hörte, machte sich anderwärts zu tun.

»Da ist dieser Schacht. Er hat es geschafft, er fährt als Kutscher bei der Bagage. Sitzt auf dem Bock, macht einen großen Kopf. Ist mit dem Fahnenschmied Freund. Sein Karabiner liegt tief hinten im Wagen.«

Glück muß der Mensch haben, das Glück heißt Beziehung. Gut, daß wir Lux haben, Lux ist nicht für Beziehung. Er sieht der Gesellschaft auf die Finger. Leute, behalten wir unseren Lux!

Bedenklich hörten sie sich an, was Friedrich Hermsdorf erzählte:
»Recht muß sein, und wir haben Lux. Er sorgt für das Recht und hält den Wachtmeister am Zügel. Wenn wir statt Lux einen anderen hätten, so einen, wie viele sind, – so den, von dem ich euch erzählen will – – –! Ich habe so einen gesehen, er ist noch nicht lang da. Er reitet beim Stabe mit, man weiß nicht warum. –
Ging ich damals, schon länger ist es her, abends vom Quartier Kaffee holen zur Küche. Trage wohl meine zehn Kochgeschirre am Arm, keine Mütze auf dem Kopf. Pantoffeln an den Füßen. Lauf ich die Dorfstraße hinunter, die ist naß, ein großer Kot, weiter nichts. Ich schleiche auf Pantoffeln am Rande weg, wo es ein bißchen trocken ist, – habe ich doch bloß Pantoffeln an. Kommt mir einer entgegen, kenne ihn nicht. Trägt einen schwarzen Mantel aus Wachstuch, was weiß ich. Keine Achslstücke. Denke, vielleicht ist es ein Veterinär. Gehe also in strammer Haltung vorbei.
Bleibt er stehen, schreit. Hö! Hö! schreit er.
Ich denke: ›Hö‹ bin ich nicht, – ›Hö‹ ist vielleicht woanders. Und gehe weiter.
Kommt er zurück, schreit immer weiter Hö, Hö, – putzt mich zurecht wie einen nassen Sack: Wie heißen Sie? – Welche Eskadron? – Wie sehen Sie aus?
Nun, ich sage: Hermsdorf, erste Schwadron. Wie ich aussehe, weiß ich nicht, weil ich keinen Spiegel habe. Denke mir, ich sehe aus wie alle. – Schreit er und schimpft er, daß ihm der Schaum vorm Maul steht. Ich sage ›jawohl‹ und lasse ihn schreien. – Treffe dann Vizewachtmeister Hesse vom Stab, frage ihn: Wer ist dieser Brüllfritze?

Ja, sagt Hesse, das ist Eisenlohr, ein Rittmeister. Reitet beim Stabe mit, man weiß nicht warum. – Ja.« ...
So erzählte Hermsdorf. Teils war es Schwindel, aber der Rittmeister Eisenlohr war Wahrheit und beschäftigte ihre Gedanken. Von ihm kamen sie wieder auf Lux zu sprechen und hoben ihn in den höchsten Himmel, den sie kannten.
Die paar Frühstunden der Gnade waren hingegangen, mit dem Schlafen und Feiern war es aus. Sie packten sich in ihre Löcher, legten die Patronengurte parat und äugten nach vorn. Es war so die Zeit, bald würde die erste Kosakenpatrouille aus den Kulissen treten; das Stichwort, gewissermaßen, war gefallen.
Ihre Stellung war gut. Sie lagen dicht hinter dem Rand eines langen Hügels, dessen Waldholz vor nicht langer Zeit gefällt worden war. Es lag in Haufen geschichtet herum, als käme es heute zur Versteigerung. Vor ihnen glitt der Hügel sanft hinab in eine endlose Weite. Sie endete fern gegenüber in einem großen Wald, sie war wie eine Tischplatte zu übersehen. Nur halbrechts und halblinks waren Schrunden und Falten im Boden und niedrige Bäume: Das war das Vorgelände der Dragoner und Husaren, die rechts und links den Anschluß hatten. Die mochten die Augen aufhalten! Die!
Gerien führte die Schützen. Eigentlich war Kestenberg an der Reihe gewesen, es hatte am Morgen, als das Kommando kam zum Absitzen und Schützen – heraus, um Lux wieder einen Tanz gegeben. Kestenberg, der spät erst mit seiner zu Tode erschöpften Nachhutpatrouille zurückgekommen war, sollte nach Geriens Meinung jetzt schlafen, bestand aber darauf: Er müsse mit den Schützen hinaus. »Unsinn«, spottete Gerien,

»Sie sind müde, Sie schlafen im Schützenloch ein. Sie haben kurze Beine und sind nicht fürs Laufen!«

Nun, Kestenberg war nicht unempfindlich gegen Spott, war auch anders als Plön, der in solchen Fällen eine List fand, seinen Willen durchzusetzen. Kestenberg *wollte* wohl überhaupt nicht sehr entschieden, er begnügte sich, blieb bei den Handpferden zurück, und schlief.

Lux war obenauf und schäkerte mit den Leuten, als ginge es zur Kirchweih. »Heraus die Schützen, die Herren vom Schießen!« hatte er gerufen. Und dann hatte er sie hier auf den Hügel geführt, der eine gute Stellung war. Rechts anschließend lagen die Schützen der Fünften, mit Leutnant Griesbart, dem Kleinen.

Der Doktor kam angetrabt, ein wenig hilflos wie immer, und freute sich, als er sein Pferd abgegeben hatte und auf eigenen Füßen stand. Er gesellte sich zu den Schützen und erklärte, er bliebe hier. Er wurde von Gerien ausgelacht und in eine Mulde gewiesen, wo er sich mit seinen Sanitätern niederlassen sollte. Er ließ sich auslachen, er ließ sich weisen, er erschien aber immer wieder zwischen den Schützenlöchern. Am liebsten hockte er sich neben Gerien auf dessen Holzstoß.

»Nun sind Sie also wieder da«, sagte er, »mit Ihrer großen Bagage. Sie sind ein grauhaariges Kind, man muß ewig um Sie in Sorge sein.«

»Was ist das für eine Sorge? Kenne diese Art von Sorge nicht.«

»Welch schneidiges Wort!«

»Unsinn, hat mit Schneid nichts zu tun. – In Schwindel bin ich oft, war es auch eben um die Schwadron, um die Bagage. Ein schlechtes Gefühl, Leithammel sein in einer von Wölfen verpesteten Gegend. Und sich selbst nicht auskennen und wissen, diese Bengels hängen wie gläubige Kinder an deinem bißchen Gehirn. Darüber vergißt man alles andere.«

»Was hörten Sie zuletzt aus Lugau?« fragte der Doktor.

»Gutes«, antwortete Gerien ...

Sie schwiegen eine Weile. »Es könnte nichts schaden«, begann der Doktor sehr schüchtern, »wenn Sie, ›das andere‹ nicht ganz vergäßen, wenn Sie hier und da etwas an Lugau dächten.«

»Warum?«

»Sie haben doch etwas vor im Leben!«

»Ich glaube, heute, weil Sonntag ist, bin ich klüger als Sie. Ich bilde mir ein, ich habe gar nichts vor als das, was ich da vor mir habe, die Gegenwart. Denken an die Zukunft verschleimt das Gehirn. Dasein ist Hiersein, nicht woanders. Ich verdiene Prügel, wenn ich an das denke, was nicht hier ist.«

»Nüchtern und brav«, sagte der Doktor.

»Seien Sie mal immer nüchtern und brav!« schimpfte Gerien. »Es ist schwer.«

Der Doktor hatte keine Gelegenheit mehr, zu sagen, wie er die Nüchternheit liebte, in die nach schweifendem Leben das heiße Menschenherz sich fängt. Fern, am Ende der großen Weite, traten die ersten Russen aus dem Wald.

Gerien sprang auf den Holzstoß, richtete sich hoch auf und rief seinen Alarm über die Schützen hinweg. »An die Gewehre, meine Herren!« rief er, immer noch scherzend, »aus ist der Schlaf, reiben wir uns die Augen, sehen wir einmal nach vorne!«

Der Tag begann. Er war grau wie alle diese Tage, doch regnete es nicht. Die Schützen lagen und warteten auf das Näherkommen der feindlichen Reiter. Die alte Spannung stieg den Körper herauf.

Es begann wie alle Tage, bald aber wurde es anders. Die Reiterpatrouille zögerte sehr lang dort hinten am Wald und wandte sich unentschlossen bald nach rechts, bald nach links. Langsam nur rückten sie näher, Kosaken schienen es nicht zu sein, sie waren groß und vorzüglich beritten, man sah es durch das Glas.

Sie bogen nach rechts ab und verschwanden im unübersichtlichen Gelände. Ob sie umkehrten oder seitlich ritten oder vordrangen, – man sah es nicht. Man sah nichts Lebendes mehr.

Pause also, abwarten, wie es kommt. Ob es bald knallen wird nebenan ...

Nein, es blieb still auf eine lange Zeit. Heute war es anders als alle Tage, heut war ja auch Sonntag!

Pause. Der kurze Herbsttag wurde so hell, wie es ihm der Wolkendunst erlaubte, und drückte ohne allen Wind und Laut mit seiner wassertröpfelnden Stille auf das fröstelnde Leben. Er mochte seine Mittagskraft schon überschritten haben, man konnte es nicht sehen; es wurde nicht sonnenhell, es blieb sich alle Stunden gleich.

Die Schützen froren in ihren Löchern und langweilten sich. Sie standen gelegentlich auf, mal der, mal der, – stellten sich hin, spannten Arme und Beine. Sie gähnten und hockten sich wieder in die Erde.

Lux beobachtete von seinem Holzstoß aus den Wald, der so riesig schien, der so totenstill schlief und doch ein Geheimnis barg. Alle wußten, daß der Wald ein Geheimnis barg, und darum waren sie so unruhig und verwünschten die Pause, das pausenreiche Leben ...

So endete dann auch die Pause. Ihre klemmende Stille zersprang im dumpfen Abschußknall einiger Feldkanonen, und dann standen ein paar Schrapnellwölkchen über der Gegend und erregten die Herzen: Wie das, ihre Artillerie schon heran? Das ist etwas Neues, das Vorspiel blieb aus, das Stück beginnt in voller Mitte. Es ist ein neues Stück!

Den ersten folgten weitere Abschüsse, es formte und malte sich das Bild eines langsam aufziehenden Gefechts. Das Wetterchen war herangekommen, und es regnete sich langsam ein. Das Land war sehr groß; dies russische Land um Wilna war überall groß, die Schrapnells hatten viel Raum. Sie tasteten über die Landschaft, verloren sich in der riesigen Weite, wurden kaum beachtet. Stand eins einmal nahe, legten die Schützen den Kopf auf den Arm. Mehr war nicht nötig, nicht wichtig waren die Schrapnells.

Wichtig allein blieb der Wald. Die Schützen klebten mit ihren Augen am Rande des großen Waldes und erwarteten, daß er endlich sein Geheimnis fahren ließe. Dieser Wald war nicht mehr eine Summe von Bäumen, nicht mehr ruhende Ewigkeit der Natur, gleichgültig und ganz allgemein, – dieser Wald war eingetreten in die Handlung zwischen Menschen, war sehr wichtig, war geradezu der Held!

Groß war er, und er wuchs immer mehr, je älter der graue Herbsttag wurde: ein Gegenspieler voll Macht und Hinterhalt. Aller Augen hingen am Saum dieses Waldes. Verborgen wie der Kern des Lebens blieb das Geheimnis dieses Waldes. Sein Saum war ein leeres Gesicht. Alle sahen in das Gesicht.

Nur Lux schaute woanders hin. Er besah sich, immer

häufiger, die Schrunden und Narben der Erde, das boshaft gedeckte Gelände zur Rechten und sprach laut vor sich hin. Er ließ den jungen Griesbart von der Fünften kommen und wies ihm das Vorland zur Rechten. »Was halten Sie davon?« fragte er.

Griesbart hielt gar nichts davon, nichts Gutes, aber auch nichts Schlechtes. Er hatte aufgepaßt, scharf hingesehen: Dort hatte sich kein Russe festgesetzt. Nein, die Gefahr lag im Walde.

»Ich bin nicht so sicher«, sagte Gerien, »daß dort rechts nicht jetzt schon Schützen auf der Lauer liegen und uns später in die immer und eigens dazu geschaffene Flanke geraten. Ich sah dort vorhin die Reiterpatrouille verschwinden, sie tauchte nie mehr auf. Sorgen Sie, wenn der Angriff aus dem Walde kommt, auch an Ihrem Flügel, daß die Männer die Ruhe behalten und im Liegen schießen!« Verstanden? Keiner dürfte aufstehen, um stehend zu schießen, verstanden!...

Das hatte Lux gesagt, diese Sorge hatte er noch bereden können, da gab endlich der Wald sein Geheimnis her. Der Angriff trat in die freie Welt heraus und erregte ein größtes Erstaunen.

Man hatte Schützenketten erwartet, die aus den Bäumen traten und in dünnen Schwaden heranzogen.

Jedoch vor dem Walde lag nun ein dichtes Getümmel, schwoll immer mehr auf, ballte sich, zog sich in große Breite auseinander und rückte als geschlossene Woge mit brausender Schnelligkeit heran:

Reiterei war es, eine Unmasse Reiterei, breit ausladend, sich immer mehr verbreiternd, jetzt schon den ganzen Waldessaum bedeckend. Soviel Bäume einst, soviel Reiter jetzt. Schwadronen, Regimenter, wohl mehr als bloß *eine* Division! …

Herrschaften, wir erleben etwas Neues, etwas noch nie Geschautes in unserem abenteuernden Leben, ein Kuriosum fern von unseren Pferden, liegen schießend im Dreck – und aus nicht allen Tagen! Seht doch: Wir Reitersleute, eine Kavallerieattacke prasselt auf uns ein, und wir müssen ihr zu Fuß begegnen!

Der Anblick war groß und mächtig, ein Bild, das die Herzen traf. Er fesselte sie in bewunderndem Staunen. Hoi! riefen sie, seht doch, hoi!

Prachtvoll, wie die Russen ritten, einen Galopp wie zur Parade, in schnurgerader Breite, blitzesschnell entwikkelt aus dem schmalen Defilee des Waldes! Ein Kunststück echter Reiterführung, möglich nur mit wundervoll geschulten Reitern und Pferden. Eine Mustertruppe muß es sein, vielleicht die Petersburger Garde? Ein Regiment dort ganz und gar auf Schimmeln, ein lebendiger weißer Schaum in der sonst dunklen Welle!

Jawohl. Der russische Zar, dieser Herr über ungezählte Menschen, er hatte sich die Garde vom sorgenschweren Herzen gerissen und sie nach Südwesten gesandt, Wilna zu entsetzen. Dort kam sie geritten, unser schweifendes Leben zu beenden …

Schön ist es, im häßlichen Leben das Schöne zu schauen. Schön ist auch das reitende Verderben. – Die Schützen sind im staunenden Schauen gefesselt. Hoi! rufen sie, sieh doch, hoi!

Die breite Welle jedoch läuft nicht auf Menschenfüßen, sie eilt auf tausend flinken Pferdebeinen heran und kommt mit jedem Herzschlag eine Bodenbreite näher. Sie wächst aus dem grauen Hintergrund heraus und

gewinnt furchtbare Größe. Das Schauspiel ist aus, auf dringt wieder einmal die Gefahr, die sausend galoppierende Todesdrohung, und der Mensch muß sich sein Leben verteidigen.
Sie schießen. Sie schießen heftig, ohne langes Zielen. Die Garben fauchen und brausen zu Tal.
Kein Stutzen rührt die dichten Reiterreihen. Eine geringe Unordnung gibt es, aber keinen Aufenthalt. Geschlossen wächst die Welle aus der Niederung hervor, wird größer und größer.
Sie schießen wie verrückt, reißen Patrone auf Patrone in den Lauf, halten hin, drücken ab. Sie hören schon die Pferde schnauben. Die Gefahr ist allernächste Gegenwart.
Sie halten es nicht aus in ihren Löchern, sie sehen sich schon überritten, zertrampelt, von oben mit der Lanze gestochen. Sie springen auf und schießen im Stehen. Alle springen sie auf, vom Flügel an, Leutnant Griesbart als der erste. Schwankend stehen sie, atemlos schießen sie, starren der andringenden Gefahr in den Rachen, unterscheiden schon Pferde, Reiter, Gesichter. Spüren im Höllenlärm des eigenen Schießens nichts von dem Eisenhagel, der ihnen von rechts her um die Köpfe geht. Sehen nicht, bedenken nicht, daß hier und dort einer zwischen ihnen zusammenfällt, daß Griesbart in den Boden hinein versinkt, daß sie des Teufels Zielscheibe wurden.
Nur einer weiß es. Lux rast durch die Schützenkette, tobt und schreit, drückt einzelne Schützen an der Schulter auf die Erde nieder, tritt sie in den Hintern, fährt wie ein Wahnsinniger umher. Überall wird er gesehen in diesen Sekunden, jeder erinnert sich später, von Lux

barbarisch behandelt worden zu sein, ihn zum letztenmal gesehen zu haben. Jeder. Seine Stimme blieb ihnen für alle Zeit in den Ohren, seine stets mehr tobende als lobende Stimme. Sie vergaßen sie nie.

Was Lux tat, man nennt es Pflicht; er war ein guter Hirte für seine Herde. In kurzer Zeit lag die Schützenkette wieder in ihren Löchern. Der Eisenregen von rechts fuhr unschädlich über ihre Köpfe. Sie schossen ruhiger, nahmen sich Zeit zum Zielen. Sie hielten hin auf die anstürmenden Pferde, denn die Pferde waren es, die ihnen die Gefahr herantrugen, die Rappen, die Braunen, die breite Schaumflut der Schimmel!

Die Pferde fielen in Massen. Breite Lücken klafften in der heranbrausenden Welle. Schwarze Löcher sprangen auf in den galoppierenden Gliedern, dehnten sich aus und sprengten die geschlossene Einheit in Stücke.

Die Stücke waren Trümmer der Ganzheit, entbehrten des Willens und der Kraft. Sie verloren sich in hilfloser Verzweiflung, sie schwankten in ihrer Richtung und zerflatterten unsicher im Gelände. Mit Schreien machten sie sich Mut, »Urra« schrien sie sich zu. Sie kamen immer noch näher, aber sie einten sich zu keiner geschlossenen Ganzheit mehr.

In Trupps tauchten sie auf, ganz vorne, dicht vor den Schützen. »Urra« schrien sie, prallten zurück, fielen zusammen, verschwanden.

Man sah nicht mehr in die Weite. Der jämmerliche Herbsttag gab sein bißchen Gewalt an die Nacht ab, und auf dem grenzenlosen Felde dieses Gefechts verstummte langsam aller Lärm.

Die Patronen gehen aus, die Karabiner brennen glühend an den Fingern. Die Augen schauen in die Nacht.

Alles scheint aus und zu Ende, – – da fährt nochmals ein irrender Reitertrupp aus der Dämmerung hoch, schreit Urra, läßt sich durch Schüsse den Weg weisen. So geht es fort und fort. Immer noch stecken versprengte Haufen in den Falten dieses Feldes. Ein Riesenheer einzelner Reiter mußte vorhin diese geschlossene Ganzheit gebildet haben, – Regimenter, Divisionen! Der russische Zar, er ist Herr über ungezählte Menschen und Pferde. Hier wären wir fast in seinen Waffen ertrunken ...

Fort und fort geht es, – immer noch steigen Eisenschlagen und Schreie aus der Dämmerung. Der Regen setzt wieder ein ...

Nacht ist es. Die Schützen sitzen wieder auf den Pferden und reiten an. Viele Sättel bleiben leer. Nacht ist es, man sieht nicht, welche Pferde keinen Reiter mehr tragen. Man weiß nichts voneinander.

Vorne ruft einer »Halt«. Vorne ruft einer »Anreiten«. Es ist Kestenbergs Stimme. Von Lux hört man kein Wort, kein Fauchen und Toben und erregtes Machen. Von Lux sagt einer, er sei durch Kopfschuß verwundet. Der Regen fällt dichter, und niemand redet. Man muß reiten; Kestenberg gibt mit ruhiger Stimme den Befehl. Man reitet und weiß nichts voneinander ...

Die Nacht brachte keine Ruhe, keine Minute für den Schlaf. Die Nacht war brausende Flucht. Sie fuhren im Stechtrab durch dichte Wälder, weglos unter tiefen Ästen hinweg und erhielten manchen Rutenschlag ins Gesicht. Schwer hielten sie sich im Sattel.

Die Gegend, die der neue Tag sparsam erhellte, sie erschien ihnen bekannt. Sie hatten sie gestern schon einmal gesehen, und dort, gar nicht fern, lag die Weite

des großen Gefechtes. Sie waren geritten, die ganze Nacht, und nicht von der Stelle gekommen! So war es oft, was scherte es sie! Es regnete, und sie ritten.
Sie sahen jetzt, wer fehlte auf den ledigen Gäulen. Sie sahen jetzt, daß an der Queue Georg Helmers das schöne Pferd Quinze an der Hand führte. Es zackelte mit krummem Hals, ging keinen Augenblick Schritt.
Sie hörten von Lux, daß er lebte. Tief und schwer hätte er geatmet unter seinem riesigen Kopfverband. Wer atmet, lebt! Wer hat etwas dagegen zu sagen! Wer!! – Nein, niemand sagt etwas dagegen, niemand sagt, daß er keine Hoffnung mehr hat. Es gibt viele Arten zu leben, zu sterben. So und so. Und Lux wird leben.
So reden die, die dort immer noch leben und reiten. Ihr Mund redet Ja, ihre Gedanken sagen Nein. Der Mensch hat seinen Mund, um das, was er denkt, zu verbergen. Griesbart bekam eine Kugel durch den Hals und erstickte. Aber Lux wird leben.
Es ist Tag, und wir reiten immer noch ungestört? – Nun ja, wir haben dem Zaren gestern seine Schimmelbrigade zerballert, und heute haben wir frei! Es regnet, und wir haben frei. Wegen ungünstiger Witterung der Krieg auf den folgenden Tag verschoben. Haha? Man mag nicht lachen. Lux hätte gewiß, ritte er jetzt auf Quinze die Marschkolonne herauf, diesen dummen Scherz gemacht. Und dann hätten wir gelacht!
Was ist mit Kestenberg? Man hört nichts von ihm als sein stilles »Halt«, sein stilles »Anreiten«. Kestenberg, was soll er tun? Er singt nicht gerade Frühlingslieder angesichts dieses regnenden Herbstes, wie es vielleicht Plön getan hätte. Er bleibt, der er ist: wacker und langweilig. Ihm fehlt das zündende Leben.

Plön, vor ihm aber noch Lux, – sie waren unsere Führer, sie waren Führer. Gut ist es, hinter Führern zu reiten im Abenteuer...

Sie ritten um einen Hügel und sahen ein neues Stück Land. Nichts fesselte ihren Blick in dieser neuen Landschaft, nichts anderes als ein Erdhaufen aus frischem Sand. Gelb blieb der Sand auch im strömenden Regen. Seitwärts auf dem Hügel, hoch über ihrem Wege, war er zu einem Haufen geschichtet.

Der Kommandeur kam geritten, und der Doktor folgte ihm. Sie kamen dort von dem Hügel geritten. Des Arztes Gesicht war weiß über dem tiefschwarzen Bart. Etwas hilflos, wie immer, steuerte er seinen Fuchs, seine Augen griffen nicht nach den Menschen. Er schien in die weite Ferne zu blicken, nach den Dächern eines märkischen Dorfes Lugau.

Die beiden hielten und warteten auf die erste Schwadron. Sie sprachen mit Kestenberg ein Wort, und dieser gab es an die Tête weiter:

Erste Schwadron, dort oben ist euer Rittmeister begraben. Ja.

Machte er Worte, dieser Kestenberg? Hielt er eine Ansprache, etwa so: Dort ruht Rittmeister Freiherr von Gerien, Chef usw., gefallen am 29. September 1915 hier in der Wildnis, im Lande um Wilna, beim Orte Weißnichtwie, ein Reiter, ein Führer, ein Mensch! – Sagte Kestenberg dies? – Nein. Können uns nicht erinnern.

Ein Reiter, ein Mensch, – ein Held? – Nein, nein, gewiß nicht. Dies Wort ist nicht für unsere Sprache. Über dieses Wort spottete am allermeisten unser Lux, dieser Mensch, von Anfang nicht besser als alle. Aber eine Gnade lag über seinem Leben, ließ aus der Gärung am

Ende eine Glorie steigen. Es war ihm vergönnt, sein Leben fertig zu leben – wenn er auch Lugau nicht wiedersah.

Ein Führer, ein Reiter, kurzerhand: Lux.

Nahm man sich Zeit, gab es einen Aufenthalt, eine Ehrung nach Sitte und Gewohnheit? – Nein, können uns nicht erinnern. Die Schwadron blieb im Reiten, zog im Schritt fünfzig Meter entfernt am Grabe ihres Führers vorbei. Die Schwadron ist klein, viele ledige Pferde gehen an der Hand. Die Reiter sind müde, aber sie straffen den Oberkörper, sie kneifen die Schulterblätter zusammen, sie drücken das Kinn gegen die Binde. Sie legen die Lanze nach Vorschrift auf Lende, die Spitze dicht neben dem rechten Pferdeohr. Die linke Faust steht in Nabelhöhe über dem Widerrist, und die Pferde ziehen sich zwischen Schenkel und Zügel zusammen, geben ihren steifen Hals her und gehen wie bei der Parade.

Die Reiter nehmen die Augen nach rechts. Ein gelber Haufen Sand beherrscht den Hügel.

Die Reiter wenden die Köpfe wieder nach vorn, sie schweigen und reiten ihren Weg, ihren Weg.

6

Offenkundig war es geworden, und jeder sprach es aus: Das große Unternehmen des deutschen Kavallerieheeres im Osten von Wilna war mißlungen. Die Schwadronen waren in den Rücken der Russen geritten, bis an einen Fluß, der die Beresina hieß. Mit Witz und Schwung ritten sie, – können uns erinnern. Dann aber

waren sie aus Jägern die Gejagten geworden, und um ein seidendünnes Haar wären sie allesamt im großen Kessel ertrunken. Denn der Feinde waren zu viele. Können uns erinnern: Es brannte des Nachts rundum am Horizont, nirgends war eine tote Stelle.
Sind mit knapper Not diesem Abenteuer entstiegen, – ließen diesen und jenen zurück. Wurden aufgespart für ein neues Abenteuer, hier oder dort, so oder so. Denn Abenteuer ist allüberall zwischen Geborenwerden und Sterben. Sei nicht dumm und blind, streite es nicht ab!
Sind davongekommen diesmal, so scheint es. Das große Unterfangen um Wilna, dies mit Geist erdachte, glanzvoll begonnene Stück Leben, es hätte fast mit unserer völligen Vernichtung geendet. Und jetzt geht es in Alltäglichkeit unter. Es wird Winter, der Stellungskrieg ist wieder da, wir münden in den Anfang zurück. Juli 15 stiegen wir drunten, an der Rawka, aus den Gräben und ritten voran, eine schwankende Kurve gen Osten, und dachten den Feldzug zu beenden.
Der Mensch soll nicht denken, nur reiten.
Wie war es doch damals, nach diesem letzten Gefecht, das keinen Namen noch hat, es sei denn den Namen unseres Lux, – nach diesem Tage der Schimmelattacke im Lande Soundso, der uns Lux von der Tête nahm? – Nun, wir ritten. Nichts weiter. Die Zeit war nichts anderes als Reiten. Sprachen wir damals zu Miehl: Wohin reiten wir, Miehl?
Mensch, Miehl, – sprachen wir, – du weißt doch soviel. Sollen wir rund um die Erde reiten? Nach Moskau kamen wir nicht, wo werden wir enden?
Sprachen wir zu Miehl: Wenn du, Miehl, daheim bist bei deiner Frau, wenn du dich hinsetzt, die Geschichte

unseres Abenteuers zu schreiben, – was du doch vorhast, Miehl, und wozu dich der Meister über alles Reiten und Leben wohl aufsparte – dann, Miehl, schreib nicht, wie es war! Schreib nichts vom Reiten! Keiner wird lesen, was du schreibst. Schreib nichts von unserer Gemeinsamkeit, vom kleinlichen Menschenleben, das schön ist und häßlich zugleich, lachend und murrend unter ungekannter Führung!
Schreib von dir selbst, von deinem Sehen und Erkennen! Schreib klar und abgewogen, wie du alles übersiehst, den Feldzug wie das Leben, und daß deinem Menschenhirn nichts verborgen blieb!
Halte dich nicht auf bei dem Allgemeinen, bei dem bloßen Wunder des Lebens und Sterbens! Würze vielmehr dein Schreiben mit männlicher Entschiedenheit, erhebe dich auf einen Standpunkt und bleibe dort stehen! Fasele nicht vom Schicksal des Menschen, vom Schicksal deines Volkes, sag nicht: Schicksal! Sondern sag: Hier ist eine Schuld, dort aber sind weiße Lämmer, – und dann klage an! Schreib so, Miehl, dies werden die Menschen lesen wollen. Von uns aber schweig, von uns Dummen, die wir uns erscheinen als Figuren des Schicksals, als kleine Männerchen am Draht, – die wir reiten und reiten, die wir leben und sterben.
Sprachen wir also zu Miehl: Schreib nichts vom Reiten, von unserem ewigen Reiten! – – –
Wie kam es dann weiter? – Wir wollen es selbst erzählen:
Gesiegt hatten wir nicht – ging also der Feldzug weiter. Abgestürzt waren wir nicht, wie dieser und jener, wie dieser kleine Moser und die anderen – ging also das Leben weiter. Es wurde nicht schön.

Wir ritten bei Tag und bei Nacht, und immer hatten wir hinter uns die Kosaken. Wenn wir anhielten am Wege, fielen wir um und schliefen. Wenn wir anritten, blieb manch einer liegen im Dunkeln. Wir sahen ihn nicht, wir sahen es erst später, daß er fehlte. So haben auch den Berittführer Moos die Kosaken erwischt, die uns ständig auf dem Fuße folgten, bei Tag und bei Nacht. Unser Beritt ist ganz klein geworden, Osterloh führt ihn. Auch Klingspor ist nicht mehr da, tot wie die anderen. Bloß Schacht fährt den Schmiedewagen bei der Bagage. Er hat die Beziehung gefunden, die er von Anfang an suchte, damals, als er das Mützchen aufhob in der polnischen Wüste.

Wir ritten also, und hinter uns kamen die Wölfe, diese Kosaken.

Einmal wurde es Morgen, wir schauten und schauten und rieben uns die Augen: Wirklich, vor uns hielt ein Trupp deutscher Infanterie! Hatten wir doch ein halbes Leben lang keinen deutschen Infanteristen mehr gesehen. Wir guckten sie uns gehörig an. Aha, dachten wir, aha.

Nichts da mit Aha. Es war nur eine starke Patrouille.

Doch, es war und blieb ein Wunder, groß zu bestaunen. Der Zug Infanterie nämlich, er lag in vorgeschobener Stellung und sicherte, was hinter ihm lag, was hinter ihm sich begab, was kein Mensch für möglich gehalten hätte: den Ausbau der Winterstellung, die neue Front im Osten!

Es schien uns, unser Reiten ging zu Ende.

Wir ritten nicht an der Infanterie vorbei, wir nicht. Wir wurden angehalten und bekamen noch einmal einen Auftrag. Dorthin sollten wir sicher zurückstoßen, woher

wir eben gekommen waren. Unser Führer schimpfte, wir sahen alle: Er hatte Angst. Er fürchtete, nicht mehr zur rechten Zeit zu kommen, ehe die Türe zufiel. Ja so, nun vergaßen wir, von unserem neuen Führer zu erzählen. Ihr seht, wir verstehen uns schlecht auf wohlgeordnetes Erzählen. Nicht jeder kann erzählen wie Miehl.
Unser Führer also, Lux war es nicht. Lux war gefallen, er hatte mehr getobt als gelobt. Gern hätten wir ihn wieder toben gehört. Auch Kestenberg war es nicht. Der war verschwunden, abhandengekommen wie Plön damals. Weiß der Teufel, wer uns die Führer raubt, die noch Führer sind, die noch leben. Da schwinden sie hin, die paar guten, und man hört nie mehr von ihnen. Irgendwo frißt der Teufel uns deutschen Reitern die Führer, die der Tod vergaß. Der Teufel sitzt heute bei Arras und Reims, so hört man.
Unser Führer also, wir kennen kaum seinen Namen. Er reitet voran und sieht sich nicht um. Er schaute uns noch nicht in die Augen. Er gibt ein Zeichen, stößt den Arm in die Luft, – dann traben wir an. »Wachtmeister«, schreit er, und der Wachtmeister reitet nach vorn. Wir sahen von ihm immer nur den Rücken, von diesem neuen Herrn. Er scheint uns sehr stolz, er hat es eilig. Wir glauben, er fürchtet, nicht rechtzeitig hinter die Infanterie zu kommen. Im Sausewind will er unseren letzten Auftrag erledigen. Er reitet immer nur Trab.
Was dachte der wohl von unseren Pferden! Kamen sie denn eben glattgeleckt und vollgefressen aus der Kaserne! Sah er nicht, daß sie nichts waren als Haut und Knochen, daß sie bei jedem dritten Schritt stolperten?
Nein, er sah es nicht. Er hob den Arm, und wir trabten an. Der Wachtmeister riskierte ein Wort für uns und

unsere Pferde. Der Herr hörte ihn nicht an. Hätten wir Plön gehabt! Plön hätte es dem neuen Herrn gesagt, wie man ritt, nachdem man hundert Tage geritten, immer nur geritten war. Aber wir hatten keinen Plön, wir hatten nur noch den jungen Witzleben, diesen dürftigen Mann.

Wir wandten uns an ihn, und siehe da, er faßte sich ein Herz, er sprach für uns und unsere Pferde und verschaffte uns eine Viertelstunde Rast. Sieh an, vielleicht wird aus dem dürftigen Kleinen noch einmal ein Mann!

Er gefiel uns nicht, der neue Ritter. Er trug einen schwarzen Ölmantel und dachte nur an sich. Nach der kurzen Rast ging das Reiten um so schlimmer. Er drehte sich nicht nach uns um, er hob den Arm, und wir trabten an. Hatte er Sorge, daß die Kosaken ihn faßten und an den Baum hingen? Hatte er Sorge um sich? Auch Lux war nervös, ein Zappelmann wilder Art, aber ihm ging es um die Schwadron, nicht um sich.

Er gefiel uns nicht, der neue Führer. »Hö«, schrie er, wenn er was wollte. Er drehte sich nicht um, er sah uns nicht in die Augen. Gleich dachten wir an Friedrich Hermsdorf und das, was er uns erzählte, damals, am Morgen, am Sonntag, vor unserem letzten Gefecht. Aber wir konnten den Hermsdorf nicht mehr fragen, denn auch er wurde abgerollt. »Hö«, schrie der Führer, stieß die Faust in die Luft, und wir trabten an. Im Stechtrab jagte er mit uns davon...

Natürlich kamen wir noch durch die Tür, ehe sie zuschlug. Auch wenn wir halb so schnell geritten wären, hätten wir die Türe vor dem Zufallen erreicht. Wir wissen es.

Wir kennen uns aus.

Wir kamen zu den ersten Vorposten zurück, wir sagten ihnen nicht Guten Abend.
Wir trafen dann den großen Haufen, eine Unmasse Infanterie, nichts als Infanterie. Sie warfen einen Graben aus und bauten einen breiten Drahtverhau. Es wimmelte von Menschen, es ging her wie mitten im Frieden. »Hallo«, schrien diese Infanteristen, »hallo, wie war es in Moskau, ihr?« Sie stützten sich auf ihre Geräte und lachten uns an.
Wir haben ihnen nicht geantwortet.
Wir brachen zu einem ab und ritten durch eine schmale Gasse im Draht und über eine dicke Bohle, die den Graben überdeckte.
Als der letzte von uns herüber war, kamen die Infanteristen und nahmen die Bohle fort und warfen in die Gasse im Draht einen Spanischen Reiter.

So war es, so ging es aus.
Die Reiter, nachdem sie immer nur geritten, traten hinter die Front und stiegen von den Pferden.
Und die Infanterie übernahm die vorderste Linie, übernahm das Wort, ihr altes, schweres Los, und hatte noch in der gleichen Nacht einen heftigen Angriff abzuschlagen.
Die Reiter stiegen von den Pferden, in die Löcher hinein. Denn Ordnung kehrte wieder ein, Befehl auf Befehl jagte von hinten heran, das dicke Blut der Beziehung stieg auf, und am folgenden Tag schon schickte Rittmeister Eisenlohr die Schützen seiner Schwadron, ihren Abschnitt im Graben zu besetzen.
Das Leben ging weiter, wir wissen es.
Das Reiten aber endete.

Weitere Bände
aus der

LANGEN
MÜLLER
BIBLIOTHEK

PAUL LEPPIN

Blaugast

180 Seiten · Leinen

Mit diesem literarischen Fund wird eines der wichtigsten und packendsten Werke Paul Leppins, des »letzten Troubadours von Prag«, einem größeren Leserkreis zugänglich gemacht. Leppin, dessen Schaffen im Umfeld des »Prager Kreises« anzusiedeln ist und der u.a. Gustav Meyrink und Max Brod zu seinen Freunden zählte, schildert in »Blaugast« die Geschichte eines Mannes, dem seine Sexbesessenheit zum Verhängnis wird. Die schaurige Atmosphäre Prags, die Gustav Meyrink mit seinem »Golem« meisterhaft heraufbeschwor, klingt auch in »Blaugast« an und wird ergänzt durch die psychologisch angelegte Studie des geistig-moralischen Verfalls eines Menschen und einer Stadt, die Leppin zeitlebens geistige Heimat war. Zu dieser Erstveröffentlichung, einem Zeugnis des literarischen Expressionismus, schrieb Dirk O. Hoffmann ein Nachwort.